LES

CHEVALIERS DU LANSQUENET.

108

7

Υ^2

COLLECTION A UN FRANC LE VOLUME.
1 FR. 25 CENT. POUR LES PAYS ÉTRANGERS.

XAVIER DE MONTEPIN.

LES CHEVALIERS

DU LANSQUENET

DEUXIÈME SÉRIE.

PERDITA.

PARIS
ALEXANDRE CADOT, ÉDITEUR.
37, RUE SERPENTE, 37.
1857

XAVIER DE MONTEPIN.

LES CHEVALIERS
DU LANSQUENET

DEUXIÈME SÉRIE

PERDITA.

PARIS
ALEXANDRE CADOT, ÉDITEUR,
37, RUE SERPENTE, 37.

1857

36972

LES
CHEVALIERS DU LANSQUENET.

PREMIÈRE PARTIE.

LE TRAQUENARD.

I

Parti pris.

Tout avait marché, jusqu'alors au gré des désirs de Georges, et si quelque chose pouvait l'inquiéter, c'était le prodigieux bonheur qui avait présidé à toutes ses entreprises depuis quelques semaines, car il était raisonnable de penser qu'un échec succéderait enfin à tant de victoires : mais d'Entragues n'en fit pas la réflexion, et sa confiance en son étoile était complète, depuis l'excursion qu'il avait faite avec Jules de Nodèsmes au bois de Boulogne.

Au moment où il mettait pied à terre dans la cour de la maison de la rue Saint-Lazare, son concierge lui tendit une lettre arrivée pendant son absence.

Cette lettre était de son excellente tante la comtesse Amynthe de Boisjol : — Comme nous supposons qu'elle pourra intéresser nos lecteurs, nous allons la mettre sous leurs yeux dans toute la naïveté un peu entortillée du style pompadour de la bonne chanoinesse.

Cussac, ce 15 janvier 1843.

« Mon cher neveu,

» Voilà la première fois que je vous écris depuis votre visite du mois dernier, visite qui m'a rajeunie de dix ans, comme je vous l'ai dit de vive voix pendant votre trop court séjour dans mon ermitage. Peut-être le bruit et le mouvement au milieu desquels vous vivez, vous ont-ils empêché de vous apercevoir du silence prolongé de votre vieille tante ; mais, s'il en était autrement, je suis bien sûre qu'il ne vous est pas venu à l'esprit d'attribuer sa taciturnité à un refroidissement de son affection. Elle vous est trop connue, n'est-ce pas, cette affection, que je ne crains pas d'appeler maternelle, pour que vous puissiez jamais en douter un seul instant, même si les apparences étaient contre elle.

» Il serait donc presque superflu de vous dire, mon beau neveu, que si je me suis abstenue de toute démonstration écrite à votre égard, ce n'a pas été faute de penser à vous, d'y penser souvent, d'y penser sans cesse : pourquoi n'en conviendrai-je pas? Mais je voulais, avant de rompre le silence, avoir à vous mander quelque chose de nouveau sur une affaire qui est le sujet de mes constantes préoccupations, le mobile de tous mes désirs, le but auquel tendent mes plus chères espérances : Vous avez déjà deviné qu'il s'agit de votre mariage.

» N'allez pas, cependant, vous effrayer de cette entrée en matière. Vous m'avez fait promettre (bien malgré moi, du reste), de ne tenter, quant à présent, du moins, aucune démarche, même indirecte, auprès de la famille de Choisy, et je puis vous dire, la main sur la conscience, que je vous ai tenu religieusement parole ; mais, vous conviendrez avec moi que si j'étais libre de ne pas agir, il n'était nullement en mon pouvoir d'imposer la même réserve à autrui : j'espère que vous ne me contredirez pas sur ce point.

» Ceci aurait un peu l'air d'une de ces énigmes du *Mercure de France*, qui ont fait la joie de ma petite jeunesse, si je me hâtais de vous en donner l'explication avant le numéro prochain, c'est-à-dire séance tenante. Je ne vous demande que le temps de faire un petit préambule : les préambules sont permis aux vieilles tantes, surtout quand les vieilles tantes sont vieilles filles, et chanoinesses par-dessus le marché !

» Dût, mon cher neveu, votre modestie souffrir un peu de l'aveu que je vais vous faire, je vous dirai que je vous ai trouvé prodigieusement changé à votre avantage, lors de votre dernier séjour en Normandie. Je vous avais laissé aimable, spirituel, gentilhomme depuis le cœur jusqu'à l'épiderme, mais en même temps étourdi comme un page de l'ancien régime et léger comme un papillon. Cette fois vous m'êtes apparu sous un tout autre aspect. Il m'a semblé que vous étiez devenu calme, grave, réfléchi, et, ce qui m'a charmée particulièrement, c'est que vous avez acquis ces qualités sérieuses sans rien perdre de vos agréments. Vous êtes devenu homme, et vous êtes resté jeune homme; savez-vous que c'est tout bonnement la perfection? Vous voyant donc tout à la fois fait pour plaire et digne d'attacher, je me suis abandonnée aux plus doux rêves à votre sujet. Je vous ai vu, dans un avenir prochain, partageant votre noble et paisible existence entre votre château d'Entragues et votre château de Choisy; heureux époux d'une femme bonne et charmante, et père radieux d'une troupe de marmots blancs et roses, venant joyeusement s'ébattre dans mon vieux salon de Cussac, et posant à tour de rôle, ou tous ensemble, leurs têtes blondes et frisées sur les genoux de leur vieille grand'tante.

» Je m'abandonnais tout doucettement à cette fantasmagorie vraiment faite pour réjouir un cœur qui a mis en vous ses dernières joies et ses plus chères espérances, lorsqu'on est venu m'arracher brusquement à mes rêves pour m'annoncer la visite très-inattendue de mon honorable voisin M. de Choisy.

» Vous le voyez, mon beau neveu, il n'y a rien de ma faute dans tout cela : vous m'aviez fait promettre de ne pas aller trouver la Montagne, mais vous aviez oublié de défendre à la Montagne de venir à moi, et la Montagne est arrivée : j'étais évidemment plus favorisée que Mahomet.

» Il me faudrait la patience de vous écrire un volume grand in-folio, et à vous la patience de le lire, double vertu qui nous manquerait à tous les deux, si je voulais entreprendre de vous rapporter dans ses moindres détails la

très-longue conversation qui eut lieu entre M. de Choisy
et moi.

« Je ne sais si vous avez pu suffisamment apprécier le
caractère et l'intelligence de l'homme en question, pour
deviner d'où vous êtes, combien c'était chose réjouissante
de le voir patauger lourdement au milieu des circonlocutions et des périphrases d'une foule de discours qu'il voulait à toute force rendre machiavéliques et diplomatiques,
et dans lesquels sa pensée secrète apparaissait malgré lui
aussi claire que le jour. Le cher homme venait tout bonnement sonder le terrain. Vos trente-deux quartiers de
noblesse ont jeté le trouble dans le peu de cervelle dont
la nature l'a doué, et il est bien sincèrement convaincu
que votre vieux blason l'emporte dans les plateaux de la
balance sur ses quarante mille livres de rente en belles et
bonnes terres au soleil. Les parvenus ont quelquefois de
ces petites faiblesses, et ne vous en déplaise, mon beau
neveu, M. de Choisy est un parvenu malgré son alliance
avec vous par les Dieulafoy.

» Il fallait l'entendre employer toutes sortes de moyens
détournés pour me questionner finement sur votre compte,
toujours à l'endroit de ses secrets désirs. Voici quelques-
unes de ses malices : je vous les cite comme un modèle
du genre insidieux, et j'y joins mes réponses, que vous
trouverez peu compromettantes, j'espère.

» — Croyez-vous, madame la comtesse, que M. votre
neveu songe à se marier ?

» — Mon cher voisin, je pense qu'il finira par là : dernier rejeton d'une race illustre, il doit songer à la perpé-
tuer.

» — Croyez-vous que M. votre neveu saura rendre heureuse la femme qu'il choisira ?

» — Je n'ai aucune raison de supposer le contraire.

» — Savez-vous si M. votre neveu fera ce choix *important* à Paris ou dans notre province ?

» — Il ne m'a fait aucune confidence à cet égard.

» — M. votre neveu n'aurait-il pas un de ces attachements, une de ces liaisons qui détournent quelquefois les jeunes gens du mariage ?

» — Vous comprenez, mon cher voisin, que je ne l'ai jamais questionné sur ce sujet délicat. Dans ces sortes de choses les priviléges d'une tante sont fort bornés.

» Je ne vous répète là que les insinuations principales, mon cher neveu, mais elles suffiront, je pense, pour vous donner une idée de la prodigieuse habileté de M. de Choisy, votre futur beau-père, car je vous préviens qu'il est très-décidé à le devenir.

» Fidèle à mes engagements, je n'ai donc pas dit un seul mot encourageant à mon digne voisin ; mais je ne vous dissimulerai pas que j'ai profité de la circonstance pour faire votre éloge et que j'y ai même mis un peu d'exagération. Ainsi j'ai non-seulement parlé des qualités que j'ai cru reconnaître en vous, mais encore je vous en ai attribué quelques-unes dont je n'ai pas fait la découverte jusqu'à ce jour. Il ne tient qu'à vous, mon beau neveu, que je n'ai pas tout à fait menti : ayez dans l'avenir les vertus que je vous ai données dans le présent, et ma conscience sera parfaitement en repos. Vous me direz que vous en êtes suffisamment pourvu comme cela ; que l'excès en tout est un défaut : je ne vous contredirai que jusqu'à un certain point sur ce chapitre, et si vous restez tout bonnement comme vous êtes, je ne vous en aimerai pas moins... mais mariez-vous, mariez-vous!

» Pour en revenir à M. de Choisy, il était enchanté, ravi, transporté quand il a quitté Cussac. Le digne homme, j'en suis certain, voyait déjà les *lions grimpants* de votre écu, *de gueules à la croix d'argent ancrée*, accolés sur les panneaux de votre voiture au blason mesquin, tout surchargé de petites pièces, de sa noblesse de deux sous. Après son départ, j'ai ri comme une jeune fille de quinze ans de sa folle vanité, ce qui ne m'empêchera pas d'être charmée le jour où je pourrai appeler Esther de Choisy ma nièce.

» Mais ceci n'est que le tout premier commencement de mon histoire, et je garde le plus beau, le plus étonnant, le plus merveilleux pour la fin: Donc il paraît que si vos trente-deux quartiers, votre vieux blason et la présence de votre quatorzième aïeul à la seconde croisade ont tourné la tête à M. de Choisy le père, vos beaux yeux, votre pâleur sentimentale, votre élégante et fine taille et vos petites moustaches noires ont produit un effet identiquement semblable sur la fille. Figurez-vous qu'il y a quatre ou cinq jours, la famille tout entière est venue en *grand fiocchi* m'annoncer une chose étourdissante, renversante, stupéfiante pour qui les connaît comme moi. Ils m'ont appris... Voyons, que supposez-vous qu'ils m'aient appris, mon beau neveu? Je ne suis pas fâchée de vous mettre un peu l'esprit à la torture : les vieilles femmes ont si rarement l'occasion d'inspirer de la curiosité aux hommes. Eh bien ! devinez-vous ce que les Choisy sont venus m'apprendre? Non? Cherchez encore : je vous le donne en cent, je vous le donne en mille, comme disait feue ma grand'tante de Sévigné, cette sublime caillette, qui a conquis l'immortalité avec des commérages... Mais je veux avoir pitié de vous, et, pour vous empêcher de jeter votre langue aux chiens, ce qui serait grand dommage, je vous dis à l'oreille, que la nouvelle que les Choisy sont venus m'apprendre est leur prochain départ pour Paris, comme qui dirait le lendemain ou le surlendemain. Comprenez tout ce qu'on peut déduire de cet événement? M. de Choisy, le campagnard par excellence, s'en aller à Paris, et pour quelques mois! j'en suis tout abasourdie.

» Il s'agit, m'a-t-on dit, d'un procès à suivre; mais vous comprenez que je n'ai pas donné tête baissée dans ce fagot. Le véritable procès à suivre, voyez-vous, mon beau neveu, c'est de vous avoir pour gendre, c'est de vous insinuer l'idée d'une alliance que l'on désire ardemment; j'ai vu clair d'ailleurs dans le cœur tout neuf de la charmante Esther. Chaque fois que votre nom revenait dans les hasards de la conversation, la petite sournoise devenait rouge comme un coquelicot qui perce son enveloppe verte, et sans s'en apercevoir, elle laissait ses grands yeux parler d'une façon très-indiscrète. Tout cela m'a fort amusée, comme vous pouvez penser, et je me suis bien promis de vous l'écrire.

» Esther fait ce qu'elle veut de ses chers parents, et c'est elle, soyez-en sûr, qui leur a soufflé l'idée pyramidale, pour des gens de leur caractère, de ce voyage à Paris. Quant à moi, cette détermination qui m'enchantait d'ailleurs, m'a paru tellement invraisemblable, qu'il m'a fallu savoir de science certaine que les Choisy étaient partis pour croire à leur départ.

» Vous voyez, mon beau neveu, que je vous dévoile

d'une façon complète le secret de la comédie : faites-en bon profit, vous avez tout ce qu'il faut pour cela : si vous ne réussissez pas, ce sera bien votre faute, convenez-en avec moi... mais je suis sûre que vous réussirez.

» Mes dignes voisins sont descendus à Paris, faubourg Saint-Germain, rue Saint-Dominique, hôtel des Ambassadeurs. Je présume que M. de Choisy aura pensé qu'il se devait à lui-même de loger dans le quartier de la vieille noblesse : grand bien lui fasse.

» A propos, que faites-vous de votre nouvel ami le vicomte de Nodèsmes? Parlez-moi de lui avec grands détails dans votre réponse qui, j'espère, ne se fera pas attendre : je m'intéresse à ce bon et noble jeune homme plus que je ne saurais vous dire, et je suis enchantée de le voir débuter dans le monde sous vos auspices. Il ne saurait être en meilleures mains.

» Je termine ici, mon beau neveu, cette lettre déjà un peu longue, et je n'ai pas besoin, j'espère de vous répéter encore combien vous aime votre bonne vieille tante.

» La comtesse de Boisjol. »

Cette lettre plongea le comte d'Entragues dans une vive perplexité. — La situation se compliquait tout d'un coup d'une manière grave. — Les Choisy venus à Paris dans le but presqu'avoué de lui jeter leur fille à la tête, pouvaient et devaient commencer par faire certaines recherches et prendre certaines informations dont les résultats ne laissaient pas d'être fort inquiétants. — Le temps pressait; il fallait sur-le-champ s'arrêter à un parti décisif; sans cela le terrain si lentement et si péniblement conquis, pouvait manquer subitement sous les pieds du vainqueur. Georges vit tous ces dangers d'un seul coup d'œil.

On comprendra facilement son anxiété et sa résolution d'en sortir n'importe à quel prix, si l'on veut se rappeler un moment les antécédents du comte d'Entragues, racontés par nous dans le premier volume de ce livre. Sa position était réellement environnée de tous les genres de périls.

Geoages touchait à cet âge où quelque goût qu'on ait pour les charmes variés d'une existence aventureuse, l'âme et le corps fatigués aspirent quelquefois au repos d'une vie uniforme. — En outre, il réfléchissait avec terreur à certaines circonstances de son passé, et il se disait que sa tranquillité, sa réputation, son honneur, étaient à la merci de la discrétion d'un certain nombre d'hommes qui pouvaient, en révélant de honteux écarts, le faire chasser, lui, le comte d'Entragues, d'un monde qui était aussi nécessaire à son orgueil qu'utile à ses intérêts, et le conduire de catastrophe en catastrophe, du tribunal de l'opinion à celui de la justice. — La complicité de ces hommes était à la vérité une sauve-garde, un gage de sécurité; mais l'un d'eux pouvait vouloir se sauver à la condition de perdre tous les autres, et d'ailleurs un hasard quelconque suffisait pour faire tout découvrir sans la trahison d'aucun des intéressés.

Un moyen, un seul, Georges le croyait du moins, se présentait de sortir à tout jamais de ces terrifiants embarras, c'était d'épouser Mademoiselle de Choisy. — Le mariage fait, d'Entragues rentrait naturellement dans une existence normale, et il retrouvait ouverte devant lui une voie honorable, large et facile.

Mais précisément ce mariage, but de l'ambition de M. de Choisy, rêve caressé d'Esther, marotte de Madame de Boisjol, ancre de salut pour d'Entragues; ce mariage souhaité, désiré, appelé par les vœux de tous, était en dépit du concours de toutes les volontés, sinon complétement impossible, du moins très-difficile à conduire à bonne fin.

Georges, en effet, avait, avant toutes choses, à donner des explications précises sur sa fortune personnelle, et ce qui était bien plus grave, à rendre compte de la fortune de sa sœur absente, dont les tribunaux lui avaient confié l'administration.

Or on se souvient que la légitime de Marie d'Entragues, la petite fille perdue un soir aux Champs-Élysées, avait disparu non pas d'une manière ostensible, mais secrètement et ténébreusement entre les mains d'un juif.

Nous entendons trop mal les affaires pour entreprendre d'initier nos lecteurs d'une façon quelque peu clair à la connaissance d'une situation financière aussi inextricable que l'était celle de M. d'Entragues. — Nous ne dirons donc point par quelle capitalisation *des intérêts des intérêts d'intérêts* usuraires, la somme de cent mille francs empruntée par Georges dans l'origine, en était arrivée au chiffre effrayant de sept cent mille francs, mais nous révélerons ce fait grave pour la sécurité de d'Entragues, que le moment était prochain, où faute du paiement de ladite somme, le juif propriétaire des titres pouvait poursuivre l'expropriation du frère tuteur de l'absente, s'emparer des biens de celle-ci, et faire condamner comme stellionataire celui qui avait commis le crime de les aliéner s'il n'avait pas encore le droit de le faire.

Trois moyens se présentaient de sortir de cette espèce d'abîme, au fond duquel Georges était fatalement entraîné : Payer les sept cent mille francs au juif, — lui voler les titres, — prendre un arrangement avec lui.

Georges pensait bien au premier parti, et ses projets sur M. de Nodêsmes devaient en rendre plus tard la réalisation possible : mais sept cent mille francs ne s'escroquent pas en un jour, si habile que soit le loup, et si candide que soit l'agneau destiné à l'immolation : il faut le temps de dresser les batteries et de préparer l'embuscade, et l'arrivée inattendue des Choisy à Paris exigeait des mesures promptes qui renversaient tous les anciens plans de Georges.

Voler les titres était un parti bien violent, devant lequel d'Entragues n'eût cependant pas reculé s'il avait entrevu la possibilité même douteuse de réussir; mais cette possibilité ne lui semblait pas admissible.

Restait donc le troisième moyen, c'est-à-dire s'arranger avec le juif, en obtenir des délais, et arriver ainsi à conserver les apparences de la fortune jusqu'à la conclusion définitive du mariage *avec les quarante mille livres de rentes de mademoiselle Esther de Choisy.* Comme d'Entragues n'avait rien de mieux à faire, il se décida à aller trouver son créancier pour l'amener à composition, ce qui offrait encore bien des difficultés.

Dès le lendemain matin il se dirigea donc vers la rue Croix-des-Petits-Champs où demeurait son escompteur.

Hélas ! il n'existe plus aujourd'hui le divin usurier raconté par l'immortel Molière ! Il est mort l'Harpagon sublime, qui, lorsqu'un fils de famille lui faisait demander quinze mille francs à emprunter, envoyait les conditions suivantes :

« Supposez que le prêteur *voye* toutes ses sûretés, et que l'emprunteur soit majeur, et d'une famille où le bien soit ample, solide, assuré, clair et net de tout embarras, on fera une bonne et exacte obligation par-devant notaire, le plus honnête homme qu'il se pourra, et qui pour cet effet sera choisi par le prêteur, auquel il importe le plus que l'acte soit dûment dressé.

» Le prêteur, pour ne se charger la conscience d'aucun scrupule, prétend ne donner son argent qu'au *denier dix-huit*, mais comme ledit prêteur n'a pas chez lui la somme dont il est question, et que pour faire plaisir à l'emprunteur, il est contraint de l'emprunter lui-même au *denier cinq*, il conviendra que cet emprunteur paie cet intérêt sans préjudice du reste, attendu que ce n'est que pour l'obliger que ledit prêteur s'engage à cet emprunt.

» Des quinze mille livres qu'on demande, le prêteur ne pourra compter que douze mille livres en argent, et pour les mille écus restant, il faudra que l'emprunteur prenne les hardes, nippes et bijoux dont s'ensuit le mémoire, et que ledit prêteur a mis de bonne foi au meilleur marché, et plus modique prix qu'il lui a été-possible.

» Premièrement, un lit de quatre pieds à bandes de point de Hongrie appliquées fort proprement sur un drap de couleur d'olive, avec six chaises et courtes-pointes de même. Le tout bien conditionné et doublé d'un petit taffetas changeant rouge et bleu.

» Plus un pavillon à queue d'une bonne serge d'Aumale, rose, sèche, avec le mollet et les franges de soie.

» Plus une tenture de tapisserie des amours de Gombaut et de Macé.

» Plus une grande table de bois de noyer, à douze colonnes ou piliers tournés, qui se tire par les deux bouts, et garnie par-dessous de six escabelles.

» Plus trois gros mousquets, tout garnis de nacre et de perle, avec les trois fourchettes assortissantes.

» Plus un fourneau de brique avec trois cornues et deux récipients, fort utiles à ceux qui sont curieux de distiller.

» Plus un luth de Bologne garni de toutes ses cordes, ou peu s'en faut.

» Plus un trou madame et un damier, avec un jeu de l'oie renouvelée des Grecs, fort propres à passer le temps lorsque l'on n'a que faire.

» Plus une peau d'un lézard de trois pieds et demi, remplie de foin, curiosité agréable pour pendre au plancher d'une chambre.

» Le tout ci-dessus mentionné valant loyalement plus de quatre mille cinq cents livres, et rabaissé à la valeur de mille écus par la discrétion du prêteur. »

L'usurier d'aujourd'hui, c'est-à-dire l'escompteur, car, hélas ! tout s'est amoindri, ne porte plus l'étroit *haut-de-chausse* serrant ses maigres cuisses, et il a supprimé la calotte qui couvrait son crâne chauve et jaunâtre. — Il n'est pas excessivement rare de lui voir mettre des gants paille et des bottes vernies, jouer gros jeu à la bouillote, et fréquenter les grands et les petits théâtres : c'est presque un banquier. — Il vous *oblige* de son argent, vous donne des poignées de main la veille d'une échéance qui vous enverra rue de Clichy, et dîne avec vous aux Frères

Provençaux le jour où vous lui souscrirez des lettres de change.

Autrefois quand un fils de famille voulait se procurer à tout prix de l'argent pour le jeter gaiement par la fenêtre, il en trouvait quoiqu'il fût mineur et qu'il n'eût que de lointaines espérances de fortune. — Ainsi par exemple, moyennant dix mille francs de lettres de change dont la date était laissée en blanc, il parvenait à se procurer deux mille francs : mille ou douze cents en espèces sonnantes et ayant cours, l'appoint en briquets phosphoriques, souricières, becs de clarinette, cercueils, et autres objets de première nécessité. — C'était cher, mais enfin on avait douze cents francs ; et quatre ou cinq ans, dix ans, quinze ans, plus tard on payait le total de la dette contractée. — Les usuriers gagnaient considérablement à ce petit commerce, mais il arrivait quelquefois que le débiteur se révoltait, traduisait le créancier devant les tribunaux, et les amendes rognaient effroyablement les bénéfices des précédentes affaires.

L'usurier a compris qu'il y avait abus, et aujourd'hui il agit autrement.

Il exige l'acte de naissance en règle, et ne prête qu'aux jeunes gens que la mort de leur père ou de leur mère a laissés propriétaires, sinon de la jouissance, au moins d'une partie du capital de leur fortune. — S'il se décide, cas fort rare, à faire une exception, l'intérêt est décuplé, et l'homme d'argent fait *assurer* son débiteur pour la valeur de la somme prêtée. (C'est là un des grands avantages des compagnies d'assurances sur la vie.) — Il évite de plus les lettres de change à longues échéances, n'accepte que du papier à trois mois de date, mais signe un

contre-lettre par laquelle il s'engage à rembourser les
billets et à renouveler le prêt moyennant un intérêt convenu d'avance.

On comprend qu'après toutes ces précautions l'usurier
est rarement dupe de sa générosité.

Ces messieurs adoptent d'habitude un café où l'on est
toujours sûr de les trouver de telle heure à telle heure.
Quelques-uns des *Schilocks* et des *Gobsecks* les plus connus passent régulièrement leurs soirées à jouer au wisth
ou à la bouillotte à l'entre-sol du café Frascati ; d'autres
ont élu domicile au café des Variétés ou au café du Vau-
deville ; d'autres enfin, et même en très-grand nombre,
fréquentent l'estaminet hollandais et le café des mille colonnes. Quelques-uns se promènent chaque jour de quatre
à cinq heures, dans les passages les plus fréquentés ;
ceux-ci au passage des Panoramas, ceux-là au passage de
l'Opéra, etc.

On a le droit de s'adresser directement à eux, mais
comme ils ne sont pas connus de tout le monde, un grand
nombre d'industriels se sont faits *courtiers d'usure*, et on
peut prendre des renseignements auprès d'eux.

Un jeune homme n'a qu'à aller quatre ou cinq fois de
suite déjeuner dans un café quelconque, et lorsque sa figure sera connue, dire à celui des garçons à qui il aura
prodigué l'or sous la forme de quelques pièces de cinquante centimes :

— J'ai besoin d'argent : connaissez-vous quelqu'un qui
puisse m'en prêter ?

— Voilà monsieur *un tel* qui fera votre affaire, — ré-
pond invariablement le garçon.

Il vous amène un individu au chapeau râpé et à la mine

obséquieuse qui, tirant son portefeuille, vous demande votre nom, votre adresse, vos répondants, et le chiffre de la somme dont vous avez besoin.

— Je m'occuperai ce soir même de l'affaire de monsieur, et j'aurai l'honneur de voir monsieur demain matin. — Où monsieur demeure-t-il?

Vous invitez l'individu à déjeuner. — Le lendemain il n'y a encore rien de fait, mais il vous dit en vous quittant :

— L'affaire est en bon train et marche au delà de mes espérances ; seulement mes démarches nécessiteront plusieurs courses en cabriolet, pour ne pas faire languir monsieur, et précisément, par le plus grand des hasards, je ne me trouve pas en fonds dans ce moment.:. Monsieur aurait-il la bonté de m'avancer dix francs sur le droit de commission.

On donne dix francs, et fort habituellement ces dix francs de perte sont le seul bénéfice que vous retirez de vos relations avec l'obligeant courtier.

Nous allons voir dans la personne de l'escompteur chez lequel se rendait le comte d'Entragues, un des types de l'usurier parisien de notre époque. •

II

Un escompteur.

Georges, nous l'avons dit à la fin du chapitre précédent, s'était acheminé vers la rue Croix-des-Petits-Champs où demeurait son escompteur. — Arrivé devant une maison d'assez pauvre apparence, il franchit le seuil, et il avait déjà posé le pied sur la première marche d'un escalier tortueux, quand le carreau de la loge du portier s'ouvrit avec fracas, et donna passage à une tête de mégère mal coiffée d'un vieux foulard, qui laissait échapper une forêt de cheveux gris : en même temps une voix glapissante lui cria :

— Eh bien ! où donc que vous allez comme ça ?

— Chez monsieur Nathan, — répondit Georges. — N'est-ce pas ici qu'il demeure ?

— Déménagé, parti ailleurs, — cria la mégère à la voix glapissante.

Et le carreau se referma.

Georges fut un moment embarrassé. Cependant il fit assez vite la réflexion que, quelque maussade que fût l'abord de la portière, elle ne pouvait se refuser à donner l'adresse d'un locataire déménagé, et il frappa une seconde fois au carreau avec une certaine impatience.

— Qu'est-ce que vous voulez encore ? — fit le cerbère en jupons.

— Pardieu, ce n'est pas difficile à deviner : Je veux la nouvelle adresse de M. Nathan. Vous n'auriez pas dû refermer votre carreau sans me la donner.

— Comme si on n'avait pas autre chose à faire, — grommela la portière. — *Il reste* à présent rue des Bons-Enfants.

— Quel numéro ?

— Ma foi, je n'en sais rien ; mais ce n'est pas difficile à trouver, il y a une imprimerie dans la maison.

Georges en savait à peu près assez ; en conséquence, il se dirigea vers la rue des Bons-Enfants, dont il n'était pas très-éloigné, et il s'engagea sous la voûte sombre qui conduit à la maison où est l'imprimerie Proux et compagnie.

— M. Nathan ? — demanda-t-il de nouveau à une portière qui, pour l'obligeance et la beauté, pouvait marcher de pair avec sa collègue de la rue Croix-des-Petits-Champs.

— Connais pas.

— Pourtant on vient de me dire, rue Croix-des-Petits-Champs, numéro 17, que M. Nathan demeurait à présent rue des Bons-Enfants, maison de l'imprimerie.

— Vous y êtes.

— Eh bien ! M. Nathan ?

— Connais pas! Nous n'avons, depuis quatre mois, de nouveau locataire, qu'un Israélite qui vient bien de la rue que vous avez nommée, mais il s'appelle Salomon David, et pas Nathan.

— Voilà qui est extraordinaire.

— Du reste, *voyez voir* vous-même. M. Salomon connaît peut-être M. Nathan... Dans cette clique-là ils se connaissent tous...

— Quel étage?

— Au troisième, sur la cour, la porte à droite; il n'y a pas à se tromper.

Georges monta.

Il y avait en effet sur le milieu du panneau du milieu de la porte indiquée, une plaque de cuivre toute neuve, portant en belles lettres noires ces deux mots :

Salomon David.

Georges sonna, et dès que la cloche eut retenti, une grosse servante, le poing sur la hanche, se présenta à la porte entre-bâillée.

— Que demandez-vous, Monsieur? — dit la grosse fille avec un accent bourguignon très-prononcé.

— Je voudrais parler à M. Nathan, — répondit Georges, qui commençait à s'irriter de toutes ces petites difficultés, précédant, sans doute, celles beaucoup plus importantes qu'il prévoyait, quand il serait une fois en présence du juif.

— M. Nathan? — répéta la Bourguignonne : — je ne connais pas ça.

— Eh bien! si vous ne connaissez pas M. Nathan, vous connaîtrez peut-être M. Salomon David?

— C'est ici : que lui voulez-vous?

— J'ai à lui parler pour affaires pressantes : allez le lui dire, je vous prie.

— Comment vous appelez-vous?

Georges se nomma.

— Je vais prévenir Monsieur, — répondit la grosse servante.

Et elle sortit, après avoir ôté les clés de deux armoires laissant Georges seul dans l'antichambre.

Aucune description ne pourrait donner une idée de l'aspect sordide de cette antichambre terne et grise, pavée de carreaux rouges qui n'avaient jamais été cirés, et éclairée par une petite fenêtre sans rideaux, dont les vitres, couvertes d'une couche épaisse de crasse, ne permettaient pas de savoir si le jour venait d'une cour ou d'un jardin.

Après quelques instants d'absence, que l'anxiété de Georges lui fit trouver terriblement longs, la maritorne rentra en disant :

— Monsieur est en affaire pour le moment; mais il vous prie d'attendre un peu. Venez par ici.

Et elle introduisit Georges dans un petit salon carré, où elle le laissa de nouveau seul, après avoir recommencé la cérémonie peu flatteuse d'ôter les clés de tous les meubles, touchante précaution, qui témoignait du degré de confiance que méritaient et obtenaient les visiteurs habituels de maître Salomon David.

On a maintes et maintes fois décrit des logements d'usuriers. — Divers romanciers, et des meilleurs se sont complus à raconter le pittoresque aspect de ces sortes d'intérieurs, véritables cavernes, où la victime vient d'elle-même se faire égorger. — Rien ne prête en effet à la cou-

leur locale, au tableau flamand, à la description minu-
tieuse, surtout à l'allongement des phrases, comme le
pittoresque fouillis de ces sombres demeures, où sont
entassés pêle-mêle toutes sortes d'objets précieux ou vulgaires, mais incohérents à coup sûr, et fort étonnés de se
trouver ensemble : — des cadres sans tableaux et des tableaux sans cadres ; — des armes de toutes les espèces
plus ou moins richement montées ; — des tabatières à
portraits, gages d'amour ou souvenirs de deuil, dont l'a-
bandon a peut-être brisé le cœur de celui qui s'en est sé-
paré ; — des ballots. de toile, — des caisses de sucre, —
des paniers de vin, — des vieilles montres muettes, — des
pendules arrêtées, — des dentelles jaunies, — des robes
de velours râpé ou de satin fripé, des vêtements passés
de mode, — des vases de Chine, au flanc desquels un faible
rayon de soleil vient de loin en loin piquer une étincelle
sur le ventre d'un mandarin, — enfin un confus et fantastique assemblage de ces choses disparates qui ne se ren-
contrent que chez les marchands de *bric-à-brac*, les com-
missionnaires au Mont-de-Piété et les usuriers de dernière
classe.

Rien ne ressemblait moins à tout ce qui a été dépeint
dans ce genre, d'un burlesque sinistre, que le salon dans
lequel nous avons introduit le comte d'Entragues, qui,
tout en examinant le curieux tableau qu'il avait sous les
yeux, se demandait s'il était bien chez l'homme qu'il était
venu chercher, ou seulement chez un de ses confrères.

Le milieu de la pièce était occupé par un vieux bureau
d'acajou, dont la couleur primitive disparaissait sous une
couche épaisse de taches d'encre , et dont la basane,
jadis verte, était toute déchiquetée à coup de canif. —

Devant ce bureau se carrait un lourd fauteuil couvert en
cuir et muni de son rond de maroquin. — Sous la tablette
encombrée de sales paperasses, un tapis en moquette
rongé par le temps, étalait avec une certaine prétention
ses rosaces effacées et ses couleurs indescriptibles. —
Contre le mur, un antique *sopha* (c'est le mot propre) en
velours d'Utrecht autrefois jaune, était flanqué à droite
et à gauche de deux fauteuils, que leurs longs services
avaient fait passer du rouge vif au brun foncé. — Vis-à-
vis se dressaient deux grandes armoires treillagées en fil
de laiton, dont les rideaux intérieurs un peu entre-bâillés,
laissaient voir de nombreux cartons bourrés de papiers
timbrés ayant accomplis leur destinée, sans doute fatale à
ceux qui les avaient reçus. — Une cheminée dans laquelle
il n'y avait pas même de cendres, portait sur son étroite
tablette une de ces pendules à colonnes torses en palissandre incrusté de fleurs en bois d'érable. — Deux flam-
beaux sans bougie servaient de satellites à cet astre : on
eût dit le salon d'un huissier de troisième ordre.

Il semblait bien un peu à Georges qu'il avait vu autrefois dans le logement de la rue Croix-des-Petits-Champs
cet ameublement misérable, mais ses souvenirs n'avaient
rien d'assez précis pour lui donner la certitude que c'était
bien chez son ancienne connaissance Nathan qu'il se trouvait pour le moment.

Georges se jeta sur le sopha, résigné à attendre le bon
plaisir du maître de ce charmant séjour, puis il alluma
un cigare pour passer le temps.

Après quelques moments d'attente il entendit un bruit
de voix dans la chambre voisine. — Saisi aussitôt d'une
curiosité bien naturelle dans sa position, il se rapprocha

avec précaution de la porte qui donnait dans la pièce d'où ce bruit semblait venir, et il se mit à écouter, dans l'espoir d'éclaircir ses doutes sur l'identité du personnage auquel il allait avoir affaire.

Les premières paroles qui lui arrivèrent furent d'abord confuses et n'offrirent aucun sens intelligible; mais l'oreille de Georges s'accoutumant peu à peu à cette manière de suivre une conversation, il finit par recueillir sans en perdre un seul mot le dialogue que nous allons rapporter avec la plus grande fidélité.

— Ah! ça, voyons, mon cher monsieur Salomon, quand le diable en personne y serait, il doit y avoir un moyen de nous arranger, — disait l'une des voix.

— Il y en a un effectivement, c'est de payer... je n'en connais pas d'autre, — répondait une autre voix que d'Entragues n'eut pas de peine à reconnaître : aucun doute ne pouvait plus être possible : Nathan et Salomon David n'étaient qu'un seul et même individu.

— Vous ne voulez donc pas me renouveler une dernière fois ?

— Impossible! L'argent est rare, les temps sont durs... la place de Paris devient de jour en jour plus difficile.

— A qui le dites-vous! C'est justement pour cela que je n'ai pas payé mon billet.

— Je n'y puis rien... il fallait vous mettre en mesure; je vous avais prévenu que je ne renouvellerais pas.

— Allons, laissez-vous fléchir! un malheureux billet de cinq cents francs....

— Lettre de change, s'il vous plaît! — se hâta d'interrompre Salomon.

— Eh bien! je vous en ferai un autre de six cents...

— Que vous ne me payerez pas d'avantage à l'échéance : je ne vois pas ce que j'y gagnerais, si ce n'est de nouveaux frais qui me retomberaient peut-être sur le dos. Merci, je ne fais pas de ces affaires-là.

— Mais enfin, qu'est-ce que vous voulez?

— Je vous l'ai déjà dit, mon argent, j'en ai le plus urgent besoin.

— Puisque je me tue de vous dire depuis une heure que je n'en ai pas!

— Voyons, je me laisse attendrir... mais je vous avertis que c'est pour la dernière fois.

— Digne homme! comment reconnaitre le service que vous me rendez?

— Donnez-moi cent francs comptant, et je vous accorde un renouvellement d'un mois.

— Mais je n'ai pas cent francs à ma disposition, je vous le jure!

— Trouvez-les.

— Où voulez-vous que je les trouve? la débine est générale, je suis enfoncé sur toute la ligne.

— Alors payez-moi les cinq cents : je ne sors pas de là.

— Avec quoi?

— Ça ne me regarde pas. Je votre créancier, je ne suis suis pas votre conseil.

— Je vous donnerai gratis des leçons de mélophone, un instrument très à la mode depuis quelques semaines.

Ici Georges reconnut positivement Bisbille qu'il n'avait fait que soupçonner jusque-là.

— Finissons-en,—dit Salomon.—Mon argent demain à midi, ou demain soir vous recevrez la visite de mon huissier.

— Ah! c'est comme ça! — s'écria Clovis, — eh bien! je déménagerai!

— Qu'est-ce que ça me fait? j'ai la contrainte par corps : je vous rattraperai toujours.

— Monsieur Salomon, — continua l'autre, de plus en plus exaspéré, — si je ne me respectais pas, je vous dirais que vous êtes une infâme canaille! mais je me respecte.

— Fort bien! demain soir, sans faute, vous aurez de mes nouvelles... ah! vous ne payez pas, et vous insultez les gens!...

— Adieu, vieil arabe.

— Sans adieu, mon cher monsieur.

Georges entendit le bruit d'une porte qu'on fermait violemment, et quelques secondes après Salomon entra dans le salon où il attendait.

C'était un homme plutôt petit que grand, et d'une remarquable obésité. Son gros ventre semblait rouler sur ses deux courtes jambes, que l'on n'apercevait qu'à partir du genou, tant les cuisses étaient envahies par la partie supérieure de cet abdomen proéminent. — Le haut était surmonté d'un tronc robuste et carré, et une petite tête ronde comme un potiron, couronnait cet ensemble peu gracieux. — L'expression de cette tête avait au premier abord quelque chose de jovial et même de réjouissant; mais en l'examinant avec quelque attention, cette première impression s'effaçait bien vite, et celle qui la remplaçait était loin d'être favorable. — Ses yeux gris clair et à fleur de tête avaient ce regard fixe, défiant, inquisiteur de la race féline; le nez, gros, un peu relevé, orné de verrues et de petites loupes à filets sanguins, était insolent et sensuel; quant à la bouche, elle mérite une men-

tion toute particulière : elle était fendue d'une oreille à
l'autre, et garnie de dents courtes, fortes et serrées, qu'on
aurait cru plutôt appartenir à la mâchoire d'un carnassier
qu'à celle d'un homme. Si elle s'ouvrait pour sourire ou
parler, elle était fausse et sinistre ; si elle se fermait pour
la réflexion ou le refus, elle exprimait une ténacité qui ne
laissait aucune espérance au solliciteur. Les lèvres étaient
tour à tour minces et saillantes ; le menton un peu chargé,
était cependant expressif et mobile ; les cheveux grison-
nants étaient crépus comme chez presque tous les israé-
lites, et l'ensemble représentait le type juif dans toute son
ignoble pureté : nous en demandons bien pardon aux
rares exceptions qu'offre cette race reconnaissable dans
toutes ses individualités.

Salomon était vêtu d'un large et confortable paletot en
castorine couleur vert-bouteille ; une lourde chaîne d'or
tranchait sur son gilet de satin noir, et supportait de
nombreuses breloques, dépouilles opimes, enlevées sans
doute à divers débiteurs malheureux.

Salomon David avait fait plus d'un métier avant de
se décider à prendre la profession d'usurier. — A Metz,
sa ville natale, on l'avait connu tour à tour marchand
de vieux galons, maquignon et agent de la bande
noire : quelques mauvaises langues prétendaient même
qu'il s'était occupé pendant quelques mois, avec beaucoup
de succès, *de la traite des blanches* : ceci nous semble
assez délicatement dit.

La conversation que l'escompteur venait d'avoir avec
notre ami Clovis Bisbille, ne devait pas paraître à Georges,
qui en avait recueilli quelques lambeaux, d'un favorable
augure pour les projets qui l'amenaient chez le juif.

Toutefois la physionomie de ce dernier n'exprimait à son entrée aucune disposition inquiétante, et il ne paraissait nullement affecté de l'épithète *d'infâme canaille* dont Clovis l'avait gratifié : — était-ce cynisme ou superbe dédain? nos lecteurs en décideront.

— Monsieur le comte, je suis votre serviteur, — dit-il à Georges en le saluant d'une façon tout à fait amicale et même engageante.

— Pardieu, mon cher monsieur Nathan, — répondit d'Entragues, — on a terriblement de peine à vous trouver! voilà plus de deux heures que je cours après vous.

— Chut! — fit Salomon en mettant un doigt sur sa bouche d'un air mystérieux. — Je ne m'appelle plus Nathan.

— Ah! ah! et pourquoi cela...

— Parce que... parce que... ce nom de *Nathan*, voyez-vous, ne me convenait pas... il avait quelque chose de trop juif... et vous savez, il y a des gens qui ont encore des préjugés...

— Et vous avez choisi le nom de *David* comme moins juif, — interrompit Georges en souriant : — je vous en fais mon compliment bien sincère.

— N'est-ce pas, monsieur le comte, que c'est beaucoup mieux? il n'y a pas de comparaison... mais, pardon, vous êtes probablement venu ici pour quelque chose... oserais-je alors vous demander...

— Je suis venu pour faire une affaire avec vous, — repartit Georges avec la résolution d'un homme qui sait que l'assurance est la première condition du succès des entreprises difficiles.

— Ah! ah! — fit le juif dont la figure se rembrunit

subitement : — si c'est pour un emprunt quelconque, je suis désolé, mais cela m'est tout à fait impossible... les temps sont durs, l'argent est rare, et la place de Paris...

— Devient de jour en jour plus difficile, — reprit Georges en achevant la phrase qu'il avait entendu prononcer à Salomon moins de cinq minutes auparavant, et qui sans doute servait au juif comme de réponse stéréotypée à toutes les demandes de prêt ou de renouvellement.

— Monsieur le comte me fait l'honneur de deviner précisément ma pensée; mais que monsieur le comte n'aille pas prendre ceci pour une défaite : il n'est malheureusement que trop vrai que le numéraire disparaît tous les jours, les chemins de fer accaparent l'argent, la banque a augmenté le taux de son escompte, et il nous devient impossible de *faire* quant à présent, le papier de qui que ce soit.

— Ah! çà, mon cher Nathan...

— Salomon, s'il vous plaît, monsieur le comte.

— Salomon soit... Eh bien! monsieur Salomon, vous vous bâtissez des moulins à vent, pour avoir comme don Quichotte le plaisir de les combattre... je ne viens pas vous demander d'argent; je viens au contraire pour vous en proposer.

— En vérité! — dit le juif avec un sourire d'incrédulité.

— Vous ne le croyez pas; je vois cela à votre air, et pourtant rien n'est plus certain.

— Tant mieux! tant mieux! les billets de banque sont toujours les bien venus.

— Je vous dois beaucoup, — dit Georges, du ton d'une personne qui interroge.

— Beaucoup !.— reprit Salomon avec un mouvement de mâchoire très-significatif.

— Quelque chose comme sept cent mille francs, par exemple.

— Un peu plus, je crois ; mais un rien, une bagatelle dont ce n'est pas la peine de parler.

— Vous m'avez prêté vos fonds à un taux exorbitant, vous en conviendrez avec moi ?

— Que voulez-vous, monsieur le comte ? il faut bien gagner sa vie et celle de ses pauvres enfants.

— Vous n'en avez pas !

— C'est vrai, mais je pourrais en avoir, — répondit Salomon en parodiant sans le savoir le mot de *Robert-Macaire* sur les cheveux blancs.

— Enfin pour éviter toute récrémination, — reprit Georges, — je veux bien admettre que la somme avancée soit parvenue par la capitalisation des intérêts au chiffre énorme que j'énonçais tout à l'heure.

— Vous êtes bien bon, monsieur le comte, — riposta le juif d'un ton railleur et presque insolent.

— Les terres d'Entragues que vous avez entre les mains comme garantie, — continua Georges, — ne représentent pas ce chiffre.

— Erreur, monsieur le comte ! erreur ! — répondit Salomon avec un sourire narquois... — les propriétés ont singulièrement augmenté de valeur depuis le jour où j'ai été assez heureux pour vous obliger de mon argent, de mes capitaux ; et puis d'ailleurs je compte morceler et vendre en détail aux paysans. Ils sont riches dans votre Normandie, et ils emploieront tous leurs doubles louis et leurs écus rognés à l'acquisition des petits carrés de terre

que je découperai pour eux dans votre parc et dans vos
domaines.

A peine Georges eut-il entrevu le tableau que les dernières paroles du juif représentaient, que tout son sang
de gentilhomme se souleva dans ses veines! un nuage
passa sur son front subitement contracté, ses poings se
fermèrent convulsivement, et deux grosses larmes de dépit et d'humiliation obscurcirent son regard, un moment
étincelant de rage.

En une seconde il avait revu son vieux père; les longues avenues de tilleuls, pleines de fraîcheur, de mélancolie et de souvenirs; les masses verdoyantes de la forêt,
tour à tour étincelantes comme la lumière, ou mysté-
rieuses comme l'ombre; les toits rustiques des métairies
dans les horizons vaporeux, et le vieil écusson de sa famille fièrement sculpté sur le front de son manoir ra-
jeuni.

Mais en même temps le regard de sa douloureuse pensée
voyait aussi la pioche et la hache mettant partout le désordre et la dévastation! Les chênes séculaires tombaient
sous les coups redoublés de la cognée de paysans avides
et insoucieux! le soc des charrues déchirait les vertes pe-
louses! l'écusson tombait brisé par le marteau d'un parvenu insolent comme la prospérité, et envieux comme la
bassesse.

Ce rêve fut poignant, mais rapide. — Georges rappelé à
lui-même par le sentiment des périls de sa situation, retrouva à l'instant son calme habituel, et ce fut sans la
moindre émotion dans la voix, qu'il dit à Salomon :

— Mais si j'avais à vous proposer un arrangement qui
vous assurât la rentrée prochaine de vos fonds, et me per-

mit de conserver mes terres, vous accepteriez, n'est-ce pas?

— Cela dépend : dans l'état actuel des choses j'ai toutes mes sûretés, et vous ne pouvez me forcer à restitution que par un paiement en bonnes espèces. — Cependant j'y mettrai de la bonne volonté, et quand vous m'aurez dit de quoi il est question, je verrai s'il y a moyen de s'entendre.

— Je puis, — dit Georges, — si vous vous montrez un tant soit peu accommodant, faire un mariage très-riche.

— Ah! ah! — répondit Salomon en goguenardant, — et payer avec la dot, comme une charge de notaire, d'avoué ou de commissaire-priseur.

— Précisément; mais vous comprenez à merveille que je dois, aux yeux des parents de la jeune fille, paraître avoir conservé ma fortune intacte.

— Compris! — dit le juif. — Vous voulez *flouer* ces braves gens, c'est tout simple.

— Je ne les *floue* pas le moins du monde; seulement je dissimule beaucoup mon passif, et j'augmente mon actif en proportion, afin qu'il y ait équilibre : cela se fait tous les jours dans les transactions commerciales.

— Et peut-on savoir ce que c'est que ce mariage? — demanda Salomon d'un ton d'autorité.

Georges nomma la famille de Choisy.

— Ah! très-bien! très-bien! — dit Salomon. — Ce sont des gens riches, et une fortune solide : je connais le pays. Vous feriez là une très-bonne affaire et qui vous remettrait parfaitement à flot.

— Il ne dépend que de vous de ne pas l'empêcher, et je compte sur votre obligeance.

— Et ce mariage, où en est-il?

Georges raconta ce qui s'était passé pendant son voyage en Normandie, et montra la lettre de sa tante de Boisjol.

— De mieux en mieux! il parait que tout le monde en tient pour vous, les grands parents et la petite fille : cela me fait l'effet de devoir aller comme sur des roulettes... dites-moi maintenant ce que vous veniez me demander?

— De me rendre les titres qui vous concèdent la propriété de mes terres et de mon château, et de recevoir en échange des réglements exigibles aussitôt après mon mariage.

— Ah! ah! — fit Salomon.

— Acceptez-vous?

— Non pardieu! je refuse, et plutôt dix fois qu'une.

— Vous refusez! — balbutia Georges avec stupeur.

— Certainement; et j'ajouterai que de la part d'un homme aussi distingué et aussi spirituel que vous, monsieur le comte, cette proposition m'étonne singulièrement.

— Pourquoi donc?

— Comment diable voulez-vous que j'aille me dessaisir de titres parfaitement en règle, incontestables, inattaquables, et que je puis, quand je le voudrai, rendre exécutoires au moyen d'un bon jugement du tribunal de commerce, pour recevoir des valeurs dont rien ne me garantit le paiement, et qui deviendraient de la plus désastreuse nullité si votre mariage manquait, ce qui peut certainement arriver.

— Mais dans ce cas il vous resterait toujours un recours sur mes propriétés, — répondit Georges avec une consternation qui croissait de minute en minute.

— Et supposons (remarquez que je mets les choses au pis, et que ce n'est qu'une supposition), supposons que dans l'intervalle vous vous livriez à un emprunt sur première hypothèque : vous empocheriez l'argent, les droits du prêteur primeraient les miens qui ne seraient que ceux d'un créancier chirographaire, et je serais obligé de soutenir un procès difficile, coûteux, pour ne pas venir à bout peut-être de remettre les choses dans l'état où elles sont aujourd'hui.

— Ah ! çà, me prenez-vous donc pour un fripon ? — demanda Georges avec une indignation magnifiquement jouée.

— Pas le moins du monde, monsieur le comte ; mais dans les affaires il faut toujours agir comme si on ne savait pas avec qui on les traite. C'est ma manière ; elle m'a toujours réussi, et ce n'est pas à cinquante ans passés que j'irai en changer. Au surplus, je suis bien loin de vous vouloir du mal, et tout en refusant cet arrangement, je suis prêt à en accepter un autre pourvu que j'y trouve un bénéfice honnête.

— Mais quel arrangement voulez-vous que je vous propose ?

— Je n'en sais rien, moi ! je ne connais pas vos ressources, vos amis ; cherchez un peu.

— Est-ce une hypothèque, une garantie ?

— L'une ou l'autre... Par exemple si vous aviez un ami très-riche qui consentît à souscrire des lettres de change à votre profit, pour une valeur de sept cent vingt-cinq mille francs, je consentirais volontiers à ne faire usage de mes titres que dans six mois, ce qui vous donnerait tout le temps de conclure et de consommer votre mariage.

— Un ami, dites-vous ?

— Vous devez en avoir plusieurs dans une position fort brillante.

— Vous connaissez la Normandie, m'avez-vous dit tout à l'heure ?

— Parfaitement, je l'ai parcourue vingt fois dans tous ses coins et recoins.

— Avez-vous entendu parler d'un fils de famille qui s'appelle le vicomte de Nodêsmes ?

— Oui, sans doute. J'ai même vendu des chevaux à son père dans le temps que j'étais maquignon... Mais vous ne savez peut-être pas que j'ai été maquignon.

— Que pensez-vous de la fortune de ce jeune homme ! — demanda Georges tout à son affaire.

— Il est fils unique, et l'un des plus riches propriétaires de son département.

— Sa signature vous conviendrait-elle ?

— Très-bien, s'il est majeur.

— Vous aurez son acte de naissance entre vos mains, ou vous pourrez prendre des renseignements dans le pays.

— Oh ! la plus grande difficulté n'est pas là. Mais comment obtiendrez-vous sa caution ? Sept cent vingt-cinq mille francs, c'est une somme !

— Ceci est mon affaire. Pourvu que vous ayez vos billets bien en règle, vous n'avez pas à vous inquiéter du reste le moins du monde.

— D'accord ; mais entendons-nous bien : je veux des lettres de change, pour pouvoir faire coffrer le jeune homme s'il ne paie pas. — Voyez-vous, Clichy, moi je ne connais que ça.

— Soit, vous aurez des lettres de change.

— Je veux de plus être mis personnellement en rapport

avec M. le vicomte de Nodèsmes, pour bien m'assurer de l'identité de la personne.

— Toujours défiant ?

— Non, toujours prudent.

— Vous serez mis en rapport avec M. de Nodèsmes.

— Alors, bonne chance ! Quand vous reverrai-je ?

— Probablement d'ici à fort peu de jours; dès que ma négociation sera terminée.

Et Georges quitta la demeure de l'usurier un peu moins préoccupé que lorsqu'il y était arrivé.

— Je suis curieux de savoir comment il s'y prendra pour plumer l'autre étourneau, — se dit Salomon resté seul. — Enfin n'importe, il y aura toujours là dedans quelque chose à gagner pour moi... Qui sait si je ne trouverai pas le moyen d'avoir tout à la fois la somme et la terre. *Tout retenir et ne rien rendre,* voilà comme je comprends *la soustraction.* Ma foi ! vive l'arithmétique !

III

Le bracelet.

Nous demanderons à nos lecteurs la permission de franchir un laps de temps de quinze jours environ, et nous nous bornerons à indiquer rapidement ce qui s'était passé entre Jules de Nodèsmes et Mazagran à partir de la visite de Georges d'Entragues au juif Salomon, jusqu'aux événements qui vont prendre place dans notre récit.

On se souvient que le baron Aymeric Croisé de la Croisette, chevalier de plusieurs ordres et commandeur de quelques autres, avait présenté le vicomte de Nodèsmes à madame veuve Lambertini, née Adèle de Flavy, le soir même du jour où Jules avait aperçu aux Champs-Élysées la charmante veuve pour la seconde fois : ce qui résulta de cette présentation n'est pas très-difficile à prévoir, ou plutôt à deviner.

Ç'avait été d'abord pour la jeune femme une chose infiniment réjouissante que de sentir sa vie pour ainsi dire transformée en un bal masqué perpétuel, dans lequel elle pouvait du matin au soir jouer la comédie de sentiment à visage découvert. — Rien ne lui semblait plus amusant, et ne pouvait lui paraître plus neuf, à elle, tout à la fois fille et prêtresse du plaisir et de la folie, que de se poser en femme vertueuse, et de se voir refusant sérieusement une foule de petites faveurs et de *menus suffrages* qu'elle n'avait jamais contestés à qui que ce fût au monde depuis qu'elle avait atteint l'âge de raison. — Si Jules avait eu plus d'expérience, cette grande sévérité lui aurait peut-être paru un peu suspecte, car en la comparant à celle d'autres femmes honnêtes de sa connaissance, il aurait évidemment constaté une exagération bien faite pour lui donner de la défiance. — « Toutes les vertus contre lesquelles j'ai échoué, se serait-il dit, permettaient toujours quelque chose : pourquoi diable celle-ci n'agit-elle pas de même ? Qui veut trop prouver ne prouve rien. J'y regarderai de plus près. »

Mais Jules était la candeur même, la crédulité en personne, de sorte qu'il prit au sérieux toutes les résistances de Mazagran, qui du reste n'avait pas des attaques bien vives à repousser. — Quant à l'égrillarde lorette, transformée en dame *honesta*, elle avait commencé par jouer avec le naïf amour du vicomte, comme le chat joue avec la souris ; peu à peu elle s'était abandonnée au charme de cette passion juvénile si nouvelle pour son cœur ; le jeu était devenu une réalité, et la jeune femme avait fini par éprouver un attachement, sinon très-sérieux, du moins assez vif, à l'endroit de l'homme qu'elle devait enchaîner, par ordre, à son char.

Peut-être nous demandera-t-on comment il pouvait se faire que M. de Nodêsmes, jeune, il est vrai, et complètement dépourvu d'expérience ; mais, après tout, homme du monde et du meilleur monde, jouissant par conséquent de ce tact inné qui semble héréditaire chez les gens de noble race, fût tombé dans un aveuglement assez grand pour accepter sans la moindre hésitation tout ce qui lui avait été dit par La Croisette au sujet de la soit-disant veuve, et pour confondre celle-ci, si rusée et si habile qu'elle fût, avec la femme retenue par principes, et distinguée autant par instinct que par éducation.

Nous répondrons à ceci de la façon la plus terre à terre du monde, en disant que l'amour est aveugle chez tous les hommes qui le prennent au sérieux, et qu'il l'était particulièrement chez le vicomte de Nodèsmes, parce qu'il le considérait, l'enfant qu'il était, comme l'affaire la plus importante de sa vie.

On a beaucoup écrit, discuté, rêvé, expérimenté sur l'amour. — On en a donné des définitions tour à tour profondes et ingénieuses, sérieuses et grotesques, chastes et indécentes. — La question est donc un peu usée, ce qui ne nous empêchera pas de la traiter très-succinctement à notre point de vue, en ayant soin de faire précéder l'axiôme auquel nous comptons la réduire de deux autres qui nous ont semblé mériter quelque attention :

aophie Arnoult, cette courtisane de tant d'esprit, qui disait à deux femmes de la cour, marchandant un divan à une vente qu'elle faisait faire : *Ces dames voudraient peut-être l'avoir au prix coûtant.* — Sophie Arnoult définissait l'amour.

— Ah ! diable ! voilà que nous nous apercevons seulement qu'il nous est impossible de vous donner la définition de Sophie Arnoult...

— Cependant, messieurs les auteurs, en employant certaines périphrases, certaines circonlocutions, il me semble
que vous pourriez... car enfin il est fort désagréable...

— Madame, nous vous donnons notre parole d'honneur
que nous ne saurions, sans manquer au respect que nous
vous devons.....

— Allons, — murmure la dame entre ses dents, —
voilà maintenant les auteurs qui vont se mettre sur le
pied de nous respecter dans leurs livres.,. il ne nous
manquait plus que cela!...

Ne pouvant décemment vous donner la définition de
Sophie Arnoult sur l'amour, force nous est d'avoir recours
à des autorités moins célèbres, et nous citerons d'abord
le mot d'une jeune et charmante femme, que vous inter-
prêterez à votre fantaisie.

« L'amour, nous disait-elle un jour, c'est le bonheur!
— mais le mariage, c'est le plaisir!!! »

Ici la définition s'était élevée jusqu'à la hauteur du
parallèle; nous serons plus modestes et nous dirons :

« L'amour, à très-peu d'exceptions près, est la plus
agréable des choses insignifiantes. »

Jules de Nodèsmes n'étant pas de cet avis, bien malheureusement pour lui, nous le croyons, avait de prime
abord laissé prendre à sa fantaisie pour Mazagran la proportion gigantesque d'une passion sérieuse, de sorte qu'il
acceptait pour argent comptant, pour réalité, toute la
fausse monnaie de pruderie et toute la pretintaille de
sentiments que *son Adèle* lui prodiguait en toute occasion.

Hâtons-nous d'ajouter cependant, pour la justification
de notre héros, que Mazagran ne manquait pas d'un cer-

tain tact et d'une finesse qui la garantissait du danger de trop charger son rôle ; puis, ayant été piquée elle-même par l'amour après quelques jours de cette comédie, elle avait fini par prendre son personnage au sérieux, si bien que le bandeau qui couvrait les yeux du vicomte de No-dèsmes, s'épanouissait chaque jour davantage.

Cependant en dépit des timidités fabuleuses de notre amoureux, et des pruderies incroyables de la veuve, Jules s'endormit un soir, ou s'éveilla un matin, nous ne savons lequel des deux, amant heureux de son Adèle ; mais ne pouvant croire à son bonheur tant il lui semblait immense et inespéré.

— Comme elle doit m'aimer, — se disait-il avec ivresse, — pour m'avoir fait un si grand sacrifice !

Nous aurions ici une foule de réflexions fort impertinentes à faire, mais nous les supprimons par prudence, imbus que nous sommes de cet axiome de morale, que s'il est fort avantageux de bien connaître les femmes, c'est une grande gaucherie de leur laisser trop voir qu'on les connaît.

Bref, Jules de Nodèsmes en était presque à s'affliger *du grand sacrifice* que Mazagran lui avait fait.

Noble jeune homme, tu as notre estime !

Georges d'Entragues qui avait suivi avec la plus sérieuse attention la marche de cette affaire capitale pour lui, non-seulement se garda bien de ridiculiser cet amour et de dépoétiser ce bonheur, mais encore il fit tout ce qui dépendait de lui pour entretenir les illusions de son ami, et même pour lui en inspirer de nouvelles.

D'ailleurs de graves préoccupations l'agitaient person-nellement et lui faisaient envisager toutes choses sous le

côté le plus sérieux. — Il était allé rue Saint-Dominique
visiter la famille de Choisy, *à l'Hôtel des Ambassadeurs*,
et la manière dont il avait été accueilli confirmait trop
bien la lettre de la chanoinesse, pour ne pas lui faire
désirer ardemment de se mettre dans les conditions vou-
lues pour conduire cette affaire à bonne fin, et pour lui
permettre de perdre de vue un seul instant les éventuali-
tés sinistres qui pouvaient de moment à l'autre renverser
ses plus chères espérances.

En outre, quand M. d'Entragues avait promis à Salomon des lettres de change du vicomte de Nodèsmes en
remplacement des titres qui lui abandonnaient toutes ses
propriétés, il ignorait complétement comment il viendrait
à bout de réaliser cette promesse, et il se bornait à compter, non pas sur le hasard, cette providence des sots et
des étourdis, mais sur cette merveilleuse facilité de con-
ception et d'exécution qu'il avait reçue de la nature, et
qui ne lui avait jamais fait défaut dans les circonstances
difficiles et même périlleuses de sa vie.

Demander à Jules de lui prêter sa signature pour une
somme de cette importance, il n'y fallait pas penser. —
D'abord cela entraînerait à des explications impossibles
à donner d'une manière un peu satisfaisante, puis, de si
bonne et de si candide nature que fût le jeune homme,
cette demande le mettrait naturellement sur ses gardes,
et lui inspirerait d'inévitables soupçons qu'il fallait à tout
prix empêcher de naître, attendu qu'il est difficile quelquefois d'éveiller la défiance, il est presque toujours impossible de la rendormir.

Il était donc d'absolue nécessité de surprendre au plus
vite cette signature de Nodèsmes, mais comment? Là était

le problème à résoudre. — Soudain un éclair de joie vint illuminer le front pensif et soucieux de Georges! ce problème tant cherché, il croyait l'avoir trouvé.

Aussitôt il se rendit auprès de Jules, qu'il trouva plongé dans ses rêves de bonheur.

— Ne pensez-vous pas, mon ami, — lui dit-il après avoir amené adroitement là conversation sur Mazagran, — qu'il serait convenable de témoigner par quelque chose de gracieux à madame Lambertini, combien vous êtes touché de son bon accueil et de la grâce flatteuse avec laquelle elle vous a admis dans sa plus étroite intimité?

— Sans doute, — répondit Jules avec le plus vif empressement; — mais, mon ami, dites-moi ce que vous appelez quelque chose de gracieux?

— J'entends un de ces petits présents qui plaisent aux femmes, moins à cause de leur valeur que parce qu'ils sont un gage d'une affection qu'elles inspirent.

— Mais croyez-vous qu'elle consentirait à accepter?... — demanda Jules avec une certaine inquiétude provoquée par la crainte d'offenser l'ange qu'il adorait.

— Je n'en fais aucun doute. Elle vous témoigne trop de sympathie, et je la crois trop véritablement bonne pour qu'il soit permis de supposer qu'elle voudrait courir le risque de vous affliger par un refus. ﹅

— En vérité! — fit le vicomte dont le front rayonna d'une vive joie. — Mais que peut-on lui offrir qui soit digne d'elle? — reprit-il après quelques instants d'un silence extatique.

— Un rien, une bagatelle,; une de ces choses qui témoignent du goût de celui qui les a choisies, que vous dirais-je? un bijou, une bague, un camée... Ce que vous voudrez enfin, car, je vous le répète encore, dans ces sortes d'affaires la valeur de l'objet donné n'est rien.

Si vous vouliez, mon cher d'Entragues, me guider dans ce choix?...

— Avec le plus grand plaisir, je vous mènerais, si cela vous convient, chez un bijoutier de ma connaissance qui n'a point de boutique, mais qui possède dans un espèce de taudis tout ce qui se fait de mieux en curieuses orfévreries. Nous pouvons faire cette course demain matin.

— J'accepte avec plus de reconnaissance que je ne saurais dire.

Georges causa encore pendant quelques instants avec Jules, puis il regagna son appartement, où il se mit sans retard à écrire la lettre suivante :

Mon cher monsieur Salomon,

« Vous m'avez témoigné le désir d'être mis en relation directe avec le jeune homme que vous savez. Je vous le conduirai demain dans la matinée. Il désire acheter quelques joyaux de femme. Procurez-vous donc une collection fort complète de bagues, de broches, de bracelets; etc. Surtout pas un mot de l'affaire en question; le temps n'est pas encore venu, et le fruit n'est pas tout à fait mûr. Nous serons chez vous entre midi et trois heures. Vous ne devez pas avoir l'air prévenu d'avance.

Mille compliments empressés. »

Comte d'ENTRAGUES.

Le lendemain vers midi et demi, d'Entragues et Nodèsmes arrivaient rue des Bons-Enfants, Georges sonnait à la porte de l'escompteur, et la grosse servante bourguignonne, d'un air caressant cette fois, introduisait les visiteurs sans leur faire faire antichambre.

Le salon que nous connaissons déjà, avait pris un air de fête : il y avait des bougies dans les chandeliers, le carreau rouge avait été frotté et lustré, et le bureau recouvert de basane verte, débarrassé de ses paperasses, était encombré d'écrins de toutes formes et de toutes couleurs.

De plus, chose prodigieuse pour nous qui connaissons les habitudes de la maison, il y avait du feu dans la cheminée!

Salomon était là, plus ventru que jamais dans son paletot vert-bouteille; — il souriait gracieusement en faisant clignoter ses petits yeux : — L'usurier était redevenu marchand : — du reste pour un juif, c'est à peu près la même chose.

— Monsieur Salomon, — dit Georges en entrant, — je vous présente un nouveau client, monsieur le vicomte de Nodêsmes, riche propriétaire de Normandie; il désire faire quelques acquisitions de bijoux, et je vous l'ai amené, convaincu que vous le traiteriez en conscience.

— Monsieur le comte est bien bon, — répondit le juif en courbant aussi bas que possible sa courte et massive épine dorsale. — Cette confiance m'honore, mais elle est méritée, et monsieur le comte le sait bien.

— Voulez-vous nous montrer des bijoux? dit le vicomte de Nodêsmes.

— Sans doute, monsieur le vicomte, sans doute... quand je pense, — ajouta Salomon, en se dirigeant vers le bureau, — que j'ai eu l'honneur de voir monsieur le vicomte pas plus haut que cela.

Ét le juif fit ce geste par lequel on a l'habitude de désigner la taille d'un tout petit enfant.

— Ah! — fit Jules avec quelque curiosité... — et où donc m'avez-vous vu?

— A votre terre de Nodêsmes... mais il y a bien longtemps de cela... dix-huit ans à peu près : vous ne pouvez pas vous en souvenir. Je vendais à monsieur votre père deux chevaux bais à balzanes postérieures, des bêtes normandes, belles et bonnes ma foi, ayant du train, de la taille et qui ont dû lui faire un fameux service.

— Vous n'étiez donc pas bijoutier dans ce temps-là? — demanda Nodêsmes avec une politesse bienveillante.

— Pardonnez-moi, monsieur le vicomte : seulement je faisais le commerce des chevaux pour mon plaisir. Et tenez, si vous avez besoin de quelque jolie bête de selle, je crois que je connais une jument anglaise qui ferait bien votre affaire.

— Nous verrons cela plus tard, — interrompit Georges, bien que la proposition ne s'adressât pas à lui : — mais aujourd'hui nous sommes venus pour acheter des bijoux, montrez-nous des bijoux.

— Voilà, monsieur le comte! voilà! — dit Salomon en se hâtant d'ouvrir plusieurs écrins qui contenaient des parures de différentes espèces.

— Voici un bracelet charmant, — fit Jules en passant le bijou à d'Entragues.

— Il n'y a pas mieux dans Paris, — se hâta d'ajouter Salomon.

Le bracelet que le vicomte faisait admirer à d'Entragues, était effectivement un ouvrage d'orfévrerie fort consciencieusement travaillé, et le sujet en était assez original :

Il représentait une syrène qui, les reins gracieusement cambrés, cherchait, à l'aide de ses bras rejetés en arrière, par un mouvement rempli de hardiesse, à nouer l'extrémité de ses longs cheveux flottants avec celle de sa queue recourbée.

— Je trouve ce bijou charmant, — dit Georges en passant l'écrin au vicomte, — et je vous engage à vous en tenir à ce choix qui est des plus heureux.

— Quel est le prix de ce bracelet? — demanda Jules à Salomon.

— Cinquante louis. Toutes ces pièces sont massives; il y a pour quatre cent soixante et dix-sept francs d'or au poids et au titre; et d'ailleurs c'est une œuvre d'art digne d'un connaisseur comme monsieur le vicomte.

— Je le prends, dit Nodèsmes en le mettant de côté.

Salomon voyant le prix de son bracelet accepté sans contestation, regretta amèrement de ne l'avoir pas élevé davantage.

— *Ne vous faut-il rien autre?* Monsieur le vicomte ne peut pas s'en tenir à ce seul bijou, — fit le juif.

— Montrez-moi des bagues.

Salomon en tira une vingtaine de leurs petits écrins, et il les étala sur le bureau, en les faisant jouer l'une après l'autre avant de les placer.

Jules choisit une des bagues.

Elle était d'une grande simplicité, mais par cela même charmante. Le chaton, représentait une fleur de pensée en pierres précieuses si finement travaillées, que le tout imitait la nature à s'y méprendre.

— Combien, — demanda Jules.

II.   4

— Cinq cent francs, — répondit le juif qui voulait prendre sa revanche.

Ensuite Jules ayant examiné encore quelques autres bijoux, pria d'Entragues d'accepter une ravissante épingle de cravate, laquelle consistait en un petit scarabée en émail, dont le corcelet était marqué par une rangée de perles fines microscopiques : — l'insecte, d'une imitation parfaite, était posé sur une feuille de pampre en or vert : Georges accepta avec d'autant plus de plaisir, que ce présent lui semblait devoir démontrer à Salomon quel était le degré de son intimité avec Nodêsmes.

— Est-ce donc tout, cette fois, monsieur le vicomte ? — demanda Salomon enchanté de sa matinée.

— Oui, pour aujourd'hui.

— Si monsieur le vicomte est amateur de tableaux, j'en ai quelques-uns d'excellents, maîtres, que je pourrais céder à des conditions très-avantageuses.

— Comment, vous vendez aussi des tableaux ?

— Comme des chevaux, pour mon plaisir, — répondit le juif sans montrer aucun embarras : — de plus, continua-t-il aussitôt, j'offrirai encore à monsieur le vicomte une fort remarquable collection de belles armes de toutes les époques et de tous les pays du monde.

— Des armes aussi ! — s'écria Jules avec une stupéfaction toujours croissante.

— J'ai de plus deux caisses de Bordeaux Lafitte, de cent bouteilles chacune, première qualité, à capsules plombées : je les ai eues dans une affaire, et je pourrais vous en arranger à très-bon compte.

— Comment, du vin ! Mais vous êtes donc un homme universel monsieur Salomon ?

— Et du vieux rhum de la Jamaïque, mais ce qui s'appelle pure Jamaïque : quarante ans de fût et dix ans de bouteille ; c'est à s'en lécher les doigts!

Jules, cette fois, partit d'un éclat de rire, qui n'intimida sans doute pas Salomon, car il reprit aussitôt :

— Et des cigares, d'excellents cigares de contrebande, supérieurs aux panatellas de la régie, et moins chers! J'en ai quatre caisses de deux cent cinquante, mille en tout! — et des pipes turques! — et un narguilé! — et une selle arabe magnifique! — et un exemplaire complet des œuvres de M. de Châteaubriand, relié en chagrin! — et un fusil à vent! — et un admirable coffre de Boule, cuivre et écaille..,

Georges interrompit cette nomenclature qui menaçait de ne pas finir; il trouvait en outre que le marchand tournait à l'usurier d'une façon un peu compromettante pour lui, d'Entragues, qui l'avait recommandé.

Le vicomte de Nodêsmes paya ses emplettes au moyen d'un billet de banque dont Salomon lui rendit l'appoint, et les deux jeunes gens sortirent, reconduits jusqu'au premier étage par le juif, qui faisait à chaque marche une courbette ou un compliment.

Le premier pas était fait : l'identité du vicomte était bien et dûment constatée par le juif.

— Mon cher Georges, — dit Nodêsmes à d'Entragues en remontant en voiture : — J'ai un service à vous demander; mais là ce qui s'appelle un service d'ami : puis-je encore compter sur vous?

— Mais vous le savez bien! au surplus je vous répète une fois de plus qu'il n'y a rien que vous ne puissiez réclamer de moi.

— Oh! je le sais bien! mais c'est que dans cette circonstance... je crains...

— Que craignez-vous?

— D'exciter votre verve railleuse, et franchement cela
me ferait de la peine.

— J'en suis incapable, — repartit Georges avec un sérieux imperturbable.

— Eh bien! je voudrais que vous eussiez l'extrême
obligeance de remettre vous-même de ma part ces baga-
telles à madame Lambertini. Eh bien! ne trouvez-vous
pas ma demande indiscrète?

— En aucune façon, mon cher ami. Seulement je ne
puis m'expliquer comment vous vous refusez le plaisir
d'offrir vous-même ces présents qui sont à la fois une
preuve de votre goût et un témoignage de votre affection.

— Vous avez raison, mais je suis très-timide dans ces
sortes de circonstances, et je n'ose en vérité...

— Vous êtes un enfant! — interrompit Georges. —
Est-ce que les femmes se fâchent jamais de ces choses-là?
En vérité, mon cher, vous ne faites pas de progrès du
tout.

— Je m'y prendrais gauchement, — reprit Jules. —
Enfin rendez-moi ce service.

— Soit, mais que deviendrez-vous pendant ce temps-là?
c'est-à-dire où serez-vous censé être? car elle ne manquera
pas de me demander pourquoi vous n'êtes pas venu vous-
même.

— Nous inventerons quelque chose.

— Quand voulez-vous que je fasse cette petite commission?

— Mais tout de suite, — balbutia Jules. — Je resterai

dans la voiture, et vous direz que j'avais un rendez-vous chez mon notaire.

— Place Ventadour! — cria Georges au cocher.

Cinq minutes après il entrait chez Mazagran.

— Ma fille, — lui dit-il en l'embrassant d'une façon assez peu paternelle, — voici ce que votre vicomte vous prie d'accepter.

— Et pourquoi donc qu'il n'apporte pas ça lui-même? dit la lorette en prenant l'écrin.

— Il n'ose pas, et quoi qu'il soit en voiture à votre porte, il m'a chargé de vous dire qu'il avait un rendez-vous d'affaires avec son notaire.

— Dites donc, Georges, en voilà un qui serait bon à mettre dans un bocal! Mais c'est égal, il est bon enfant... et puis amoureux! amoureux! Georges, vous devez me trouver un peu maigrie, car je suis amoureuse aussi pour de bon.

— Oh! que c'est joli! que c'est joli! — continua-t-elle en sautant de joie, — car elle venait d'ouvrir l'écrin, et le bracelet et la bague scintillaient sous ses yeux. — Ma foi il est fièrement gentil mon petit vicomte.

— Parbleu, — risposta Georges, — c'est moi qui lui en ai donné l'idée.

— Dites donc, Georges, est-ce qu'une femme peut se tordre comme ça? — demanda Mazagran en contemplant avec admiration la sirène sur le flanc de laquelle jouait un rayon de soleil d'un délicieux effet.

— Je n'ai jamais essayé, — répondit avec distraction d'Entragues, dont l'esprit flottait ailleurs.

— Et comme c'est lourd! — reprit Mazagran avec enthousiasme, toujours en parlant du bracelet qu'elle pesait dans le creux de sa petite main.

— Quatre cent soixante et dix-sept francs d'or au poids, ma chérie. — dit Georges : — prenez-en bonne note pour quand viendra le jour du Mont-de-Piété.

— Au Mont-de-Piété! par exemple! un souvenir d'amour comme ça... merci!

— On ne sait pas, — reprit Georges en riant, — le Mont-de-Piété est la Providence visible de l'univers.

Et il déclama d'un ton solennel :

> Et la garde qui veille aux barrières du Louvre
> N'en défend pas les rois!

— Mais enfin où est-il cet amour d'homme qui fait de si jolis cadeaux par procuration? — demanda Mazagran.

— Je vous l'ai déjà dit, à la porte dans notre coupé, et il m'a bien recommandé d'aller lui dire si vous lui pardonnez.

— Allez le chercher; je suis magnanime, je pardonne de tout mon cœur.

— Je vous obéis; mais auparavant j'ai quelque chose à vous dire.

— Parlez vite... je suis pressée de remercier mon gentil vicomte.

— Je vais remonter avec lui dans un moment... Maintenant écoutez-moi bien. Vous nous inviterez à souper tous les deux après l'Opéra où nous vous conduirons ce soir. Il faudra que la table soit mise quand nous rentrerons, et mise au salon près du feu. Nous ne serons que nous trois : j'enverrai des vins dans la journée.

— Ce sera fait, mon petit Georges. Est-ce toujours pour la politique ?

— Sans aucun doute; et si vous le voulez, je puis vous expliquer tout de suite...

— Mon, non, — interrompit Mazagran avec un effroi comique... — J'aime mieux vous croire sur parole.

— Je vais vous envoyer Jules ; mais c'est à la condition que vous n'oublierez rien de ce que je vous ai demandé pour ce soir.

— Soyez tranquille, on a une bonne tête.

Et Georges descendit chercher le vicomte que l'émotion agitait singulièrement, car il attendait la réponse de la jeune femme comme le criminel attend son arrêt.

— Eh bien ! eh bien ! — demanda-t-il à d'Entragues avec la plus poignante anxiété.

— Ce que je vous disais, mon ami ; on ne vous en veut pas le moins du monde : on vous attend, et je crois qu'on ne refusera pas de vous laisser prendre un ou deux baisers sur une blanche main.

Les choses se passèrent ainsi que l'avait réglé Georges. La partie pour aller à l'Opéra, fut proposée et convenue, l'invitation à souper fut faite et acceptée ; puis M. d'Entragues se retira, laissant les deux amoureux dans un tête-à-tête qui annonçait devoir être fort tendre.

Georges s'achemina pédestrement tout le long de la rue Croix-des-Petits-Champs dans la direction de la place Vendôme ; arrivé à la rue de la Paix, il tourna à droite, puis à gauche, et il entra dans l'hôtel du timbre royal où il resta fort longtemps.

Quand il en ressortit, il avait dans son portefeuille huit carrés longs de papier timbré ; sept de cent mille francs chacun et un de vingt-cinq mille. Il lui avait fallu les faire timbrer exprès, le gouvernement ne mettant pas en circulation de timbres de plus de vingt mille francs : cette petite opération préliminaire coûta à Georges la bagatelle de trois cent soixante-deux francs cinquante centimes.

Il rentra chez lui, et sur sept de ces carrés longs, il écrivit en travers ces mots sacramentels :

Accepté pour la somme de CENT MILLE FRANCS, *payables dans six mois.*

Et sur le huitième :

Accepté pour la somme de VINGT-CINQ MILLE FRANCS, *payables dans six mois.*

Georges ne signa point ces papiers, et il les remit soigneusement dans son portefeuille.

A huit heures précises, les deux amis arrivèrent à l'Opéra avec Mazagran qui était ravissante. Nous dirons par parenthèse que ce soir-là on jouait *Guillaume Tell*, et que Duprez y fut plus admirable que jamais.

A onze heures et demie environ, Mazagran rentrait chez elle, toujours escortée de ses deux cavaliers, et peu d'instants après tous les trois se disposaient à prendre place à une table délicieusement servie, à quatre pas de la cheminée du salon où pétillait un feu clair et réjouissant.

IV

La signature.

— Ma foi, madame, — dit Georges d'Entragues à Mazagran, en présentant au feu, l'une après l'autre, les semelles de ses bottes vernies, — vous conviendrez avec moi que c'est une délicieuse chose que de se trouver par les dix degrés de froid qu'il fait dehors aujourd'hui, au coin d'une bonne cheminée et devant une table aussi bien servie que la vôtre. Je suis un peu sensuel, je l'avoue, et je ne connais guère de volupté qui soit supérieure à celle-là.

— Surtout, — se hâta de reprendre Jules de Nodèsmes, que la musique de Rossini avait singulièrement disposé à la tendresse, — surtout quand on se voit entre un ami tout dévoué comme vous, et il tendit la main à Georges, et une,.. (Il allait dire : maîtresse charmante, mais il reprit aussitôt) : et une femme aussi ravissante que l'est Madame !

Et il lança à Mazagran une œillade toute chargée d'un fluide magnétique et amoureux.

Au moment où la lorette allait répondre à ce compliment assez délicatement tourné dans sa gaucherie, on entendit au dehors un cornet à piston qui jouait avec enthousiasme le vieil air si connu :

> Où peut-on être mieux,
> Qu'au sein de sa famille?...

— Voilà un musicien qui me semble bien heureusement doué de l'esprit d'à-propos, — dit Georges en riant : — On croirait qu'il se doute de ce qui se passe dans ce délicieux salon.

— Peut-être veut-on nous donner une sérénade, — ajouta Jules en riant aussi.

— Dans tous les cas l'air de ce Monsieur n'est pas bien neuf, — fit Mazagran avec une petite moue dédaigneuse de l'effet le plus piquant. La fine mouche avait reconnu Clovis Bisbille, et elle était bien aise, pour le cas où Georges en ferait autant, de protester d'avance contre les interprétations fâcheuses que cette musique à une heure indue pourrait faire naître dans l'esprit soupçonneux du comte d'Entragues.

En ce moment le cornet à piston abandonna son premier motif pour un autre, non moins connu :

> Qu'on est heureux de trouver en voyage,
> Un bon souper et surtout un bon lit.

— Je demande une variante, — dit Georges.

— Laquelle ? — repartit Mazagran en baissant les yeux.

— Celle-ci qui me semblerait beaucoup plus convenable pour la circonstance.

> Qu'on est heureux de trouver quand il gèle,
> Près d'un feu clair un excellent souper.

— Bravo! bravo! — dirent à la fois le vicomte et sa maîtresse.

— Et maintenant, messieurs, — ajouta cette dernière : — à table si vous le voulez bien.

Les trois convives allaient s'asseoir, quand le cornet à piston changea encore de thème subitement, et joua avec une verve sans pareille.

> C'est l'amour,
> L'amour,
> L'amour
> Qui fait le monde
> A la ronde ;
> Et chaque jour
> A son tour
> Le monde
> Fait l'amour.

— Ceci me semble une vérité incontestable ! — s'écria le comte d'Entragues. — Mais je suis curieux de savoir quel est le mélomane furibond qui brave ainsi à minuit le froid et les réglements de police pour nous écorcher les oreilles.

Et tout en parlant Georges courut à la fenêtre, où il fut suivi par Jules et Mazagran.

La lune, fort brillante en ce moment, leur permit de distinguer à merveille l'invariable vareuse sang de bœuf de Clovis Bisbille, lequel était à cheval sur l'appui de sa fenêtre, balancé ainsi entre le ciel et la terre, comme dit l'immortel Walter-Scott en parlant poétiquement des pendus.

— Vous avez un voisin bien amateur de musique, Mazagran — dit Georges à la jeune femme qui rougit légèrement et se hâta de quitter la fenêtre.

— Se livre-t-il souvent à ce genre d'exercice? — ajouta Georges.

Mazagran ne répondit pas, mais elle se retourna, et elle adressa à d'Entragues un regard où le reproche se mêlait à la colère.

Disons tout de suite pour expliquer la conduite peut-être un peu imprudente de Georges, qu'il était à peu près sûr de ne pas éveiller la défiance du crédule vicomte de Nodêsmes, et qu'il était bien aise de donner un avertissement salutaire à Mazagran, pour le cas où elle n'aurait pas définitivement rompu avec Clovis Bisbille, qui, à défaut d'autre mérite, avait toujours celui d'être le fruit défendu, puissant attrait, dit-on, pour les imaginations féminines.

La fenêtre fut refermée, et les deux amis prirent place à table, à droite et à gauche de la jeune femme, dont le regard avait repris toute sa joyeuse sérénité.

— Ma foi — dit Georges, en dégustant le vin qu'il venait de se verser, — voilà du Sauterne qui me semble le meilleur que j'aie jamais bu! goûtez-le, Jules, et vous m'en direz des nouvelles.

Jules goûta le Sauterne, en fut enchanté, et céda aux instances de Georges qui le pressait d'y revenir immédiatement.

Après les huîtres de Marennes, Georges, que Mazagran avait chargé de faire les honneurs de son petit souper, s'empara d'un nouveau flacon, le déboucha prestement et reprit.

— Essayons maintenant de ce Tavel : il a un bouquet d'une finesse rare pour un vin du midi, et je crois qu'il fera merveilleusement valoir le fumet exquis de ce salmis de bécasses ! Qu'en pensez-vous, madame ?

— Je suis fort ignorante en ces sortes de choses, — répondit Mazagran d'un ton modeste, — mais je m'en rapporte tout à fait à votre expérience, monsieur le comte.

— Je conviens qu'elle est grande, — continua Georges, et il dégusta avec sensualité le Tavel après en avoir préalablement versé dans tous les verres.

— Eh bien ? — demanda Mazagran, du ton d'une gracieuse maîtresse de maison qui est bien aise d'avoir l'opinion de ses convives sur les bonnes choses qu'elle leur fait servir.

— Supérieur encore au Sauterne, si c'est possible, — repartit Georges en faisant claquer ses lèvres. — En vérité, Madame, vous avez une cave comme il n'en existe plus guères. — Que vous en semble ? — ajouta-t-il en s'adressant à Jules.

— Délicieux, mon cher d'Entragues ! et je pense comme vous que la cave de Madame est...

— Alors, — interrompit Georges en prenant une cuiller d'une main et une bouteille de l'autre, — encore une aile de cette bécasse, et encore un verre de ce Tavel.

Jules accepta l'un et l'autre avec un empressement qui ressemblait à de l'entrain.

— Savoir varier, c'est savoir jouir, — dit Georges sentencieusemeut. — Cet aphorisme peut avoir son application à table comme ailleurs ; peut-être même là plus qu'ailleurs... Varions donc nos jouissances et entamons ce Chambertin en même temps que cette mayonnaise de crevettes.

Le Chambertin, contenu dans une vieille bouteille entourée de réseaux de toiles d'araignée, égalait, si toutefois il ne les surpassait, les qualités de ses devanciers. — Jules qui commençait à être un peu plus animé que de coutume, lui fit fête avec une préférence marquée, ce qui amena tout naturellement Georges à entamer une discussion assez vive au sujet de la supériorité des crus du Médoc sur ceux de la Bourgogne ; et pour joindre la démonstration au précepte, il décoiffa en même temps une bouteille de Lafitte mûri aux feux de la Comète de 1811, et une bouteille de clos Vougeot, enfant capiteux de l'année 1815 ; puis en versant alternativement de l'un et de l'autre dans le verre de Jules et dans le sien, il épuisa les deux flacons avant d'avoir épuisé la question qui, par parenthèse, reste encore pendante aujourd'hui.

Jules dont la vie, comme on sait, s'était écoulée pure et paisible dans un château, au fond d'une province, n'avait pas l'habitude des excès de table, de sorte que quoiqu'il n'eût pas pris plus de vin qu'un homme fort n'en peut prendre, sa langue était devenue pâteuse et ses idées commençaient à s'embarrasser : mais il ne s'en inquiétait guère, car il ne s'en apercevait pas.

Mazagran, dont l'existence accidentée n'avait été qu'un rapide carnaval de joyeuses débauches et d'orgies plus ou moins échevelées ; Mazagran qui, pendant ses nombreuses nuits passées à la Maison-d'Or et au café Anglais, avait souvent vu des niais qu'on faisait boire pour les mystifier plus facilement, Mazagran, disons-nous, n'eut pas de peine à comprendre que Georges avait envie de griser le vicomte. — Quant aux motifs que le premier pouvait avoir pour faire perdre la raison au second, Mazagran ne s'en tourmentait guère, par suite de son insouciance habituelle, et aussi parce que l'influence des vins généreux qu'elle avait bus, agissait sur elle d'une façon assez marquée, depuis quelques instants surtout.

— A propos, mon cher Nodêsmes, — dit vivement Georges, comme un homme qui vient de se rappeler tout à coup une chose intéressante : — je suis allé ce matin à votre nouveau logement : les tapissiers y mettaient la dernière main ; vous pouvez en prendre possession quand vous voudrez.

Jules entièrement absorbé par sa passion pour Mazagran depuis quelques jours, avait complétement oublié ou négligé la surveillance des ouvriers de toute espèce qui travaillaient chez lui, aussi se contenta-t-il de répondre du ton d'un homme auquel on parle d'une chose qui l'intéresse trop peu pour qu'il en ait gardé le souvenir.

— Ah! vraiment : je m'étais figuré que cela durerait beaucoup plus longtemps.

— Votre appartement est ravissant, — reprit d'Entragues, — et je suis sûr qu'il vous fera le plus grand honneur auprès des personnes de goût.

— Vous croyez? — dit Jules sans détacher ses regards de la soi-disant veuve, qu'il tenait en arrêt, comme un chien fait d'une caille grasse et qui est sous son nez.

— Sans doute; mais vous me permettrez d'ajouter que

je réclame une part de votre gloire, en ma qualité d'or-
donnateur suprême de toute vos magnificences.

— Cette part vous sera libéralement accordée, monsieur le comte, — interrompit Mazagran en riant.

— Maintenant, reprit Georges, il s'agit d'inaugurer
votre nouveau logement, et de planter la crémaillère
d'une façon splendide et qui fasse du bruit. Qu'en dites-
vous, madame?

— Ça me va, — répliqua étourdiment madame Lambertini qui commençait à oublier son rôle.

Georges réprima par un regard rapide, d'une expression sévère, ce retour subit de Mazagran aux locutions
peu distinguées, retour que le vicomte, fort heureusement,
ne remarqua pas.

— Il faut, — poursuivit Georges, — donner un souper
le lendemain ou le surlendemain de votre installation. Ces
choses-là ne souffrent pas de retard, autrement on ne
vous en sait aucun gré, et vous passez pour un avare qui
s'est fait tirer l'oreille.

— Nous donnerons ce souper, nous en donnerons deux,
s'il le faut, — balbutia Nodêsmes, qui de plus en plus gris,
cherchait à se faire une contenance en essayant grave-
ment de tailler en petits ronds égaux le long bouchon
d'une bouteille de vin de Bordeaux, mais sans pouvoir en
venir à bout.

— Qui comptez-vous inviter à votre souper? — demanda
d'Entragues.

— Ma foi! qui vous voudrez, — répondit Jules, en s'efforçant d'imiter l'insouciance et la désinvolture de langage d'un viveur de profession.

— Je serai donc votre maître des cérémonies comme

j'ai été votre architecte et votre tapissier décorateur ? eh bien soit, mon ami ! j'accepterai encore cette responsabilité.

— Je bois à votre santé, Majordonne ! — s'écria le vicomte en vidant d'un trait son verre rempli de Romanée-Conti, merveilleux breuvage s'il en fut.

— Et comme l'exécution d'une bonne pensée ne doit jamais être remise au lendemain, reprit Georges, — je vais écrire sur-le-champ vos lettres d'invitation pour jeudi prochain. Nous sommes à mercredi, ainsi vous avez plus de huit jours devant vous pour faire vos préparatifs.

— Je vous donne carte blanche, pleins pouvoirs, liberté complète d'agir... — balbutia Jules d'une voix de plus en plus avinée.

— Vous me permettrez, n'est-ce pas, madame, — dit Georges à Mazagran, — de passer pour quelques minutes dans votre chambre à coucher, où je trouverai sans doute tout ce dont j'aurai besoin pour écrire.

— Faites, monsieur, — répondit Mazagran.

— Allez, mon ami... allez, mon digne ami... madame le permet, je le permets aussi... nous le permettons tous les deux... ne vous gênez pas... ne vous pressez pas surtout... — ajouta à intervalles inégaux, Jules qui, malgré son ivresse croissante, caressait avec un certain plaisir l'idée d'un tête-à-tête immédiat avec la jeune femme.

D'Entragues prit un flambeau sur la table et sortit en lançant un coup d'œil d'intelligence à Mazagran.

A cet instant le cornet à piston de Clovis Bisbille détonnait plus que jamais :

C'est l'amour,
L'amour,
L'amour.

Georges, après vingt minutes d'absence environ, rentra tenant plusieurs lettres écrites, un encrier et une plume ; — il posa le tout sur la cheminée, puis il se rassit à la table, autour de laquelle Jules et Mazagran venaient de se remettre aussi.

— C'est fait, — dit Georges. — Maintenant arrachons cette bouteille de vin de Champagne de sa mer de glace, et portons, comme faisaient nos pères, de bachique et amoureuse mémoire, un *toast* à la beauté à qui nous devons cette hospitalité vraiment royale.

— Voilà une idée ! — s'écria Jules. — Ah ! par exemple voilà une idée ! Georges, mon ami, je vous porte dans le plus profond de mon cœur...

Les coupes à vin de Champagne, en verre de Bohême, mince comme du papier, et toutes constellées de blanches arabesques, furent remplies jusqu'au bord de la pétillante liqueur d'Aï, et vidée deux fois de suite.

A la seconde, Mazagran laissa échapper de ses mains sa coupe, qui se brisa sur son assiette. Peu après la jeune femme appuya sa tête sur le dossier moëlleux de sa chauffeuse en velours gros vert, et elle ne tarda pas à s'endormir, vaincue par l'ivresse et le sommeil.

— Dieu ! comme c'est fragile, les femmes ! — balbutia Jules complétement privé de raison. — Ça s'endort tout de suite... et comme c'est fragile les verres... ça se casse tout de suite aussi... Ah ! les femmes... ah ! les verres... ce sont de bien bonnes choses à... à...

Et il voulut remettre sa coupe sur la table, mais son mouvement fut si brusque et si mal calculé que de nouveaux débris de cristal allèrent se joindre à ceux qu'avait faits Mazagran.

Jules contempla les morceaux avec étonnement, puis il ajouta :

— Nous ne sommes ni des femmes ni des verres, nous!.. nous sommes des hommes... buvons encore... buvons toujours...

— Eh bien! buvons, — continua Georges en donnant à Jules une autre coupe qu'il remplit immédiatement de vin de Champagne.

— A ta santé, d'Entragues! à ta santé, mon meilleur, mon plus loyal ami! — reprit Jules, qui en était arrivé au tutoyement.

— A votre santé, mon cher Nodèsmes! — et Georges vida la coupe d'un trait.

— A la bonne heure! bravo! — s'écria Jules. — Voilà ce qui s'appelle me faire raison... Aussi nous irons à la chasse demain matin dans mon parc de Nodèsmes... vous savez bien... vous tuerez tout ce que vous voudrez... tout... tout...

— Certainement, certainement, mon cher Jules...

— Mon ami! — interrompit le vicomte... — Oh! mon ami, empêche donc, je t'en prie, le salon de tourner comme cela! si ça continue tout va se casser...

— Vous êtes gris, — dit froidement Georges en prenant la main du vicomte.

— Gris! moi! ah! par exemple, en voilà une idée bouffonne! *mirobolante!*

Et Jules se mit à rire comme si on lui avait dit la chose la plus folle du monde.

— Voulez-vous que je vous le prouve à l'instant même? — demanda d'Entragues.

— Ah! oui! ah! oui! franchement je serais assez cu-

rieux de voir comment vous vous y prendriez pour me
prouver que... je suis...

— Eh bien ! mon ami, je parie que vous ne pourriez
pas écrire votre nom sans vous tromper.

— Je tiens le pari... je le tiens... combien ?

— Quinze louis, si vous voulez ?

— Ça va ! vous pouvez les préparer d'avance.

— Voici justement les lettres d'invitation pour votre
souper : signez-les.

— Voyons ça, d'abord.

Georges lut tout haut :

« Je prie M. le baron Croisé de la Croisette de me faire
l'honneur de venir passer chez moi la soirée du 4 février,
à neuf heures.

Rue Saint-Lazare, numéro ***. »

M. d'Entragues posa les papiers devant le vicomte, lui
mit dans la main droite la plume qu'il avait apportée en
revenant de la chambre de Mazagran, puis il lui montra
où il fallait signer.

Jules écrivit son nom machinalement, mais d'une manière très-lisible et sans la moindre altération de son
écriture habituelle.

— Vous avez perdu... — dit il à d'Entragues.

— Pas encore... j'ai parié que vous ne les signeriez pas
toutes.

— Dix... dix... dix louis... de plus...

— Je les tiens encore.

Et M. de Nodèsmes continua à écrire son nom à l'endroit que Georges lui indiquait *complaisamment*. — Il l'é-
crivit six fois de suite sans faire aucune observation, puis
il s'arrêta.

— Vous n'avez pas fini, — lui dit d'Entragues avec un imperturbable sang-froid.

— Comment pas fini!... en voilà plus de cent que je signe... vous me volez.

— Encore deux, ou vous avez perdu.

— Allons...

Et Jules signa les deux dernières.

— Voilà vos vingt-cinq louis, mon cher vicomte. — Vous m'avez vaincu... vous n'êtes pas gris.

— Ah! ah! — fit Jules avec un accent de triomphe.

Puis sa tête se pencha sur sa poitrine, et à son tour il s'endormit comme Mazagran, laissant tomber sur le tapis les vingt-cinq napoléons que Georges lui avait mis dans la main, et que ce dernier ramassa soigneusement.

Jules venait de signer pour *sept cent vingt-cinq mille francs de lettres de change!*

Georges s'échappa doucement, abandonnant à eux-mêmes les deux dormeurs qui ne se réveillèrent que le lendemain au grand jour.

V

L'héritage de Mirabelle.

Georges avait des raisons majeures pour désirer que l'assemblée mensuelle des chevaliers du lansquenet, qui devait avoir lieu, suivant l'usage, le trente janvier, fut remise au dix février. — En conséquence, le lendemain de la scène que nous venons de rapporter, il écrivit un mot à chacun de ses collègues pour les prévenir de cette circonstance, et il s'en alla de sa personne chez Mirabelle pour lui faire part de ce contre-ordre, et lui dire qu'elle pouvait disposer de sa soirée du trente comme elle l'entendrait.

— Ah ! vous voilà, mon beau comte, — dit la jeune femme au moment où il entra dans le salon que nous connaissons. — Je suis joliment contente de vous voir, parce que ça va m'éviter pas mal de fautes d'orthographe... j'allais vous écrire.

— A moi, chère petite belle? — demanda Georges d'un
ton qui exprimait la surprise. — Et peut-on savoir pourquoi vous vouliez m'honorer de cette insigne faveur?

— Oh! pour une drôle d'affaire, allez.

— En vérité!

— Parole d'honneur! Figurez-vous que j'avais une
tante... une vieille tante. Oh! mais si vieille, si vieille,
que je me rappelle que quand j'étais toute petite fille elle
avait déjà la tête branlante et les yeux éraillés. Jusqu'à il
y a cinq ans, la bonne femme a tenu une espèce de petite
pension borgne pour les étudiants peu fortunés, rue des
Bernardines, dans le quartier Saint-Jacques. — J'allais la
voir deux fois par an, et je lui donnais invariablement,
pour la sainte Gertrude, sa patronne, une paire de pantoufles en tapisserie. — Elle m'embrassait, ce qui ne me
ragoûtait guère, et elle me faisait de la morale, ce qui ne
m'amusait pas beaucoup. — Dans ce temps-là elle était
déjà sourde et presque aveugle : vous voyez d'ici comme
ça devait être régalant, avec ça que sa maison ne flairait
pas comme baume. — Or, il y a de cela cinq ans, comme
je vous disais, un beau matin elle devint tout à fait aveugle, quitta sa petite pension borgne, et s'en alla s'établir à
La Ferté-sous-Jouarre. — Je ne la vis plus du tout, mais je
continuai à lui envoyer régulièrement ses pantoufles, de
bien belles pantoufles, ma foi, qui me coûtaient douze
francs, à la Cloche d'Or, rue Saint-Denis...

— Et c'est là ce que vous vouliez m'écrire? — interrompit Georges en riant. — J'espère que vous m'auriez dit
autre chose par la même occasion.

— Ayez donc une minute de patience : j'arrive au fait :
donc, hier soir, vous voyez que ce n'est pas vieux, je re-

çois une lettre d'un notaire de Paris qui me priait de passer chez lui pour affaires importantes me concernant.

— Je prends une citadine en promettant au cocher trente sous pour la course s'il me mène bien; j'arrive tout essoufflée dans l'étude, et là j'apprends, avec une certaine douleur, mêlée de beaucoup de joie, que ma vieille tante a tourné de l'œil quoiqu'elle fût aveugle, et que, par un testament *orthographe* (il paraît qu'elle était plus savante que moi) elle m'a laissé dix mille francs.

— De rentes? — demanda Georges.

— Oh! cette bêtise! — répondit Mirabelle en haussant les épaules. — Comment les aurait-elle gagnés? une femme de son âge qui a toujours été vieille... dix mille francs en tout et pour tout : c'est déjà bien joli!

— Mais je ne vois pas, dans tout cela, dont je vous fais du reste mon bien sincère compliment, le moindre motif pour m'adresser une lettre...

— Attendez-donc! mon Dieu! mon Dieu! que vous êtes pressé! Bref, j'ai touché ladite monnaie, chez ce brave homme de notaire; j'ai là dans mon secrétaire dix beaux billets de banque tout neufs, et je veux *inaugurer* ma nouvelle fortune en donnant un *raout* un peu *chic!* quelque chose de bien, en un mot, qui fasse honneur à mes amis.

— Jolie manière de porter le deuil de votre tante, — dit Georges en s'efforçant de prendre un air sérieux, ce qui lui était toujours difficile avec Mirabelle dont les boutades avaient le privilège de l'amuser.

— Quand je la pleurerais, ça la *ferait-y revenir* la pauvre chère femme? — Il faut bien se faire une raison avec les morts comme avec les vivants quand ils s'en vont. — J'ai rempli mon devoir envers elle en lui donnant des pan-

toufles jusqu'à la fin : maintenant je veux un peu m'amuser, et pour commencer je réunis demain chez moi l'*élite
de la société parisienne*, comme disent les journaux en
parlant des fêtes de la cour : Il y aura des agents de change,
des forts négociants, des pairs de France et même des
acteurs... oh! ce sera choisi.

— Aurez-vous un garde municipal à la porte et des
pompiers dans la cuisine?

— Ne vous moquez donc pas toujours de moi! On s'amu-
sera beaucoup...oh! mais beaucoup! Il y aura toutes sortes
es de gâteaux, des glaces comme s'il en pleuvait, du vin
de Champagne à *indiscrétion,* des tables de lansquenet *à
mort,* et après minuit, quand tous les *embêtants* auront
filés, on servira un ambigu composé de quelques pâtés de
foies gras et de pluieurs dindons...

— Truffés?

— Je crois bien truffés!!! sans compter des langoustes
monstres, des crevettes en masse, et une foule de frian-
dises dont le détail serait trop long. — Voilà le programme :
comment le trouvez-vous?

— Magnifique!

— Sans blague?

— Sans plaisanterie.

— Eh bien! j'allais justement vous écrire pour vous inviter en grande cérémonie.

— C'est très-aimable à vous, ma petite Mirabelle.

— Et vous viendrez?

— Cela n'est pas douteux, et même je me fais une fête
de ma soirée. — Maintenant si vous voulez être tout à fait
gentille vous me permettrez d'amener avec moi un de mes
amis intimes, un charmant jeune homme tout récemment

arrivé de sa province, et que je suis en bon train d'initier aux mystères de la vie parisienne.

— Comment s'appelle-t-il ce phénix, et pourquoi ne me l'avez-vous pas encore présenté ? — Georges, vous me négligez un peu.

— Je viens de vous dire qu'il ne faisait que d'arriver de sa province : — Il s'appelle le vicomte Jules de Nodêsmes, et il est jeune et beau.

— Et riche !

— Cela va sans dire. — Quatre-vingt mille livres de rente au moins.

— Fameuse connaissance ! dites-donc, Georges, vous devez joliment le former, *vous qui y avez la main.*

— Je ne néglige rien pour cela : vous en jugerez vous-même, ma belle.

— A propos ! j'oubliais la chose essentielle ! figurez-vous que vous verrez ici demain soir la plus jolie femme de Paris.

— Une jolie femme que je ne connais pas ! — fit Georges dédaigneusement... — Enfin, voyons, laquelle ?

— Qu'est-ce que ça veut dire ? je ne comprends pas du tout.

— Que j'ai déjà rencontré cet hiver une vingtaine de femmes, et que de chacune d'elles on m'avait dit : *Vous verrez, c'est la plus jolie femme de Paris.*

— Oh ! celle-là vous ne l'avez jamais vue... C'est une débutante.

— Qui s'appelle ?

— Perdita.

— Quel drôle de nom !

— Un nom de roman n'est-ce pas? oh! c'est tout une histoire!

— Quelle histoire?

— Je ne la sais pas bien... je ne la sais même pas du tout... c'est égal, je la saurai plus tard quand je connaîtrai davantage cette dame. — Je ne l'ai encore vue qu'une fois, mais on ne parle que d'elle dans toute la maison.

— Pourquoi cela?

— Il faut vous dire que depuis l'avant-dernier terme, il y avait ici au premier un appartement à louer; mais un appartement superbe et cher... — Cinq mille francs sans compter l'éclairage et le portier. — Il y a quinze jours à peu près, un vieux monsieur *décoré*, ancien général à ce qu'on dit... Vous savez, un de ces vieux qui font encore des caprices quand ils sont riches et propres, s'est présenté pour louer l'appartement en question, dont il a payé, s'il vous plaît, deux termes d'avance, et en or! on lui a demandé si c'était pour lui qu'il louait : il a répondu de faire les quittances de loyer au nom de *mademoiselle Perdita*. — Quelle idée de s'appeler *mademoiselle Perdita* tout court!!!

— Il est certain que ça sonne moins bien que madame Lucrezia de Santa-Mira! répondit Georges d'un ton goguenard.

— Vous voulez rire... Mais vous conviendrez avec moi que ma position sociale ne me permettait plus de conserver mon nom de *Catherine Chaffaroux*. — Mais voilà comme sont les hommes : ils vous reprochent toujours ce que l'on fait pour eux.

Georges sourit à cette réflexion qui avait à coup sûr plus de profondeur que Mirabelle ne pouvait se l'imaginer.

— Donc le surlendemain, — reprit la jeune femme, — on amena un ameublement magnifique; un de ces ameublements comme *les mylords anglais* et les princes russes en donnaient avant de se mettre dans les chemins de fer comme des grippe-sous de députés. — Figurez-vous que le lit est en ébène sculpté, avec des amours et des guirlandes de lierre! un bijou à ne pas dormir dedans pour le regarder à son aise. — Tout le reste à l'avenant. — Quand le mobilier fut mis en place, la dame arriva avec le dernier fauteuil, et aussitôt ce fut chez elle une procession de couturières, de lingères, de marchandes de modes, de cordonniers, car il paraît qu'elle n'avait rien à se mettre sur le corps... pas seulement une robe. — On dit qu'elle est descendue de voiture enveloppée dans un grand manteau, et que les ouvrières qui lui ont pris mesure de *tout*, mais *de tout*, s'il vous plaît, ne l'ont jamais vue qu'en peignoir blanc. Ça n'empêche pas qu'elle a à présent une garde-robe un peu bien montée, et qui a été payée ce qui s'appelle *recta*.

— Elle est venue vous voir? — demanda Georges.

— Pas du tout; c'est moi qui y suis allée la première; je savais bien que ça n'était pas dans les convenances, mais ma foi la curiosité l'a emporté!

— Et comment vous a-t-elle reçue!

— Très-bien... un peu drôlement par exemple. — On dirait qu'elle n'a pas l'habitude de causer avec du monde; elle a un air étonné à propos de rien; elle ne rit pas franchement quand on lui parle de la bagatelle. Chez elle, c'est éblouissant! Il y a des glaces, des dorures, des porcelaines, tout enfin.. mais ce qui m'a paru extraordinaire, c'est de voir dans son salon, au beau milieu d'un panneau,

une vieille guitare et un vieux tambour de basque, mis en
évidence comme si c'étaient des portraits d'amoureux
défunts.

— C'est singulier, — interrompit Georges, qui, en sa
qualité d'homme blasé ne s'intéressait qu'à ce qui semblait
utile ou bizarre.

— Elle ne reçoit personne, — continua Mirabelle, —
excepté le vieux général qui s'en va tous les soirs à onze
heures; et elle n'est pas encore sortie une seule fois depuis qu'elle demeure ici, bien qu'il y ait pour elle toute
la journée une voiture attelée dans la cour.

— Et vous dites qu'elle est très-belle? dans quel genre
par exemple?

— Pas de genre, mon cher. Elle est plus belle que tout
ce qu'on peut se figurer de plus beau... c'est à ne pas le
croire, du reste? vous serez à même d'en juger demain,
car elle m'a bien promis de venir à ma soirée; et puis
d'ailleurs, s'il le faut, je descendrai chez elle la chercher,
ainsi il n'y a pas de danger qu'elle oublie.

— Comment s'appelle cet ancien officier? vous devez
savoir cela, puisqu'on parle beaucoup de leurs amours
dans la maison.

— Il s'appelle le baron Érol, Corol ou Carol; je ne sais
plus trop, il est en deuil et décoré, et n'a pas l'air du tout
d'avoir envie de rire, tout ça ne doit pas faire, je crois
bien, un ménage très-gai.

— Et vous dites qu'il s'en va tous les soirs régulièrement à onze heures...

— Précises. C'est là l'agrément des vieux : comme ils
ont des habitudes régulières, on sait toujours quand ils
s'en vont et quand ils viennent, et on s'arrange là-dessus.

— Les jeunes gens ça entre et ça sort pour un oui et pour un non. — On ne peut jamais compter sur rien avec eux.

— Tout cela est fort bizarre, dit Georges : A quelle heure faut-il arriver chez vous demain ?

— Venez à neuf heures : comme ami vous m'aiderez à recevoir mon monde.

Georges apprit à Mirabelle que la réunion des chevaliers du Lansquenet était remise au dix du mois suivant, puis il la quitta en lui disant gracieusement :

— A demain, ma toute belle ! votre histoire m'a vraiment intéressé ; aussi tâchez que votre belle voisine ne vous manque pas de parole.

Quand d'Entragues rentra chez lui, il trouva Jules de Nodêsmes tout honteux d'avoir passé la nuit entière dans un fauteuil chez madame Lambertini, mais ne se rappelant du reste aucun des événements de la veille, à dater du moment où le souper avait tourné à l'orgie. — On sait qu'il arrive assez souvent que le vin de Champagne, comme l'eau très-classique du fleuve *Lethé*, a l'heureuse propriété de faire oublier tous les *oublis* auxquels on s'est abandonné sous son influence.

Rassuré sur ce point capital, Georges, vers le milieu de ce même jour, se dirigea de nouveau vers la rue des Bons-Enfants, et monta chez le juif Salomon.

— Avons-nous quelque chose de nouveau, monsieur le comte ? — demanda l'escompteur et prenant ses manières les plus engageantes.

— Beaucoup de nouveau, mon cher monsieur Salomon : je vous apporte les lettres de change de M. de Nodêsmes.

— Ah ! ah ! vous avez obtenu sa caution... je vous en

fais bien mon compliment. Peste! vous êtes un habile homme, monsieur le comte.

Georges ne put empêcher un imperceptible sourire de venir errer sur ses lèvres.

— Voyons un peu, — ajouta Salomon, dont la figure s'était subitement rembrunie : — elle exprimait un mélange d'étonnement et d'incrédulité.

Quant à Georges, l'impassibilité de son assurance était quelque chose de prodigieux. — Un médecin qui eût mis la main sur son cœur n'aurait constaté aucune irrégularité dans les battements.

Il tira son portefeuille de sa poche, et après en avoir extrait les huit acceptations subtilisées à Nodèsmes, il les présenta au juif d'une main aussi ferme que celle d'un tireur au pistolet de profession.

Salomon les examina lentement, minutieusement, avec un jeu de physionomie impossible à décrire, mais dont l'insolence était telle que si Georges ne se fût pas senti coupable, il eût été parfaitement en droit de prendre cet homme au collet et de lui dire : *Misérable que vous êtes, pour qui me prenez-vous ?*

Au lieu de cela il demanda à Salomon d'un air dégagé :
— Est-ce bien cela ?
— Parfaitement, monsieur le comte.

Et en prononçant ces mots, l'usurier rendit à Georges es précieux papiers timbrés.

— Que faites-vous ! — s'écria d'Entragues en passant subitement de la confiance à la consternation. — Comment, vous ne les gardez pas ?

— Pour le moment, non. Une si grosse affaire ne peut se traiter légèrement, et je n'accepterai ces billets qu'au-

tant que je recevrai une lettre de M. le vicomte de Nodêsmes, lettre par laquelle il déclarera qu'il m'en fait la
remise volontairement, librement... j'avais oublié de vous
dire cela. Moi, voyez-vous, monsieur le comte, je n'aime
pas les procès.

— Vous aurez cette lettre, — dit Georges en faisant un
violent effort sur lui-même, pour reprendre, en apparence
du moins, le calme qui l'avait abandonné. — Il fallait vous
expliquer plus catégoriquement... mais enfin j'aurai la
lettre.

— Alors nous nous entendrons peut-être... — répondit
le juif en reconduisant Georges jusque sur la première
marche de l'escalier.

— Toujours de nouveaux obstacles! toujours de nouvelles difficultés, — se dit à lui-même, avec une rage concentrée, d'Entragues aussitôt qu'il se retrouva seul. —
Cette lettre, comment l'obtenir? on surprend une signature, on ne surprend pas un écrit tout entier... — il me
faudrait pour me tirer de là l'audace et le génie de tous
les *Scaramouches* et de tous les *Crispins* de l'ancienne comédie. Comment faire? comment faire? et pourtant j'aurai
cette lettre! il me la faut! je l'aurai! je l'aurai!

La suite de ce récit nous apprendra si les *Scaramouches*
et les *Crispins* qu'il invoquait, soufflèrent à d'Entrague
la ruse presqu'introuvable dont il avait besoin.

FIN DE LA PREMIÈRE PARTIE.

DEUXIÈME PARTIE,

LA SALTIMBANQUE.

I

Perdita.

Nous sommes au lendemain soir, et chez madame Lu-crezia de Santa-Mira. — Neuf heures viennent de sonner à cette pendule de porcelaine façon vieux Sèvres que nous connaissons depuis les premières pages de cette histoire. — L'antichambre, la salle à manger, le salon et la chambre à coucher de Mirabelle ont pris un air de fête. — Les embrasures des fenêtres, les intérieurs des cheminées sont convertis en jardinières remplies de fleurs, disposées avec un goût exquis ; — de légers et suaves parfums embeaument l'atmosphère élégante de ce séjour, que parcourt en tous sens la divinité fragile et gracieuse qui l'habite.

Un domestique soulève une portière, et annonce de la

voix discrète d'un serviteur de bonne compagnie : *M. le comte d'Entragues, M. le vicomte de Nodêsmes.*

Mirabelle s'avance à la rencontre des deux jeunes gens, elle tend affectueusement la main à Georges, et elle le remercie de lui amener son ami, auquel elle adresse quelques mots aimables et coquets.

Jules n'est plus le timide jeune homme que nous avons connu. — Ses manières sont dégagées, sa parole est plus vive : on dirait que l'orgie de l'avant-veille l'a singulièrement développé : Il ne se défie pas encore de ses semblables, mais il se fie déjà à lui-même : — Cette phase de l'éducation est ordinairement très-périlleuse à traverser.

Personne n'est encore arrivé, par conséquent les trois pièces qui composent l'appartement de Mirabelle, sont complétement vides, ce qui permet aux deux amis d'en apprécier les dispositions principales, et de donner à la maîtresse du logis tous les éloges qu'elle mérite.

Dans la salle à manger et la chambre à coucher, on a organisé des tables de lansquenet au moyen de longues planches posées sur des tréteaux, et recouvertes de tapis. — Il est arrêté que dans la nuit, quand les aiguillons de la faim mettront une trêve temporaire aux ardeurs du jeu, on remplacera les tapis par des nappes, et on servira le souper sur ces tables, alors consacrées pour un moment à des plaisirs sans mélange.

Nous avons oublié de mentionner au commencement de ce chapitre, que Mirabelle avait emprunté à Georges son domestique, et que ce dernier en grande livrée et poudré se tenait dans l'antichambre, prêt à annoncer les arrivants, comme il avait déjà fait pour son maître et le vicomte (petit détail aristocratique insinué dans les mœurs *patriarcales* des lorettes). — Cet homme, qui représentait admirablement bien, devait en outre faire le service conjointement avec la femme de chambre de Mirabelle, et un valet de louage qui, pour cette solennité, dissimulait ses mains rouges sous des gants de coton blanc si étroits qu'ils l'obligeaient à tenir les doigts écartés.

L'éclairage dont nous aurions déjà dû dire un mot, était composé d'environ cent cinquante bougies roses disséminées dans les trois pièces : — Les lorettes ont un goût prononcé pour les bougies couleur de chair : elles prétendent que c'est plus galant.

Jamais Mirabelle n'avait été plus séduisante que ce soir-là. — Vêtue d'une robe de moire de couleur claire, très-décolletée, ses blanches et grasses épaules et sa ravissante poitrine paraissaient dans tout leur éclat. — Georges lui en fit son compliment en des termes qui firent sourire Jules, bien qu'ils l'eussent certainement embarrassé quelques jours auparavant.

Peu d'instants après, les premiers coups de sonnette se firent entendre, et les invités de Mirabelle arrivèrent successivemement.

A dix heures et demie la réunion était au grand complet.

Comme dans toutes les soirées que donnent à Paris les femmes de mœurs légères, il y avait un peu de tout dans l'espèce de *raout* auquel nous faisons assister nos lecteurs. Deux membres de la chambre des pairs et trois ou quatre députés, de ceux qui narguent les préjugés et courent après le plaisir partout où ils espèrent l'atteindre, faisaient galamment une cour très-empressée aux cinq ou six jolies

femmes invitées par Mirabelle. Divers membres du corps
diplomatique étalaient là leur gravité de mauvais aloi et
leurs décorations en faux brillants. Quelques artistes plus
ou moins en renom, des hommes de lettres d'un mérite
contestable, des acteurs de petits théâtres, des fils de famille en bon train de manger leur blé en herbe, et un certain nombre de chevaliers d'industrie aux moustaches et
aux manchettes retroussées, formaient la base de la réunion : c'était à tout prendre un salon comme beaucoup
d'autres.

Nous pensons qu'il est presque superflu de dire que le
baron Croisé de la Croisette, lord William Stloobomby, le
prince Krakopoulof, sir Edward Nasomby, le comte Anto-
nio Miso et les autres membres de la très-honorable asso-
ciation des chevaliers du Lansquenet, n'avaient eu garde
de décliner l'invitation de leur hôtesse habituelle, Lucrezia
de Santa-Mira.

— Et votre belle inconnue? — demanda Georges à la
maîtresse de la maison. — Est-ce que nous ne la verrons
pas ce soir? Ce serait bien mal à vous de ne pas nous la
donner après nous l'avoir promise... vous vous rappelez
qu'elle fait positivement partie du programme.

— Elle n'ose peut-être pas venir toute seule... elle est
si singulière! j'ai envie d'aller la chercher : voulez-vous
me servir de cavalier, mon petit comte?

Mirabelle jeta sur ses belles épaules nues un burnous
de cachemire blanc, et elle sortit avec d'Entragues, dont
la curiosité allait ainsi se trouver bientôt satisfaite.

Cinq minutes après Perdita faisait son entrée dans le
salon, donnant le bras à Georges et escortée par Mirabelle.

Ce fut à sa vue un double murmure dans la foule nombreuse qui se pressait dans le salon : murmure d'admiration de la part des hommes, murmure plus dissimulé de dépit et d'envie de la part des femmes. — C'est qu'en effet la nouvelle arrivante était d'une si merveilleuse beauté, qu'à côté d'elle les plus jolies invitées de Mirabelle devaient paraître insignifiantes, ou tout au moins très-ordinaires.

Perdita était vêtue avec une charmante simplicité. — Une robe de velours noir dessinait sa taille svelte et cambrée, et tranchait de la façon la plus attrayante sur le marbre étincelant de ses épaules. — Dans ses longs cheveux noirs tressés en couronne autour de sa tête, elle avait posé pour tout ornement un camélia couleur de feu, de l'espèce la plus rare. — Une fleur semblable était attachée sur le devant de sa robe, à la naissance de la gorge.

Tout le monde fut frappé de la démarche noble et gracieuse de la jeune femme, et de la dignité simple avec laquelle elle traversa la foule qui s'ouvrait lentement devant elle afin de la contempler plus longtemps.

Et quand Mirabelle, tout orgueilleuse d'être la première à produire dans le monde une semblable merveille, l'eut installée dans l'une des chauffeuses placées aux deux coins de la cheminée, Perdita eut tout à fait l'air d'une grande dame qui reçoit chez elle les hommages qui lui sont dus sans contestation.

En peu d'instants tous les hommes les plus distingués de l'assemblée, formèrent cercle autour de Perdita. — C'était à qui obtiendrait d'elle un mot, un sourire, un regard! ceux qui ne pouvaient l'approcher, la contemplaient de loin avec une admiration muette. — La jeune femme, au milieu de ce triomphe évident pour elle, gardait une

attitude calme et modeste qui témoignait de son tact exquis. — Elle répondait à tout avec élégance et finesse,
quelquefois même avec malice ; et si un homme s'oubliait,
ce qui était bien permis dans une réunion de cette nature,
jusqu'à murmurer des paroles légères à son oreille, elle le
réduisait sur-le-champ au silence par un regard froid et
hautain qui ne manquait jamais son effet.

— Qui est-elle ?

— D'où vient-elle ?

— Quel peut-être son véritable nom ?

— Comment ne l'a-t-on pas connue jusqu'à ce jour ?

Telles étaient avec diverses variantes, les questions
qu'on s'adressait à voix plus ou moins basse autour de
Perdita, mais nul ne pouvait y répondre d'une manière
satisfaisante, car le mystère était le même pour tout ce
monde.

Cependant, comme depuis l'arrivée de la belle inconnue
les autres femmes étaient dans un délaissement peu flat-
teur pour elles, Mirabelle craignit que cette circonstance
ne finît par mettre du froid dans sa soirée, en conséquence elle donna l'ordre au domestique de Georges d'apporter des cartes, et elle engagea les hommes les plus empressés autour de Perdita à se rapprocher des tables préparées pour le Lansquenet.

Cet appel fut entendu du plus grand nombre, et bientôt
le tintement de l'or et le murmure des termes sacramentels du jeu, annoncèrent que les parties étaient commencées.

Ce fut une grande joie pour les rivales de Perdita, qui,
grâce aux cartes, virent cesser leur abandon. — Elles
étaient aussi singulièrement flattées d'entrevoir enfin la
perspective, toujours agréable pour elles, d'empocher

d'une manière plus ou moins légitime quelques napoléons.

Ceci nous amène tout naturellement à dire que ces demoiselles ont un moyen infaillible de gagner au Lansquenet, lequel consiste dans la combinaison très-simple que voici.

— Je suis de moitié dans votre jeu, — disent-elles à l'homme jeune ou vieux, beau ou laid, qui prend la main et met dix pièces d'or devant lui pour tenir la banque.

Il est rare que cette proposition soit refusée : ce qui se passe ensuite n'est pas très-difficile à deviner.

Si la main est heureuse, la Lorette *commanditaire* partage le bénéfice; si au contraire la banque saute, elle ne rembourse pas sa part dans la mise de fonds : — évidemment toutes les chances sont en sa faveur.

M. de Nodèsmes avait dans sa poche une cinquantaine de louis, qu'il perdit contre le baron Croisé de la Croisette; il en emprunta vingt-cinq à Georges d'Entragues, qui lui furent gagnés *en un tour de main* par sir John Babibernet.

Il s'entêta à jouer, dans l'espoir de rattraper son argent, eut des alternatives de succès et de revers, et enfin voulant frapper un coup décisif il tint *un banquo* au prince Krakopoulof dont la main avait passé huit fois déjà. — La chance se déclara en ore contre lui, et *un refait de valets* lui fit perdre mille louis sur parole.

Georges qui était son voisin l'engagea alors à quitter le jeu. — Il eut le bon esprit de suivre ce conseil, et il alla se joindre à un groupe d'hommes *raisonnables* qui continuaient de faire cercle autour de Perdita.

Celle-ci, à mesure que la soirée s'avançait, avait paru céder peu à peu à une irrésistible mélancolie. — Son front s'était voilé de tristesse, son regard errait distrait et douloureux, et elle ne répondait que vaguement aux paroles qui lui étaient adressées, et qu'elle semblait à peine comprendre.

A la longue cette étrange préoccupation avait fini par décourager les plus ardents admirateurs de Perdita, si bien qu'elle était à peu près seule au coin de la cheminée, lorsqu'à une heure du matin elle témoigna le désir de se retirer.

Mirabelle protesta vivement contre cette résolution.

— Non, non, madame, — s'écria-t-elle, — vous ne vous en irez pas comme cela! Nous allons souper, et il faut absolument que vous soyez des nôtres... et tenez, voilà justement qu'on vient nous dire que tout est prêt.

Effectivement le valet de chambre entrait dans le salon une serviette sur le bras, et il dit :

— Madame est servie.

Perdita céda. Elle paraissait être dans un de ces moments de douloureuse indifférence où l'on obéit à toutes les impressions quelles qu'elles soient.

Nous avons dit qu'il y avait deux grandes tables, l'une dans la salle à manger, l'autre dans la chambre à coucher. — Mirabelle installa une partie de ses convives autour de cette dernière, puis elle revint présider l'autre, où elle se trouva seule femme avec Perdita. — Elle plaça la belle étrangère en face d'elle, et lui donna le comte d'Entragues pour voisin de droite.

Les privilégiés, car les hommes que Mirabelle avait conviés à se réunir à elle, étaient ceux qu'elle honorait d'une distinction particulière, comme représentant le passé, le présent et l'avenir de sa joyeuse vie, les privilé-

giés, disons-nous, craignaient que le repas ne fût singulièrement glacé par la sombre contenance de Perdita,
dont la préoccupation, nous dirons presque la tristesse,
les étonnait depuis quelques instants; aussi ce fut une
surprise agréable et générale quand ont vit la jeune
femme se ranimer et renaître pour ainsi dire, après
qu'elle eut vidé bravement son premier verre de Champagne. — Son œil s'illumina subitement; un sourire gracieux erra sur les fins contours de sa bouche, et sa parole
prenant sans transition une allure vive et dégagée jaillit
comme une fusée étincelante! — Un cri unanime de sympathie et d'enthousiasme accueillit cette transformation
magique et inespérée.

Perdita, une fois en verve, ne s'arrêta plus. Coquette,
libre, piquante, elle répondait aux uns, provoquait les autres, et embarrassait les plus habiles par l'imprévu d'un esprit qui faisait face à tout avec une merveilleuse dextérité.

Les toasts à sa beauté, à sa grâce, à ses amours se suc-
cédèrent bientôt rapidement : Perdita les accepta tous, et
chaque fois elle vida tout d'un trait sa coupe, que son
officieux voisin remplissait à l'instant même.

— Mais qui donc êtes-vous? — lui demanda Georges.
— Et comment se fait-il que belle à faire mourir les
femmes de jalousie et les hommes d'amour, spirituelle à
désespérer les anges et les démons, vous nous soyez jusqu'à ce jour restée inconnue à tous?

A cette question faite à l'improviste, la gaieté fébrile de
Perdita s'évanouit comme la rapide lueur de l'éclair. —
Elle regarda Georges et répondit :

— Mais savez-vous bien monsieur, que c'est mon histoire que vous me demandez là ?

— Je le sais parfaitement, Madame; et ce qui m'a enhardi à commettre cette grave indiscrétion, c'est que j'étais sûr d'exprimer un vœu qui est au fond de la pensée de toutes les personnes qui ont le bonheur d'être près de vous en ce moment.

Un murmure approbateur appuya la bizarre inspiration de Georges.

— Mon histoire! — murmura Perdita.

Et elle porta de nouveau sa coupe pleine à ses lèvres, alors contractées par un sourire amer.

— Au fait pourquoi pas? — reprit-elle après avoir bu, et comme si elle se parlait à elle-même...—Tôt ou tard on saura ce que je suis ou ce que je fus... Autant vaut qu'on le sache à l'instant même... Ce serait une grande faiblesse que de cacher qu'il y a huit jours à peine je chantais dans les rues pour gagner quelques sous; je dansais dans les Champs-Élysées, pour être sûre de manger le soir...

Une acclamation générale de surprise accueillit ces paroles qui avaient l'air du début d'une confession.

— Mais est-ce bien l'heure, — demanda la jeune femme, — est-ce bien l'heure de conter un sombre roman? car c'est un roman que ma vie...

— Parlez! parlez! — lui cria-t-on de toutes parts.

— Vous le voulez?

— Oui! oui!

— Ce sera bien long, je vous en avertis.

— Tant mieux! tant mieux! — reprirent vingt voix, que dominait celle de Georges d'Entragues.

— Écoutez donc... Et si quelqu'un, à l'avenir, vous parlait de moi; si quelque lumière jaillissant de mon récit, illuminait pour l'un de vous le sombre mystère qui environne ma destinée, paye -moi de ma complaisance en me mettant à même de profiter de cette lueur... car ce n'est pas seulement pour satisfaire une vaine curiosité que je me décide à parler...

Et Perdita, appuyant son coude sur la table et sa joue sur sa main, commença le récit que nous allons reproduire.

II

Les saltimbanques.

« — Je ne sais pas mon véritable nom ; je ne sais pas mon âge ; je ne sais pas non plus où je suis née. — On m'appelle *Perdita*, c'est-à-dire l'enfant perdu. — Pourquoi? Je l'ignoro, et sans doute je l'ignorerai toute ma vie, car jusqu'à présent aucune lumière si faible qu'elle fût, n'est venue percer l'obscurité profonde qui enveloppe ma bizarre et triste déstinée.

« Je ne me rappelle rien des premières années de mon enfance, ou si mon esprit se retrace vaguement quelques impressions fugitives, elles sont environnées de voiles si épais, que je ne saurais dire si ce sont des souvenirs qui se réveillent dans ma mémoire, ou des songes qui traversent mon imagination.

« Par moments il me semble entendre comme à travers une muraille ou dans l'éloignement les sons d'une musique étrange; parfois aussi je crois voir comme derrière une gaze des costumes bariolés portés par des êtres dont l'aspect me fait éprouver de profondes angoisses. — Je me souviens de pleurs longtemp sversés, de terreurs mortelles... Puis tout s'efface, et la clarté naissante redevient aussitôt ténèbres.

« Le premier de mes souvenirs qui ne sois pas confus est celui-ci : Nous traversions une haute montagne, sans doute quelque versant des Alpes, des Pyrénées ou des Apennins ; ce qu'il y a de certain c'est que pendant plusieurs jours les chemins escarpés que nous suivions cotoyaient des précipices tellement profonds qu'en les regardant je me sentais comme prise de vertige. — J'étais assise de côté dans l'un de ces paniers qu'on pose en travers sur le dos d'un mulet. — J'entends encore le bruit des sonnettes retentissantes qui carillonnaient au cou de l'animal robuste et patient sur le dos duquel j'étais balancée. — Un homme auquel je donnais le titre de père, et une femme que j'appelais du nom si doux de maman, me précédaient ou me suivaient à quelques pas de distance. On m'avait enveloppée dans une vieille couverture de laine à carreaux, pour me garantir du froid qui était assez vif dans ces régions élevées, et on paraissait en général prendre un soin tout particulier de ma personne. — Après quelques jours d'une marche pénible dans les montagnes, nous atteignîmes de grandes plaines populeuses et alors notre vie changea. — Nous faisions les matins de longues et fréquentes haltes pendant lesquelles nous mangions et nous buvions ; — dans les après-midi, nous nous arrêtions à l'entrée de gros bourgs ou de petites villes pour changer de costumes ; puis nous faisions une espèce d'entrée triomphale, et arrivés sur la place publique de l'endroit,

ceux que je croyais mes parents exécutaient une foule de
tours de force et d'adresse, exercices habituels de leur
profession. — Je sus plus tard qu'ils étaient saltimbanques
ambulants.

« Cette vie qui ne m'a laissé que de vagues impressions
sur ses commencements, dura plusieurs années sans doute,
car j'avais grandi, je m'étais développée, il paraît même
que j'étais devenue jolie sans qu'elle eût changée. —
A cette époque, comme mon intelligence avait aussi suivi
les progrès de ma personne, je commençais à juger les
caractères et les habitudes de mes compagnons, mais je
me gardais bien de le leur laisser voir : la prudence m'é-
tait venue avec la pénétration.

« L'homme qui se nommait Jacobus était de moyenne
taille. — Son visage, dont l'expression devait être naturellement méchante et sinistre, était en outre profondément défigurée par de nombreuses coutures qui lui donnaient un aspect hideux et effrayant. Était-ce la petite
vérole qui l'avait mis dans cet état, ou l'action d'un li-
quide corrosif, comme le vitriol ou l'acide sulfurique ? —
Je ne l'ai jamais su d'une manière positive, mais je penche
pour cette dernière supposition, car il me paraît douteux
qu'une maladie, si violente qu'elle soit, puisse imprimer
sur des traits des stigmates aussi creux et aussi persis-
tants. — Jacobus avait des cheveux châtains coupés en
brosse, et de petits yeux d'un gris pâle, hagards comme ceux
d'un aliéné, et farouches, presque féroces même, comme
ceux d'un loup affamé. Sa force musculaire était prodigieuse, et il excellait dans tous les tours d'adresse et dans
tous les exercices de prestidigitation. Il portait d'habitude
le costume des saltimbanques coureurs de foires : un pan-

talon de tricot couleur de chair, toujours sale et souvent déchiré, une veste de velours rouge fripé, brodée de paillettes de cuivre, et une sorte de turban. Pendant nos marches un grand surtout de castorine jadis verte recouvrait toute cette friperie, et une casquette de peau de loutre remplaçait le turban qu'on jetait au fond de mon panier.

« Sa femme, que j'appelais ma mère et qu'il nommait la Gouâpe, était une massive créature de cinq pieds huit pouces, barbue, lippue, ventrue, hideuse à voir. — Sa spécialité était d'avaler des lames de sabre, des grenouilles vivantes, des cailloux, des étoupes enflammées, et de se faire danser sur le corps par les hommes les plus lourds, sans paraître sentir ce poids extraordinaire.

« Un jour il fut décidé entre ces dignes acolytes, qu'il était temps de commencer mon éducation : je crois que je pouvais avoir huit ou neuf ans. On me mit donc une guitare entre les mains, on m'enseigna à en tirer quelques sons rauques et discordants, et on m'apprit à danser en m'accompagnant avec un tambour de basque. — Le ciel permit que je ne fusse soumise à aucun de ces traitements barbares que les saltimbanques infligent souvent aux malheureux enfants dont ils veulent de bonne heure assouplir les membres pour les rendre propres aux tours de force et d'agilité. — Jacobus et sa femme comptaient plus sur mon joli petit minois et sur mes chansons pour augmenter la recette de chaque jour, que sur le saut du tremplin, et la danse de corde dont je fus heureusement dispensée.

« Il paraît que ma voix enfantine ne manquait pas de de charmes, et que l'expression ingénue de ma physiono-

mie donnait du piquant aux chansons plusque licen-
cieuses que je répétais sans les comprendre, car chaque
fois que je chantais en public j'étais couverte de bravos,
et je recueillais force pièces de monnaie dans la petite
sébile de buis avec laquelle je faisais le tour de mon auditoire aussitôt que la séance était terminée.

« On m'avait fait revêtir un costume assez coquet, mi-
partie de velours noir et de satin rose, qui m'allait à merveille, et dont j'étais aussi fière que peut l'être une impé-
ratrice de son manteau d'hermine.

« En somme les premières années furent, à tout prendre et jusqu'à ces derniers temps, les seules heureuses de
ma vie. Je mangeais quand j'avais faim, je buvais quand
j'avais soif, je dormais quand j'avais sommeil, on ne me
rudoyait que rarement, on ne me battait presque jamais :
je n'en désirais pas davantage ; mais cette époque paisible
ne fut pas de longue durée.

« Un soir, c'était dans le midi de la France, aux environs de Toulouse, autant que je puis m'en souvenir, la
recette de la journée avait été abondante, et nous dînions
dans un cabaret où depuis une semaine environ nous
avions élu domicile, quand un homme de mauvaise mine,
dont les vêtements étaient presqu'en lambeaux, entra
dans la salle où nous étions attablés, et vint s'asseoir à
côté de Jacobus qui l'accueillit avec une cordiale poignée
de main, et lui offrit immédiatement un grand verre rempli d'eau-de-vie, que l'inconnu accepta et vida tout d'un
trait.

— Ça va-t-il toujours ? — demanda Jacobus en parlant
à voix basse comme s'il craignait d'être entendu d'autres
personnes que de l'inconnu.

— Toujours, — répondit celui-ci avec la même inten-
tion de mystère.

— Et quand ça se joue-t-il ? — reprit aussitôt et vivement le saltimbanque.

— Demain soir sans remise, — fit l'homme de mauvaise mine. — Voici le plan de la chose.

« Il allait continuer, mais il me regarda, s'interrompit,
et, me désignant du geste, il dit :

— Et l'enfant.

— Oh ! il n'y a pas de danger, — repartit Jacobus : —
on peut parler en sûreté devant elle. — Du reste, — ajouta-t-il en s'adressant à sa femme, — la Gouâpe, mène la
coucher.

« On m'emmena, et bientôt je m'endormis profondément, sans me douter que les paroles que je venais d'entendre devaient influer sur toute ma vie.

« Le lendemain matin Jacobus fit des préparatifs inu-
sités. Il vendit le mulet qui jusqu'alors nous avait servi
dans nos tournées, et acheta deux chevaux, petits de
taille, mais vigoureux et propres à faire rapidement et
sans fatigue de longues traites. — Vers les cinq heures du
soir ces chevaux furent sellés. La Gouâpe enfourcha l'un
d'eux, et me prit en croupe : je portai ma guitare en ban-
doulière. Jacobus monta l'autre cheval, et nous sortîmes
du bourg où nous avions passé plusieurs jours. Je crois
avoir su jadis le nom de cet endroit, mais depuis bien
longtemps je l'ai complétement oublié.

« Nous marchâmes pendant deux heures à peu près.
C'était vers la fin de l'automne, lorsque les journées sont
déjà très-courtes. Aussitôt que l'obscurité fut devenue com-
pacte, je vis avec surprise Jacobus tourner bride en faisant

- signe à la Gouâpe d'imiter ce mouvement. Nous revînmes sur nos pas et refîmes le chemin que nous avions déjà fait, avec cette seule différence qu'au lieu de suivre la grande route nous marchâmes à travers champs, côtoyant les haies et assourdissant dans les terres labourées le bruit des pas de nos chevaux.

« Bientôt nous vîmes briller les lumières du bourg que nous avions quitté deux heures auparavant. Alors Jacobus tourna brusquement son cheval à gauche, et nous atteignîmes après quelques minutes d'une course rapide un petit bois taillis dans lequel nous nous enfonçâmes. — Toutes ces marches et contremarches dans le silence et les ténèbres me faisaient l'effet d'un rêve, et balancée par le mouvement égal et doux du bidet je croyais quelquefois dormir réellement.

« Tout à coup les chevaux s'arrêtèrent. Nous étions dans le milieu du fourré, à une portée de fusil à peu près de la lisière du taillis. Jacobus mit pied à terre, la Gouâpe en fit autant et me descendit avec elle. Je me frottai les yeux pour bien m'assurer que je ne rêvais pas, car tout cela me semblait de plus en plus extraordinaire. Un bruit soudain me fit tressaillir.

« Jacobus venait d'arracher une feuille de l'arbre sous lequel nous étions arrêté; il l'avait pliée d'une manière particulière et la posant sur sa bouche, il avait imité à trois reprises différentes le chant lugubre de la chouette.

« Un chant pareil et modulé trois fois de la même manière, répondit à cette espèce de signal à quelque distance; — bientôt après un frôlement de feuilles sèches et un bruit de branches qu'on écartait avec précaution nous annoncèrent l'approche de quelqu'un.

— Est-ce vous ? — demanda Jacobus avec précaution.

— Oui, — répondit une voix qu'il me semblait vaguement reconnaître. — Tout marche, ajouta cette voix. La
pie est au nid, allons.

— Allons ! — répéta Jacobus. — Toi la Gouâpe, reste
là et garde les chevaux. Viens, petite.

Et Jacobus me saisit par le bras.

— As-tu ta guitare ? — reprit-il.

— Oui, papa... — murmurai-je d'une voix émue, car je
tremblais sans savoir pourquoi.

« Nous sortîmes du bois, et nous marchâmes pendant
quelques instants dans des prés humides de la rosée du
soir. Dès que nous nous étions trouvés en rase campagne,
l'obscurité étant moins profonde, j'avais reconnu, dans le
personnage qui venait de rejoindre Jacobus, l'homme dé-
guenillé de la veille.

— Halte ! — dit cet homme à voix basse.

« Nous nous arrêtâmes. Devant nous s'étendait à droite
et à gauche une clôture de palissade à hauteur d'appui.
Derrière cette palissade, et au milieu d'un groupe d'arbres
on voyait briller une faible lumière.

— Petite, prends ta guitare, — me dit Jacobus en se
penchant à mon oreille.

« J'obéis machinalement.

— Tu vas rester là.

— J'aurai peur, — répondis-je en frissonnant de tous
mes membres.

— Tu vas rester là ou je te battrai, — répéta Jacobus
avec un accent sinistre.

— Je resterai, papa ! je resterai, — balbutiai-je.

— Et si quelqu'un approche, si tu entends du bruit, tu

chanteras à l'instant même *Fleuve du Tage*, en t'accompagnant sur la guitare.

— Oui, papa.

— M'as-tu bien compris?

— Oui, papa.

— Si tu ne fais pas exactement ce que je te dis, petite, je te tuerai sans miséricorde!

» Et en prononçant ces menaçantes paroles, Jacobus me serra violemment le poignet... je ne répondis rien, je restai immobile... la frayeur me glaçait.

— Dépêchons, — dit l'inconnu.

« Ils s'approchèrent alors de la palissade et en détachèrent quelques planches, qui sans doute sciées d'avance cédèrent immédiatement; puis ils disparurent dans les ténèbres sous le massif d'arbres.

« Au bout d'un instant deux bruits d'une nature différente arrivèrent jusqu'à moi. — L'un d'eux était à peine distinct : on eût dit le sourd grincement d'une lime sur du fer. Il partait de l'endroit ou j'avais vu s'enfoncer Jacobus et l'inconnu. — L'autre bruit venait de la grande route : C'était le trottinement saccadé d'un cheval regagnant son gîte : le cavalier fredonnait un air monotone.

« Je me souvins des ordres de Jacobus et de la terrible menace qu'il m'avait faite, si je ne les exécutais pas. Je laissai donc errer mes doigts tremblants sur ma guitare, et d'une voix brisée par la frayeur je me mis à chanter doucement *Fleuve du Tage*.

« Dès les premières notes, le grincement de lime cessa tout à coup de se faire entendre.

« Peu à peu le trot du cheval retentit plus faible, et bientôt il finit par se perdre tout à fait dans l'éloignement.

« Je crus que je pouvais cesser de chanter, et le bruit sourd de la lime recommença, ce fut court. — Au bout de deux minutes environ tout rentra dans le silence le plus profond. — Le ciel était sombre ; de grands nuages, déchirés çà et là par un faible rayon de lune, couraient au-dessus de ma tête... j'étais en proie à une sorte de vertige étrange et douloureux, et pour essayer de me rassurer je regardais fixement la petite lumière qui brillait toujours à la même place entre les arbres.

« Soudain cette lumière s'éteignit.

« En même temps, j'entendis un cri ! un seul ! mais solennel ! déchirant ! terrible ! désespéré !

« Puis plus rien !

« Une sueur froide baigna aussitôt la racine de mes cheveux.... je laissai tomber ma guitare qui se brisa en exhalant un son rauque comme le râle d'un mourant ! — J'aurais voulu fuir, mais mes jambes se dérobaient sous le poids de mon corps anéanti... il me semblait que la terre tournait autour de moi, et sans avoir jamais eu l'idée de la mort, je crus que j'allais mourir.

« Le bruit d'une course rapide me tira de cet anéantissement. — Jacobus et l'inconnu franchissaient la palissade comme deux bêtes fauves. — Le saltimbanque me saisit par la main, et m'entraîna en me disant d'une voix étranglée :

— Vite ! Vite !

« Je ne pouvais le suivre ! mes genoux ployaient en s'entre-choquant... je tombai... Jacobus étouffa un blasphème ou une menace, et me prenant dans ses bras, il continua de fuir dans la direction du petit bois.

— En selle ! dit-il d'une voix brève et sombre à la Gouâpe.

« On me jeta en travers comme un paquet sur le cou d'un des deux chevaux ; j'entendis un bruit métallique comme celui d'un sac plein d'or, et nous partîmes avec une vitesse qui me sembla fantastique.

« Tant d'émotions étaient au-dessus de mes forces... je perdis tout à fait connaissance cette fois, et j'ignore combien de temps dura cet évanouissement.

« Quand je revins à moi nous étions dans un bois de haute futaie qui ne ressemblait pas au taillis de la veille. — Il faisait grand jour. Nos chevaux exténués de fatigue s'étaient couchés dans de grandes fougères déjà flétries par les froides brises d'automne ; la Gouâpe avait allumé un feu de branches sèches, et brûlait des vêtements qui me parurent tachés de sang... — Jacobus assis à l'écart sous un vieux chêne comptait des pièces d'or.

« Du reste la transformation des deux saltimbanques était si complète, que dans le premier moment j'eus quelque peine à les reconnaître. — Ils avaient remplacé leurs oripaux fripés par des costumes de paysan et de paysanne du Languedoc, et on m'avait habillée moi-même en petite fille de la campagne.

« Quand vint le soir nous abandonnâmes les chevaux qui étaient hors d'état de continuer leur route, et nous gagnâmes à pied le plus prochain village où nous prîmes gîte dans un cabaret obscur.

« Le lendemain, de grand matin, Jacobus sortit pour tâcher de se procurer d'autres chevaux. — La Gouâpe et moi nous restâmes pour l'attendre dans une salle basse dont les fenêtres donnaient, les unes sur une cour, les autres sur un jardin, à l'extrémité duquel on voyait la campagne. — Les événements de l'avant-veille m'avaient

pour ainsi dire abrutie... je ne parlais pas... je dirai presque que je n'avais pas la force de penser.

« L'absence de Jacobus se prolongeait plus que de raison. Je voyais la Gouâpe s'impatienter, et même montrer
quelqu'inquiétude. Tout à coup elle poussa une exclamation de terreur ! — Le Saltimbanque entrait dans la cour
entre deux gendarmes, et les mains attachées derrière le
dos par des petites chaînes de fer. — Ses yeux me parurent hagards, et son visage couturé, couvert d'une pâleur
cadavérique, était horrible à voir.

« Ce spectacle, du reste, ne fut pas long. La Gouâpe
sans perdre une seconde ouvrit une des fenêtres et sauta
dans le jardin. Comme il n'y avait guère que deux pieds
de cette fenêtre au sol, je m'élançai après la Gouâpe qui
d'ailleurs m'avait fait signe de la suivre. — Quelques minutes après nous avions gagné la campagne, protégées par
des haies dont le pays était couvert, et le soir nous nous
cachions de nouveau dans les bois.

« Alors commença la plus étrange et la plus épouvantable existence ! Pendant deux mois nous vécûmes sans
asile, couchant à la belle étoile dans les lieux les plus so-
litaires, mangeant des fruits sauvages, et parfois du pain
noir que j'achetais à des bergers.

« L'hiver, cette année-là, était rigoureux, même dans
le midi de la France, de sorte que la Gouâpe sentit la nécessité de nous rapprocher des lieux habités, et de nous
cacher dans une ville, puisque nous n'avions plus d'autre
ressource. — Nous gagnâmes Toulouse, marchant d'abord
la nuit, pour éviter d'attirer l'attention par le délabrement de nos costumes. — Enfin, peu à peu, achetant ici
un chapeau de paille, là un jupon, plus loin un fichu,

nous pûmes nous recomposer des vêtements presque décents, et nous osâmes voyager à la clarté du grand jour.

« Il était sept heures du matin quand nous arrivâmes aux portes de Toulouse. Une foule immense, qui paraissait émue par l'attente de quelque grand événement, encombrait les rues. — Cette foule, ardente comme toutes celles du midi, nous entraîna avec elle, et nous arrivâmes, sans savoir où nous allions, jusqu'à la place du palais de Justice.

« Là, un échafaud était dressé! La Gouâpe voulut s'éloigner, mais les masses toujours croissantes des spectateurs qui nous pressaient de toute part, nous contraignirent à demeurer où nous étions.

« Tout à coup une formidable clameur s'éleva du milieu de cette foule qui nous retenait prisonnières! des hurlements, des imprécations arrivèrent à nos oreilles, en même temps les flots amoncelés de la multitude s'agitèrent violemment, et finirent par s'ouvrir devant une charrette escortée de gendarmes, et portant deux condamnés à mort qu'on menait à l'échafaud.

« Le peuple jetait à ces condamnés des pierres et des insultes.

« J'essayai d'abord de détourner les yeux de ce hideux spectacle; mais une puissance invincible me contraignit à le contempler : je regardai les deux condamnés et je les reconnus !

« L'un d'eux était le personnage aux vêtements sordides que j'avais déjà vu deux fois.

« L'autre... était l'homme que, depuis mon enfance, j'avais l'habitude d'appeler mon père... *Jacobus le Saltimbanque !...* »

Ici la jeune femme interrompit un moment son récit, pour passer à plusieurs reprises sa main sur son beau front contracté par l'horreur de ses souvenirs.

Les convives de Mirabelle, émus au plus haut degré, étaient pâles et attentifs.

Perdita continua.

III

Le Staroste.

« — Cette scène épouvantable fit sur ma jeune imagination une impression terrible ! — Pendant bien longtemps je me réveillais plusieurs fois chaque nuit, baigné d'une sueur froide, poussant des cris déchirants, et croyant voir encore rouler sur l'échafaud ensanglanté cette tête livide dont les prunelles éteintes semblaient me regarder fixement.

« La Gouâpe alors me battait pour me faire taire, ou m'accablait de grossières injures. Je dévorais mes sanglots, et j'essayais de pleurer en silence.

« Quand les pièces d'or, produit du crime que Jacobus avait expié sur la guillotine, furent au moment d'être épuisées, et la Gouâpe ne les ménageait pas, buvant de l'eau-de-vie et des liqueurs fortes, non-seulement tout le long du jour, mais encore une partie des nuits, nous quittâmes Toulouse et nous nous dirigeâmes vers les frontières de l'Italie. — La Gouâpe m'avait acheté un autre costume de saltimbanque, une nouvelle guitare et un tambour de basque. — J'étais donc redevenue une petite chanteuse ambulante, et nous traversâmes lentement le midi de la France, vivant assez bien, grâce à l'argent que je gagnais avec ma danse et mes chansons.

« Je passerai rapidement sur un intervalle de quatre ou cinq années, pendant lesquelles il ne m'arriva rien de remarquable, rien du moins qui mérite la peine de vous être raconté. — Nous parcourûmes le Piémont, le royaume de Naples, la Toscane, les états Lombards, le Tyrol, l'Illyrie, menant partout une existence nomade et misérable, bien que nous fussions à l'abri du besoin.

« Cependant je grandissais : d'enfant j'étais devenue jeune fille, et je voyais avec un étonnement mêlé d'un certain plaisir les regards des hommes se fixer sur moi avec une expression que je ne leur connaissais pas encore.

« Maintenant ce que je vais dire paraîtra étrange, incroyable, et cependant tout sera de la plus exacte vérité. — Oui, moi chanteuse des rues, élevée par la misérable créature que je vous ai fait entrevoir, et qui m'accompagnait partout ; ignorante des principes et même des instincts de la morale ; accoutumée depuis ma plus tendre enfance à entendre prononcer des paroles obscènes, et à chanter moi-même de grossières chansons, j'avais conservé une complète pureté de cœur et d'imagination. Pour moi les images érotiques mises constamment devant mes yeux, n'avaient ni attrait, ni signification. Une pudeur innée entourait mon âme de ses voiles épais, et la garantissait des souillures auxquelles elle était exposée par le contact hideux de la femme avec laquelle j'étais condamnée à vivre.

« Mais, comme le bonheur de mes jeunes années, ce voile devait être bientôt déchiré violemment.

« Notre existence vagabonde nous avait conduites, toujours marchant au hasard devant nous, jusqu'en Pologne,
aux environs de Zamosk.

« A cette époque je crois que j'avais à peu près quatorze
ou quinze ans.

« Depuis quatre jours nous traversions d'immenses forêts où nous n'avions rencontré aucun être vivant : souf-
frant de la faim, car nos provisions étaient épuisées, souf-
frant du froid, car c'était au cœur de l'hiver, il ne nous
restait plus qu'à choisir entre deux genres de mort également horribles.

« Vers la fin du cinquième jour, les dernières lueurs
du soleil couchant nous montrèrent à l'extrémité d'une
longue éclaircie dans les bois, une masse imposante de
bâtiments. — Nous hâtâmes le pas de notre mulet, un peu
moins exténué que nous, et bientôt nous arrivâmes devant
un pont-levis baissé qui donnait entrée dans des cours
situées au centre de plusieurs corps de logis.

« Évidemment nous avions sous nos yeux une de ces
grandes demeures féodales où l'on ne refuse jamais l'hospitalité au voyageur qui la réclame.

« Un homme tenant un fouet à la main était debout à
côté du pont.

« Je m'adressai à lui et lui demandai dans la langue du
pays si l'on consentirait à nous recevoir pour une seule
nuit.

« Ceci m'amène tout naturellement à vous dire que
j'avais une facilité merveilleuse à apprendre les idiomes
des différentes contrées que nous traversions. — La Gouâpe
au bout de très-peu de temps parvenait aussi à se faire
comprendre d'une manière suffisante.

« L'homme auquel je m'étais adressée nous examina curieusement de la tête aux pieds, puis il nous fit signe de traverser le pont-levis.

« Dès que nous eûmes passé le pont, nous entrâmes, la Gouâpe et moi, dans une immense cour intérieure où nous fûmes d'abord assaillies par les clameurs et les huées d'une troupe de valets portant une livrée de forme bizarre, et surchargée de galons et de brandebourgs ; mais il paraît que quand ces gens nous eurent mieux regardées, ma figure les impressionna favorablement, car les clameurs et les huées cessèrent aussitôt, et l'un d'eux marchant devant nous, nous conduisit dans les cuisines du château.

« Arrivées là, on nous fit asseoir auprès d'un grand feu devant lequel tournaient plusieurs broches chargées de viandes, de volailles et de gibier de toutes les espèces.

« Quelques minutes après on nous apportait à boire et à manger.

« Quand ma faim fut apaisée, et lorsque la douce chaleur du foyer eut rendu un peu de souplesse et de force à mes membres engourdis par le froid et affaiblis par la fatigue et le besoin, je me levai, et prenant ma guitare, je me mis à chanter une chanson française, qui fit sur mes auditeurs un effet merveilleux, bien qu'ils n'en comprissent pas un seul mot.

« Quand j'eus fini ma chanson, je saisis mon tambour de basque, qui était pendu à ma ceinture, et j'exécutai une de mes plus jolies danses.

« Alors l'enthousiasme de cette valetaille ne connut plus de bornes. — Elle ne savait par quelles démonstrations manifester l'admiration profonde que mes talents variés lui inspiraient.

« Je ne sais si quelques sons affaiblis de ma voix, de ma guitare ou de mon tambour de basque parvinrent jusqu'aux oreilles du maître du château, ou si quelque valet officieux lui rendit un compte favorable de ma danse et de mon chant, toujours est-il que, dans le courant de la soirée, un domestique, espèce de majordome, qui semblait avoir sur tous les autres une supériorité quelconque, vint me chercher dans les cuisines, où j'étais encore, pour me conduire au salon, où le *Staroste*, ce fut le titre qu'il donna à son maître, voulait me voir et m'entendre.

« Je me disposai immédiatement à suivre le domestique.

« La Gouâpe voulut m'accompagner, mais on lui intima l'ordre de rester où elle était, et je sortis seule.

« Mon guide me fit traverser plusieurs vastes pièces, véritables galeries, qui n'avaient pas d'autres ornements que des faisceaux d'armes et quelques trophées de chasse ; puis nous entrâmes dans une sorte de salon carré, entièrement tapissé en fourrures. Le plafond et le plancher eux-mêmes étaient recouverts de peaux de renards gris et bleus dont le mélange était d'un effet assez pittoresque.

« Dans une haute et large cheminée en pierre brute, sur laquelle était posée une lampe d'argent, pétillait un feu formidable, composé de plusieurs souches de gros arbres posées les unes sur les autres : on eût dit une masse de rochers enflammés.

« Le maître de la maison, celui qu'on avait appelé le Staroste, était assis, ou plutôt couché dans un immense fauteuil, au coin de la cheminée.

II.   8

« Il me parut plutôt petit que grand et avoir au moins la soixantaine. Mais il était parfaitement conservé, et semblait, en dépit de l'âge, n'avoir rien perdu de sa vigueur. Il portait un costume complet de drap gris de fer galonné en argent.

« Aucunes paroles ne pourraient rendre l'impression étrange que je ressentis en regardant pour la première fois la figure de ce vieillard, dont le souvenir ne s'effacera jamais de ma mémoire.

« La couleur de la peau de son visage était d'un rouge de brique, rendu plus foncé par la blancheur éclatante de ses moustaches, de sa longue royale et de ses cheveux coupés ras. — Un nez crochu, assez semblable au bec d'un oiseau de proie, et deux petits yeux d'un brun excessivement clair, hardis, perçants et fureteurs complétaient cet ensemble, peu attirant, on en conviendra. — Il fumait une courte pipe noire, le coude appuyé sur une petite table en chêne sculpté, placée à côté de lui, et sur laquelle j'aperçus un grand vase de cristal taillé richement, rempli de vin épicé, et une paire de pistolets damasquinés et montés en argent.

« Tous ces détails me sont présents comme si les événements que je vous raconte s'étaient passés hier.

« Au moment où j'entrai, le vieillard fixa sur moi un regard froid et clair comme celui d'un chat, et me demanda en langue polonaise quelle était ma patrie.

« Comme la France était le pays que j'avais habité le plus longtemps, je lui dis que j'étais Française.

« Alors il m'ordonna en mauvais français de lui montrer immédiatement un échantillon de mes talents de baladine.

« J'obéis à l'instant même, commençant par chanter avec accompagnement de guitare, et finissant par exécuter avec mon tambourin une danse très-animée que j'avais apprise sur les frontières de la Biscaye.

« Tandis que je chantais et que je dansais, les yeux du vieillard ne me quittaient pas un seul instant, et même quand je ne le regardais pas, il me semblait voir rayonner sa prunelle pâle, dont les éclairs m'avaient contrainte à me détourner.

« Quand j'eus fini, le vieillard frappa sur la table avec la poignée d'un de ses pistolets.

« Le domestique qui m'avait amenée parut aussitôt.

— Cette enfant est-elle seule? demanda le Staroste.

— Non, monseigneur, — répondit le majordome. — Elle est avec une femme âgée.

— C'est bien, — dit le maître.

« Et il garda le silence pendant quelques instants.

— Emmenez cette jeune fille, — reprit-il bientôt; — donnez un lit à elle et à sa mère, et que ces deux femmes ne sortent pas du château sans mon ordre.

— Le majordome s'inclina respectueusement, puis il me reconduisit dans la cuisine, où la Gouâpe m'attendait avec tous les signes d'une vive impatience, et se mit à me questionner avec une incroyable curiosité.

« Quand je lui eus tout raconté, depuis la manière étrange dont le vieux Staroste me regardait, jusqu'à l'ordre qu'il avait donné de ne pas nous laisser partir sans sa permission, je vis les prunelles fauves de la Gouâpe briller d'une joie extraordinaire, infernale, dont je ne compris la cause que plus tard.

— Tu es bien heureuse, petite, — me dit-elle.

— Heureuse ! Pourquoi ? demandai-je.

« La Gouâpe haussa les épaules d'un air de mépris et un sourire sinistre effleura ses lèvres.

« Le majordome revint et nous conduisit dans une chambre au fond de laquelle se trouvait un lit assez vaste pour contenir sans difficulté sept ou huit personnes : on nous laissa de la lumière, plus du vin et quelques provisions que la Gouâpe avait demandées, sans doute pour faire l'essai de ma faveur naissante.

« Quand nous fûmes seules elle m'adressa encore quelques questions, puis nous nous couchâmes, et comme j'étais accablée de fatigue je ne tardai pas à m'endormir profondément.

IV

Le lendemain dans la journée, le majordome vint me chercher de nouveau, et cette fois il ordonna à la à la Gouâpe de me suivre.

« Nous traversàmes les mêmes longues galeries que j'avais traversées la veille, nous arrivâmes dans le même salon, et je trouvai le vieillard à la même place et dans la même attitude que le soir précédent.

« Il se leva au moment où nous entrâmes, et fit signe à la Gouâge de le suivre dans une profonde embrasure de fenêtre où ils se mirent à causer à voix basse.

« Leur conversation fut longue, assez animée, et comme tout en parlant ils me regardaient souvent et même quelquefois me désignaient du geste, je dus comprendre que c'était de moi qu'ils s'occupaient.

« J'etais restée près de la cheminée. La Gouâpe m'appela, et quand je fus à côté d'elle et du vieux Staroste, elle détacha prestement les épingles à tête de cuivre qui

' maintenaient ma coiffure, secoua mes longs cheveux pour les dérouler, et les soulevant, elle sembla en faire admirer la richesse et l'éclat soyeux. — Puis elle porta la main sur les agrafes de mon justaucorps montant, et je v.s le moment où elle allait découvrir mes épaules et dévoiler les contours naissants de ma poitrine.

« Heureusement elle s'arrêta... je souffrais plus que je ne puis le dire de cette exhibition étrange, dont je ne comprenais pas le but, mais qui me faisait instinctivement rougir.

« On me renvoya d'un geste, comme on m'avait appelée, et la conversation mystérieuse recommença.

« Quand elle fut terminée, le Staroste ouvrit une petite armoire pratiquée dans la muraille, prit dans l'intérieur sur une étroite tablette une pile de large pièces d'or, et la mit dans une bourse de peau qu'il jeta à la Gouâpe.

« Celle-ci rattrapa la bourse au vol, fit une profonde révérence, vint à moi, et m'embrassa sur le front avec une tendresse hypocrite qui me causa une inexprimable impression de terreur.

— Nous partons? — lui demandai-je.

— C'est-à-dire moi, — répondit-elle... — Toi tu vas rester, ma fille, je reviendrai te reprendre dans quelques jours... jusque-là sois bien sage, c'est-à-dire fais tout ce que ce digne seigneur te demandera... Il te veut beaucoup de bien.

— Mais je serai donc seule! abandonnée! — m'écriai-je avec effroi... — je n'y consentirai jamais! jamais! repris-je en donnant à ma voix toute l'énergie possible.

— Il le faut absolument, — répondit la Gouâpe avec

un sang-froid désespérant, — sans cela on nous couperait la tête comme à ton père Jacobus.

« Et l'abominable mégère, profitant de la stupeur où me plongeait ce terrible souvenir, ouvrit rapidement la porte, la referma sur elle, et disparut !

« Pendant quelques minutes je restai comme anéantie, cherchant vainement à comprendre ce qui se passait. — Peu à peu je ne sais quel vague sentiment de ma situation vint m'éclairer et m'inspirer la pensée qu'elle était périlleuse... j'allais donc me précipiter vers la porte pour suivre, en dépit de sa défense, celle que malgré tout je regardais comme ma mère, quand le vieux Staroste mettant la main sur mon bras, m'arrêta court et paralysa tous les efforts que je fis pour me dégager de son étreinte.

— Je veux m'en aller ! je veux m'en aller ! — criai-je en frappant du pied avec une fureur d'enfant.

— Et moi je veux que vous restiez, — me dit-il en me serrant les poignets avec une force à les briser.

— Vous n'êtes pas mon maître ! je ne vous obéirai pas !

— Vous vous trompez, mon enfant... je suis votre maître, vous êtes à moi, car je vous ai achetée.

— Achetée — répétai-je avec stupéfaction.

« Depuis que je parcourais ces contrées où la civilisation ne me paraissait point encore parvenue, j'avais à peu près compris ce que c'était que la servitude du peuple à l'égard des seigneurs, et j'eus à l'instant l'idée que j'étais devenue esclave.

— Votre mère vous a vendue ! — reprit le Staroste. — Vous avez vu que je lui ai donné de l'or.

— Ma mère ! — fis-je avec un dédaigneux mouvement d'épaules, très-significatif.

— Enfin cette femme qui vous accompagnait, sans doute parce qu'elle a des droits sur vous.

« Il me fut impossible de soutenir plus longtemps l'explosion de ma douleur... j'éclatai en sanglots, je fondis en larmes amères, et cependant j'étais loin encore de prévoir tous les malheurs qui m'attendaient.

— Je n'aime pas les pleurs, — dit sèchement le vieux seigneur polonais. — Allez! je vous reverrai plus tard, quand vous serez devenue sage.

« L'homme qui m'avait amenée chaque fois vint de nouveau me reprendre; mais au lieu de me conduire aux cuisines, il me fit entrer dans une chambre tapissée de fourrures comme le salon où jusqu'alors j'avais vu le vieillard.

« Il y avait dans cette chambre, un lit, une table, un fauteuil et un miroir.

« Un grand feu brûlait dans la cheminée.

« Ce domestique me laissa seule, mais quand il sortit, il me sembla entendre comme le bruit d'un verrou qu'on pousse.

« J'allai à la porte... elle était effectivement fermée en dehors! je tombai anéantie sur le fauteuil...

« J'étais prisonnière; il n'y avait plus moyen de me faire la moindre illusion à cet égard.

« Mes sanglots d'abord redoublèrent avec une violence inouïe, et j'eus un véritable accès de désespoir. — Quand ce paroxysme fut passé j'essayai de calmer ma tête comme j'avais calmé mes sanglots, et je me mis à réfléchir sur ma position.

« Je me dis que ma captivité ne serait sans doute que passagère parce qu'il était impossible qu'une femme qui devait m'aimer puisqu'elle avait pris soin de mon enfance,

m'eut à tout jamais vendue pour quelques misérables
pièces d'or. Je me persuadai que la Gouâpe reviendrait
bientôt me chercher, et que dans tous les cas le mieux
était de paraître docile et résignée, sauf à saisir la première occasion favorable qui se présenterait pour m'é-
chapper, ce qui ne pouvait manquer selon moi d'avoir
lieu tôt ou tard.

« J'étais dans ces dispositions tranquilles quand on
m'apporta mon dîner. — Je mangeai de quelques plats,
tous si fortement épicés, que leur âpre saveur me brûlait
le gosier ; — puis je remplis à moitié mon verre d'un vin
couleur de topaze contenu dans un flacon de cristal. et je
me mis à boire pour essayer d'éteindre l'ardeur que je sentais gagner mon estomac.

« Mais à peine eus-je avalé les premières gorgées qu'il
me sembla éprouver une sensation que je comparerai à un
feu doux circulant rapidement dans mes veines.—Cette sensation n'avait au surplus rien de pénible. C'était une sorte
de chaleur vivifiante qui, en me ranimant me procurait un
bien-être singulier. En même temps des idées étranges et
tout à fait nouvelles pour moi s'éveillèrent dans mon cerveau surexcité, et me jetèrent dans un trouble physique
et moral rempli de charme. — Pour en savourer toute la
douceur je m'enfonçai dans mon fauteuil que j'avais roulé
près de la cheminée, et je m'endormis d'un sommeil profond bientôt peuplé de mille visions toutes plus volup-
tueuses les unes que les autres.

« Je fus réveillée par la voix du majordome qui venait
me dire avec une foule de façons polies que son maître
désirait me voir.

« Je pris ma guitare et mon tambour de basque, et je
suivis le majordome.

— Chantez, — me dit le vieux Staroste, dès que je fus
entrée dans le salon où il se tenait habituellement.

« J'obéis. — Au bout d'un instant il m'interrompit en
me faisant signe de m'approcher de lui.

« Je me rendis à cette invitation avec une certaine défiance que je ne me donnai pas la peine de dissimuler.

« Aussitôt que je me trouvai à portée de ses mains il
enlaça ses deux bras autour de ma taille, et malgré ma
résistance m'attira sur ses genoux.

« En ce moment les tons rouges de la figure du Staroste
étaient devenus pourpres, et je retrouvai dans ses yeux
étincelants cette expression sinistre qui m'avait causé un
si mortel effroi le soir de notre première entrevue.

— Vous êtes belle, — me dit-il, — et je veux que vous
soyez ma maîtresse !

« Je poussai un cri et j'essayai de me dégager des bras
de fer qui m'enlaçaient ; mais leur étreinte se resserrait
toujours, et mon visage se rapprochant de plus en plus de
celui du vieux Staroste, son haleine brûlante effleura ma
bouche... il me sembla aussi sentir ses lèvres sur mes lèvres.

« L'effroi et le dégoût me donnèrent à l'instant même
une force surnaturelle. Je fis un effort désespéré, et m'ar-
rachant aux baisers impurs du vieillard, je courus me réfugier dans le coin de la chambre le plus éloigné de lui.

« Il ne m'y suivit pas : on eût dit que ma résistance lui
avait subitement rendu tout son sang-froid. — Il m'examina en silence pendant quelques minutes, puis frappant
sur la petite table avec le pommeau de son pistolet, il
ordonna au majordome qui répondit sur-le-champ à cet

appel, de me ramener chez moi. Je me crus délivrée pour toujours : La jeunesse se reprend si vite à l'espérance.

« La nuit était venue. J'allumai une petite lampe qui se trouvait sur la cheminée, et à l'aide de sa clarté je fis quelques préparatifs de défense qui consistèrent à mettre en travers de la porte le grand fauteuil et la table. — C'était trop peu, je le sentais bien, pour empêcher d'entrer chez moi; mais je pensai que si on tentait de le faire, je serais du moins avertie par le bruit qui résulterait sans doute du dérangement de ces meubles.

« Je me couchai : la fièvre de mon esprit me tint quelques minutes éveillée, puis un sommeil invincible engourdit successivement mes membres et mon cerveau, et je finis par m'endormir profondément. — J'ai souvent pensé depuis que le vin que j'avais bu contenait un narcotique puissant.

« Au milieu de la nuit je fus arrachée à ce repos factice par une sensation étrange. La lampe s'était éteinte, je n'avais entendu aucun bruit, et cependant il me semblait sentir quelqu'un se glisser à côté de moi dans mon lit.

« Je voulus me précipiter hors de ma couche... deux bras vigoureux me saisirent en me contenant !

» J'essayai de crier, d'appeler du secours... une bouche ardente se colla sur ma bouche et la contraignit au silence.

« Je tentai de me débattre... une vigueur supérieure à la mienne paralysa mes efforts !

« Je tordais mon corps à le rompre... je raidissais mes muscles à les déchirer... partout je trouvais une répression plus puissante, plus obstinée que ma résistance !

« La lutte fut longue, bien que je sentisse qu'elle fini-

rait par être inutile. En effet, il me sembla que ma force
physique fléchissait en même temps que mon énergie morale cessait de me soutenir... Un râle sourd sortait de
ma poitrine... mes oreilles tintaient violemment... mes
artères battaient à me faire croire que le sang allait en
jaillir... j'étais presque vaincue !.. »

Perdita s'arrêta... elle remplit sa coupe de vin de Champagne, et la vida d'un trait.

On entendait dans la pièce voisine le bruit sec et métallique de l'or sur le tapis, et le mot *Banquo* prononcé à intervalles irréguliers par des voix haletantes.

Perdita reprit son récit.

V

Aventures.

— J'allais être vaincue! — reprit Perdita, en posant
sur la table la coupe qu'elle venait de vider.

« La force, je vous l'ai dit, me manquait pour la résistance, la voix pour appeler!.. — et d'ailleurs qui aurait
entendu mes cris? qui dans ce château, où il n'y avait
qu'un implacable despote et de vils esclaves, aurait pris
la défense d'une pauvre fille abandonnée? Pour me sauver
il fallait un miracle... le miracle se fit.

« On dit que dans toutes les agonies violentes il est un
moment solennel, terrible, où la vie jette une passagère,
mais énergique lueur, comme la mèche expirante d'une
lampe qui va bientôt s'éteindre. — Ainsi le malheureux
qui se noie raidit ses bras crispés pour s'accrocher aux
saules du rivage! — Ainsi la victime qui se débat sous le
couteau d'un assassin, arrête une seconde encore avec une
force surnaturelle le fer homicide qui va la frapper mortellement! pour moi c'était chose mille fois pire que la

mort la plus horrible que de me sentir toute brisée et presque sans connaissance, abandonnée aux baisers infâmes, aux caresses féroces de ce vieillard qui ne m'inspirait que haine et dégoût!

« Pour m'arracher à cette étreinte qui, de plus en plus violente, meurtrissait mes chairs et paralysait mes membres, pour m'élancer hors de cette couche à demi souillée, je fis un dernier, un suprême effort, dans lequel la vie prête à m'abandonner se concentra tout entière!

« Ma main presque défaillante, levée vers le ciel pour implorer sa protection, rencontra dans les ténèbres les plis lourds des longs rideaux de damas, et s'y cramponna machinalement.

« Grâce à ce point d'appui, je pus donner à mon corps, exténué par la lutte que j'avais soutenue, une vigoureuse impulsion! — je me sentis rouler dans le vide; — j'entendis un craquement, puis un bruit subit, comme la chute d'un objet pesant; — puis un blasphème affreux, un gémissement sourd, un râle étouffé... puis plus rien!...

« En tombant sur le tapis de peaux de renards qui recouvrait le plancher de la chambre, je ne m'étais fait aucun mal. — Seulement les émotions terribles que je venais de subir; la résistance désespérée que j'avais faite, la terreur qui me glaçait encore, m'avaient ôté toute lucidité d'esprit. — Peu à peu je revins à moi, c'est-à-dire au sentiment exact de ma situation, et je pus commencer à me rendre compte de ce qui s'était passé.

« J'étais couchée par terre, presqu'entièrement nue... le silence était profond, l'obscurité complète autour de moi... Seulement dans le foyer éteint quelques charbons brûlaient encore, et semblaient autant de prunelles ardentes qui me contemplaient fixement!

« Je me dirigeai à tâtons vers la cheminée, et là accroupie et courbée sur la cendre, je cherchai à ranimer avec mon souffle la flamme des tisons expirants.

« Longtemps toutes mes tentatives furent vaines... Enfin je parvins à faire jaillir quelques étincelles! alors j'allai à l'endroit où j'avais laissé ma petite lampe avant de me coucher; je la trouvai; j'approchai la mèche imbibée d'huile, de ces mourantes lueurs... quelques instants après j'avais de la lumière.

« Tremblante, mais résolue, je m'approchai de l'alcôve.

« Un spectacle étrange, inattendu, effrayant s'offrit à ma vue.

« Dans l'effort désespéré et convulsif auquel j'avais dû ma délivrance, j'étais parvenue à desceller l'anneau de fer qui retenait au plafond le ciel du lit en bois sculpté. — Cette lourde charpente et les rideaux épais couvraient presqu'entièrement l'immense couche... la tête du vieillard s'affaissait immobile et inclinée sur l'oreiller... ses cheveux blancs étaient ensanglantés, et le sang filtrant entre les lèvres béantes d'une large et profonde blessure, coulait sur ses joues, et baignant son épaisse et longue moustache, tombait goutte à goutte sur le tapis, augmentant avec un clapottement monotone une petite mare déjà formée! ce tableau était terrible et hideux.

« Je me reculai vivement, glacée d'épouvante et reprise d'un nouveau désespoir!.

« Le vieux Staroste était-il mort? je l'ignorais; mais qu'il fût mort ou seulement évanoui, ma position n'en était pas moins affreuse!

« Dans le premier cas je passerais infailliblement pour l'avoir assassiné, et alors je finirais comme le malheureux Jacobus, ainsi que la Gouâpe me l'avait prédit pour vaincre la répugnance que j'éprouvais à me séparer d'elle.

« Dans le second cas, que n'avais-je pas à craindre de la rage furieuse et du désir plus que probable de vengeance du vieux Staroste ?

« Je n'avais donc qu' u seul parti à prendre : la fuite ; mais comment le mettre à exécutiou ?

« D'abord me serait-il possible de me retrouver sans guide dans le dédale de corridors, de passage et d'apartements qu'il m'avait fallu traverser pour arriver à cette chambre fatale ?

« Ensuite, je n'avais pas oublié que l'entrée du château était défendue par un pont mobile qu'on relevait chaque soir, à la tombée de la nuit.

« Attendre le jour ? — Mais les domestiques qui me considéraient comme prisonnière, ne me laisseraient pas sortir sans un ordre de leur maître, et alors que deviendrais-je quand ils apprendraient les sinistres événements qui venaient de se passer ?

« Je voyais le péril partout, et je n'apercevais le salut nulle part !

« Je sentais ma tète s'égarer en présence de tous ces abîmes, et le peu d'énergie que j'avais retrouvée fléchis sous le poids de mes accablantes et confuses pensées ! — Un moment je crus que j'allais devenir folle, et j'en étais réduite à regarder la perte de ma raison comme le seul bonheur qui pût m'arriver désormais.

« Je m'approchai machinalement de la fenêtre, et je

l'ouvris pour essayer de rafraîchir mon front brûlant à l'air glacé de la nuit.

« Il n'y avait pas de lune ; mais le ciel était pur et brillant, comme il l'est souvent dans le nord pendant l'hiver.

« Quand mes yeux fatigués se furent un peu accoutumés à la demi obscurité qui régnait dehors, je crus remarquer qu'il n'y avait guère plus d'une vingtaine de pieds d'élévation entre la fenêtre sur laquelle j'étais appuyée et le fossé qui se trouvait au bas.

« En même temps je me rappelai qu'il n'y avait pas d'eau dans ce fossé, dont le talus opposé était revêtu de gazon.

« L'idée me vint aussitôt qu'il ne me serait peut-être pas impossible de fuir par là de cette maison à jamais maudite, et je résolus de le tenter, puisque c'était là mon unique moyen de salut.

« Je n'avais pas de cordes dont je pusse fabriquer une échelle, comment faire alors ?

« Je promenai tout autour de la chambre un regard quêteur et désespéré... — Une seule idée me vint, c'était que je pourrais peut-être remplacer la corde qui me manquait par les rideaux de damas entassés sur le lit.

« Mais ces rideaux étaient ensanglantés ! — mais pour les prendre et les déchirer il fallait sans doute tremper mes mains dans ce sang, et soulever ce hideux cadavre, dont la seule vue me glaçait d'une insurmontable terreur !

« Pendant longtems ce sentiment d'invincible répulsion m'empêcha de chercher à mettre mon projet à exécution : parfois même je songeais à y renoncer et à m'abandonner au hasard qui venait de me sauver une première fois.

« L'heure avançait... déjà il me semblait voir une ligne plus lumineuse que le reste du ciel blanchir, s'étendre et monter graduellement à l'horizon lointain. — Parfois aussi je croyais entendre quelques bruits vagues dans l'intérieur du château : je me disais que parmi les nombreux serviteurs du vieux Staroste, quelques-uns devaient sans doute se lever de bonne heure... alors je retombais dans mes perplexités, et je revenais à mes projets que j'abandonnais encore le moment d'après.

« Enfin, entre ces deux épouvantes, celle de me trouver au jour dans cette chambre terrible, et celle de m'approcher de cette couche ensanglantée où gisait un cadavre, je me décidai résolument à choisir la dernière.

« Je m'approchai donc du lit, et saisissant d'une main tremblante le corps inerte du vieux Staroste, je dégageai les épais rideaux qui l'enveloppaient de leurs plis.

« L'épreuve la plus terrible était subie, je ne m'arrêtai plus : à l'aide de mes ongles et de mes dents je déchirai en quatre parties ces rideaux, et je les nouai les unes avec les autres aussi solidement que me le permirent mes forces épuisées. — Je me trouvai posséder ainsi une espèce de corde de vingt-cinq à trente pieds de longueur qui me parut plus que suffisante pour arriver au fond du fossé. — Cela fait et m'étant habillée à la hâte, je traînai dans l'embrasure de la fenêtre la table dont je m'étais servie la veille pour barricader ma porte, et j'attachai ma corde après les pieds de cette table. — Ces différentes opérations me prirent beaucoup de temps, d'abord parce qu'elles étaient difficiles, ensuite parce que l'anxiété que j'éprouvais me rendait maladroite. — Enfin, mes préparatifs étant terminés, j'assujettis mon tambour de basque et ma guitare sur mes épaules, et ayant recommandé mon âme à Dieu j'enjambais les balustres de la fenêtre, je saisis la corde à deux mains, et je me laissais couler jusqu'au sol, que j'atteignis plus morte que vive, mais sans accident et sans blessure.

« Je gravis aussi vite que possible, sur les mains et sur les genoux, le talus escarpé du fossé, et me trouvant en rase campagne je me mis à courir de toutes mes forces, ignorant où j'allais, mais certaine que je m'éloignais du château et n'en demandant pas davantage.

« A l'aube naissante je tombai épuisée de fatigue au pied d'un sapin. Je laissai errer ma vue autour de moi, et je crus reconnaître une des routes dans les bois que j'avais parcourues avec la Gouâpe quelques jours auparavant. — Mais alors nous avions un mulet pour nous porter, quelques provisions encore, un peu d'argent, et encore nous étions deux, tandis que je me retrouvais seule, à pied, sans la plus humble pièce de monnaie, et à peine garantie du froid par des vêtements souillés et déchirés dans les efforts que j'avais faits pour gravir le talus des fossés du château.

« J'avais en outre oublié mon chapeau dans la chambre maudite, et je me trouvais tête nue.

« Ma position était horrible, et je la vis telle sans la moindre illusion.

« Je me mis à pleurer... je pleurai bien longtemps. — Ces larmes abondantes détendirent mes nerfs et me procurèrent un peu de soulagement. — Me sentant plus forte je crus que je pourrais continuer ma route.

« Je me remis en marche, et jusqu'au milieu de la journée je ne rencontrai ni une maison, ni un être vi-

vant. La lassitude faisait ployer mes jambes sous moi, et
je souffrais cruellement de la faim. — le chemin tracé
au milieu des bois était bordé de grands arbres à droite
et à gauche; le sol couvert d'une couche épaisse de
feuilles humides et flétries ne rendait aucun son sous mon
pas allourdi. Des bandes inombrables de corbeaux pas-
saient dans les nuées chargées de frimats, remplissant
l'air de leurs croassements lugubres; et parfois de gigan-
tesques oiseaux de proie venaient se percher sur des
branches au-dessus de ma tête, et semblaient me contempler avec une curiosité avide, comme une victime qui
ne pouvait leur échapper.

« J'allais, je crois, me laisser tomber au bord de la
route, et m'abandonner à ma destinée avec la résignation
du désespoir, quand à travers les arbres dépouillés, je
vis un mince filet de fumée blanchâtre s'élever en légère
spirale vers le ciel. Ce désert était donc habité! en ce
moment il me sembla que la Providence venait visible-
ment à mon secours.

« Je repris un peu de courage, et quittant le chemin
battu, je m'acheminai à travers les taillis vers cette fumée
qui m'apparaissait dans le lointain comme un phare
consolateur.

« Bientôt j'arrivai devant une cabane de la plus misérable apparence. — C'était une de ces huttes de l'indi-
gente Pologne, construites avec des branchages et de la
boue, et recouvertes avec du chaume pourri. La porte
unique était ouverte : j'entrai.

« L'intérieur de cette masure était si sombre que je
la crus d'abord abandonnée, ou du moins inhabitée pour
le moment. — Mais bientôt je pus distinguer une petite

fille d'environ dix ou douze ans, occupée devant le foyer, et faisant rôtir quelques pommes de terre sous la cendre.

« Au bruit que je fis l'enfant se retourna. Je lui parlai, elle ne me comprit point, car à son tour, elle m'adressa la parole dans une sorte de jargon inintelligible pour moi : je lui indiquai par des gestes énergiques que je mourais de faim. — Il paraît que ma pantomime était expressive, puisqu'à l'instant même la petite fille retira des cendres trois ou quatre pommes de terre, et les posa devant moi avec un sourire doux et craintif.

« Je m'étais jetée en entrant sur une petite escabelle de bois ; je venais de dévorer mes pommes de terre toutes brûlantes, et je goûtais la volupté de quelques minutes de repos, que les terribles émotions de la nuit et la fatigue de la journée rendaient bien nécessaires, quand une vieille paysanne entra dans la chaumière, portant sur sa tête un fagot de bois mort qu'elle jeta à ses pieds.

« A peine cette femme se fut-elle aperçue de ma présence, et eut-elle jeté un coup d'œil sur les débris de mon frugal repas, que son regard étincela de colère, et qu'elle adressa à la pauvre petite fille toute tremblante une foule de paroles injurieuses et violentes. Puis elle vint à moi, me secoua rudement le bras et me forçant à quitter ma sellette elle m'indiqua la porte par un geste impérieux. Quand j'eus franchi le seuil, elle accompagna mon départ d'un déluge d'imprécations dont le sens m'échappait, mais qui, autant que j'en pus juger par le ton dont elles furent prononcées, devaient être de bien sanglants reproches.

« Plus d'une fois je me suis demandé quels motifs pouvait avoir cette femme pour me faire une semblable scène.

Il fallait que la misère de cette famille fut bien grande, pour qu'une mère allât jusqu'à frapper son enfant, coupable seulement d'avoir offert l'hospitalité de son foyer et un peu de nourriture à une malheureuse étrangère.

« Je dis frapper, car en sortant de la chaumière j'entendis derrière moi des coups et des sanglots..... »

Ici Perdita interrompit un moment son récit.

— Vous me pardonnez, j'espère, — dit-elle aux convives de Mirabelle ; — vous me pardonnerez de m'appesantir ainsi sur des détails qui vous semblent peut-être totalement dénués d'intérêt. Mais vous comprendrez sans doute que lorsqu'on revient, ainsi que je le fais maintenant, sur une vie passée, toute remplie de douleurs et de misères, il est bien difficile de ne pas s'arrêter un peu plus longtemps qu'on ne le devrait sur des circonstances indifférentes en apparence, mais dont l'impression fut profonde et terrible. — Tout à l'heure, je le crois du moins, les incidents de mon existence aventureuse deviendront de nouveau dramatiques, et vous pourrez les écouter sans fatigue.....

Georges d'Entragues assura Perdita de l'immense intérêt que tous les auditeurs trouvaient à son récit, et la jeune femme se disposa à continuer.

VI

Aventures (suite).

— J'étais donc encore une fois seule et sans ressource sur la route déserte, — reprit aussitôt Perdita; — mais le peu de nourriture que j'avais eu le temps de prendre, m'avait rendu quelques forces, et mon repos dans la chaumière, si court qu'il eût été, avait donné à mes membres rompus un peu de vigueur et d'élasticité. — Je me remis donc de nouveau en route avec courage, soutenue par l'espoir que je trouverais à la fin de cette laborieuse journée une hospitalité plus cordiale que celle qui m'avait été accordée le matin.

« D'ailleurs la pensée que je m'éloignais à chaque instant un peu plus de la sombre demeure du Staroste, soutenait et même ravivait mon énergie morale et physique. Je me disais aussi que, selon toute apparence, je ne serais pas poursuivie, et cette espèce de pressentiment semblait me donner des ailes.

« Mais hélas! je marchais, je marchais; les arbres suc-

cédaient aux arbres, les horizons aux horizons, les steppes
arides et désolés aux sombres forêts de sapins, et les ma-
rais aux steppes, et ma situation était toujours la même !
sur les chemins, nulle trace de pas ! dans les airs, pas la
plus petite fumée blanchâtre montant lente et droite dans
l'atmosphère brumeuse ! aucune parole ne pourrait donner
une idée à peu près juste de cette désolation.

« Je voyais approcher la nuit avec un redoublement de
terreur... le jour baissait rapidement ; je marchais sans
m'arrêter, et rien, rien, toujours rien !!! pas même l'espérance, que je sentais s'éteindre dans mon âme découragée à chaque pas que je faisais en avant.

« Tout à coup, à la sortie d'un bois de bouleau, dont
les troncs blafards me représentaient des spectres errants
autour de moi, j'aperçus une espèce de masure grossière-
ment construite en pierres superposées les unes sur les
autres, sans ciment pour les joindre entre elles. — Des
pâtres avaient sans doute élevé cette espèce de tente solide pour s'abriter contre les orages de l'été et les brises
glaciales de l'hiver, pendant que leurs troupeaux pais-
saient aux alentours. — Une ouverture étroite et basse, à
ce point qu'on ne pouvait la franchir qu'en se courbant,
conduisait dans l'intérieur.

« C'était un triste asile, mais enfin c'était un asile :
mieux encore valait-il passer la nuit là, qu'en plein air
sous un ciel glacé. Je me glissai donc dans cette cabane
par l'étroite ouverture, et je trouvai avec joie sur le plancher de terre battue deux ou trois bottes de paille, sans
doute abandonnées là par ceux qui y étaient venus en
dernier lieu.

« Avec cette paille, que je répandis sur le sol, je me

fis une espèce de lit, sur lequel je pouvais m'étendre com-
modément, et peut-être réchauffer mes membres presque
paralysés par la fatigue; mais avant de me coucher, un
instinct de prudence, bien naturel après tout ce que j'a-
vais subi depuis quarante-huit heures, m'inspira la pensée
de boucher l'ouverture sans porte de la masure, avec de
grosses pierres que j'entassai les unes sur les autres de
manière à former comme une muraille intérieure. — A
peine avais-je achevé ce travail, qui finit de m'anéantir,
que je me laissai tomber sur ma couche de paille, où,
vaincue par la lassitude de mon corps et de mon âme, je
ne tardai pas à m'endormir d'un sommeil lourd et profond.

« J'ignore depuis combien de temps je dormais, quand
je fus réveillée en sursaut par un bruit dont je ne compris pas tout de suite la nature.

« Je me soulevai à demi, je m'appuyai sur mon coude,
et je prêtai l'oreille avec une attention remplie d'angoisses.

« Au bout d'un instant, le bruit qui m'avait éveillée
brusquement se renouvela une seconde fois.

« C'était un cri lointain, rauque, lugubre, terrifiant,
qui commençait comme une plainte sinistre et finissait
comme un formidable rugissement.

« Bientôt ce cri retentit plus près de ma cahute, puis
il sembla se diviser, s'étendre et partir à la fois de divers
points de la forêt et des steppes sur la limite desquels je
me trouvais.

« Ces cris multipliés se rapprochaient graduellement,
et dans les intervalles de silence, j'entendais quelque

chose de semblable au galop rapide et léger d'une troupe
d'animaux.

« J'écoutais sans parvenir à m'expliquer ce qui se passait, mais toujours mortellement inquiète, quand un hur-
lement d'une effroyable énergie vibra dans l'atmosphère,
mais cette fois tout près... tout près... à peine à quelques
pas de la masure au fond de laquelle je me tenais blottie.
— En même temps je sentis, ou plutôt il me sembla sentir une haleine brûlante et fétide passer sur mon visage,
et je vis distinctement à travers les interstices des pierres
mal jointes de l'ouverture, étinceler deux yeux d'une incroyable férocité.

« Éperdue de terreur, je me levai précipitamment sans
songer que les traverses de bois grossier qui formaient le
plafond de la cabane étaient posées trop près du sol pour
me permettre de me tenir debout; ma tête heurta donc
avec violence contre une de ces traverses, et je retombai
sur mon lit de paille, étourdie, anéantie, presque sans
connaissance, entendant, comme dans un rêve, retentir
autour de moi les hurlements sauvages, et voyant les prunelles ardentes et féroces se multiplier à l'infini.

« Une bande de loups, de ces loups affamés qui cher-
chent pâture chaque nuit aux environs des forêts immenses, entourait la cabane sous laquelle j'avais trouvé un
refuge.

« Comment ne devins-je pas tout à fait folle en voyant
les naseaux de tous ces monstres aspirer fortement l'air
par chaque ouverture de ma pauvre retraite ; en entendant
leurs griffes qui s'usaient à essayer de déranger les pierres
qui, seules, les séparaient de moi ? — En vérité, je ne le
sais pas.

« Et toute la nuit ce fut ainsi ! toute la nuit se succé-
dèrent des angoisses profondes, des tortures inouïes qui
brisaient mon pauvre cœur, et me faisaient paraître chaque
seconde longue comme un siècle... par moments il me
semblait sentir des milliers de morsures ronger, déchirer
mes chairs, broyer mes os, et alors tout mon corps tres-
saillait comme s'il eût été livré déjà à ces animaux car-
nassiers, et comme si chaque lambeau de mes membres
dispersés eût pu souffrir et palpiter sous leurs dents. »

— Quand je me rappelle cette nuit terrible, ajouta la
jeune femme, comme si elle interrompait un instant son
récit, je sens encore toutes les fibres de mon être devenir
douloureuses, mes muscles frémissent, mes nerfs se tendent avec souffrance, et une sueur froide vient baigner la
racine de mes cheveux !

En effet, le teint de Perdita, mat et incolore naturellement, mais sans exagération, était devenu, pendant qu'elle
parlait, d'une pâleur extraordinaire, et l'on voyait, ainsi
qu'elle l'avait dit, quelques gouttes brillantes de transpi-
ration perler çà et là son front noble et lumineux.

Mais bientôt elle fut plus maîtresse d'elle-même, et
étant parvenue à vaincre l'émotion qui l'avait dominée
passagèrement, elle reprit son récit d'une voix aussi calme
que si elle n'eût rien raconté que de fort ordinaire.

— Enfin, — dit-elle, — le crépuscule du matin parut,
et ses premières lueurs firent rentrer dans leurs tanières
ces animaux aussi lâches que féroces... — J'entendis les
hurlements s'éloigner peu à peu, et faire place enfin au
silence le plus complet.

« Je sentis alors violemment la réaction de toutes ces
terribles angoisses... — Ma tête retomba malgré moi sur

la paille qui me servait de couche, et, comme la veille au soir, je m'endormis profondément.

« Quand je me réveillai le ciel était pur, et quoiqu'il fît très-froid, le soleil brillait joyeusement. — Je prêtai encore l'oreille pour m'assurer de nouveau que tout danger avait disparu : au lieu des hurlements sinistres des loups, j'entendis la note plaintive d'un bouvreuil perché sur un buisson auprès de ma cahute, et le gai refrain d'une fauvette qui traversait les airs pour aller à la rencontre du printemps.

« Je calculai qu'il pouvait être à peu près midi.

« En un instant j'eus démoli le fragile rempart qui m'avait sauvé la vie, et je sortis de mon asile en bénissant Dieu.

VII

Premier amour.

— Je me remis donc en marche, — continua Perdita. —
J'étais résolue à tout plutôt que de courir le risque d'une
seconde nuit semblable à celle que je venais de passer.

« J'avais faim, car vous vous souvenez sans doute que
les quelques pommes de terre que je devais à la charité
d'un enfant, étaient tout ce que j'avais pris depuis mon
diner chez le Staroste. — D'un autre côté mes membres
endoloris par la fatigue refusaient presque de me porter,
et mes pieds meurtris saignaient dans mes souliers déchirés ! — Cependant je marchais, je marchais toujours, bien
décidée à ne m'arrêter que quand je tomberais pour ne
plus me relever, morte de lassitude et de besoin.

« Qu'on juge de la joie profonde qui vint inonder mon
âme, lorsqu'après avoir gravi péniblement une colline peu
élevée, je vis resplendir à peu de distance les toits rouges
d'un petit village. — Je hâtai ma marche autant que je le

pus, et bientôt j'atteignis les premières maisons. L'une d'elles était une hôtellerie : j'entrai.

« Trois ou quatre hommes à mine assez farouche buvaient autour d'une table grossière, dans la seule et unique pièce de cette auberge.

« L'hôtesse, dont la physionomie était peu avenante, vint à moi et me demanda brutalement ce que je voulais.

— Je meurs de faim et de fatigue, — lui répondis-je : — donnez-moi du pain et un lit.

« Cette femme me regarda du haut en bas, comme pour examiner mes vêtements presqu'en lambeaux et ma figure défaite, puis elle me dit :

— Avez-vous de l'argent?

— Hélas! madame, je n'en ai pas.

— Dans ce cas tournez-moi les talons, vagabonde! je vous trouve bien hardie de venir mendier chez moi!

« Ces paroles me firent froid au cœur. — Toutefois, espérant que je rencontrerais plus de compassion chez les hommes qui se trouvaient là, je contins les sanglots qui malgré moi allaient s'échapper de ma poitrine, et prenant ma guitare je m'approchai de l'endroit où les buveurs étaient attablés.

« J'avais déjà déposé sur les cordes de l'instrument mes doigts amaigris, et je me disposais à chanter pour essayer de gagner ce pain qu'on me refusait, quand la maîtresse du cabaret, qui devina ce que j'allais faire, me prit rudement par le bras et me jeta hors de chez elle en s'écriant comme une furie :

— Hors d'ici! hors d'ici, coureuse! allez porter ailleurs vos guenilles et votre musique d'enfer!.. si vous revenez, vous aurez affaire à moi! »

Perdita se tut un instant; puis elle remplit de nouveau son verre, qu'elle vida sans s'arrêter, comme pour se donner la force de continuer son récit.

Mirabelle avait le visage inondé de larmes.

— C'était la seconde fois depuis la veille, — continua la jeune femme, — que pareille chose m'arrivait, et sans doute si dans ce moment j'avais eu devant moi une rivière ou un précipice, j'aurais mis fin d'un seul coup à mes douleurs et à ma vie! Ce n'était pas l'envie de mourir qui me manquait, c'était la possibilité de le faire.

« Je continuai ma route, en proie à un sombre désespoir. — J'ignore combien de temps je marchai encore; je sais seulement que le soleil était au niveau de l'horizon quand une idée fixe s'empara de mon esprit.

« Je vais m'étendre dans ce fossé, me dis-je, et là j'attendrai que le ciel ou l'enfer ayent pitié de moi, et terminent mes maux en me retirant de ce monde...

« Au moment d'accomplir cette résolution suprême, mes pieds heurtèrent un corps humain couché sur le bord du fossé dans lequel j'allais descendre.

« Je me baissai pour mieux voir. — Au milieu de mes tortures morales je m'étais dit que je pourrais peut-être porter secours à un de mes semblables, comme moi dans la détresse.

« Ce corps était celui d'une femme. — Ses vêtements souillés de boue semblaient attester que la pauvre créature, tombée à quelques pas plus loin, s'était traînée jusque là. — Une gourde d'eau-de-vie débouchée laissait couler sur la terre une partie de son contenu, et gisait à côté d'un bâton de voyage et d'un petit paquet noué dans un mouchoir. — Un large chapeau, rabattu par la chute

me cachait les traits de cette femme. — Je soulevai ce
chapeau avec précaution, et vous comprendrez quels durent
être mon étonnement et mon effroi quand vous saurez que
je reconnus l'infâme mégère qui m'avait trahie, abandonnée, vendue! — La Gouâpe enfin!

« Je devinai tout alors... elle était ivre-morte... je l'a-
vais vue souvent dans cet état.

« Mon premier mouvement fut de m'éloigner au plus
tôt de cette misérable femme; le second, d'examiner ce
que contenait ce paquet gisant à côté d'elle.

« Je défis les nœuds qui le fermaient, je l'ouvris, et j'y
trouvai, Dieu sait avec quelle joie immense! du pain, de
la viande et une petite bourse!

« Je connaissais cette bourse, hélas! c'était celle que le
vieux Staroste avait si dédaigneusement jetée à la Gouâpe
qui lui livrait mon corps!

« Je m'emparai d'abord des provisions.

« Cela fait, je comptai les pièces d'or : il y en avait
quarante.

« J'en fis un partage exact : une moitié fut laissée à
celle qui les avait si honteusement gagnées : je crus que je
pouvais sans scrupule conserver l'autre. — Je pris en
outre le chapeau de la Gouâpe; car j'étais tête nue, le bâton ferré et la gourde d'eau-de-vie aux trois quarts vide;
puis quittant la route, j'allais m'asseoir à l'écart derrière
un buisson, et là j'appaisai ma faim.

« Ce repas et quelques gorgées d'eau-de-vie me donnèrent un peu de force pour continuer mon chemin, et
après m'être assurée que la Gouâpe était toujours plongée
dans sa dégoûtante léthargie, je m'éloignai pleine d'espérance et le cœur presque joyeux.

« A une lieue de là, environ, je rencontrai une maison :
il était temps, car toute mon énergie n'aurait pu triom-
pher un quart d'heure de plus de l'épuisement de mon
corps.

« Ma première, ma seule parole en entrant fut celle-ci?

— Un lit, pour l'amour de Dieu! voici de l'or pour vous
payer...

« On me donna un lit... Mon sommeil dura vingt-quatre
heures sans interruption. »

— Je le crois bien! — s'écria Mirabelle, dont les yeux
étaient encore rouges. — Vous nous diriez que vous avez
dormi quinze jours de suite que ça ne m'étonnerait pas le
moins du monde. — Je me souviens que dans un carnaval
quelconque, étant allée au bal masqué les dimanche,
lundi et mardi gras, j'ai dormi depuis le mercredi des
cendres jusqu'au samedi matin sans *débrider*.

Quelques *chut* peu polis pour la maîtresse de la maison,
mais très-flatteurs pour Perdita, car ils témoignaient de
l'intérêt que les convives prenaient à son récit, se firent
entendre autour de la table.

Perdita sourit mélancoliquement, et continua en ces
termes.

— A partir de ce moment je repris ma vie errante de
chanteuse des rues et des grands chemins, vivant au jour
le jour et de peu, mais heureuse par comparaison avec le
passé.

« Pendant deux années je parcourus ainsi les diverses
contrées de l'Allemagne, libre comme la brise et joyeuse
comme les oiseaux. Le sort me paraissait avoir épuisé sur
moi toute sa rigueur dès les premiers coups. Je croyais

pouvoir le défier à l'avenir : vous verrez bientôt combien je me trompais.

« Un soir, vers le milieu de l'été, à Munich où j'étais depuis quelques jours, faisant d'assez belles recettes, un soir, dis-je, je chantais devant un des principaux cafés de la ville.

« Plusieurs étudiants buvaient de la bierre mousseuse dans d'immenses *vidrecomes*, et fumaient leurs grosses pipes d'écume de mer, avec cette volupté silencieuse et flegmatique qui est particulière aux fumeurs du Nord, depuis Bruxelles jusqu'à Varsovie.

« Au milieu d'eux le hasard me fit remarquer un jeune homme qui ne me quittait pas un seul instant des yeux, et semblait suivre chacun de mes mouvements avec une attention singulière.

« Une sorte d'attraction magnétique, plus puissante que ma volonté, me força tout d'abord à regarder, moi aussi, ce jeune homme avec quelque persistance.

Il était d'une merveilleuse beauté; très-blanc de teint, avec des yeux noirs, doux et mélancoliques. — De longues boucles de cheveux blonds s'échappaient, brillantes et soyeuses, de dessous sa petite casquette, mise crânement sur l'oreille, comme la portait d'habitude les étudiants des universités d'Allemagne. — On eût dit une femme déguisée en homme, sous la moustache naissante dont le léger duvet ombrageait sa lèvre supérieure.

« Quand j'eus fini de chanter, je fis le tour des diverses tables, ma petite sébile de bois à la main. — Chacun des assistants en me faisant son offrande, m'adressa quelques galanteries d'un goût assez contestable : seul, ce jeune homme mit une pièce de monnaie dans ma main sans prononcer une parole.

« Je m'éloignai toute rêveuse, et le cœur rempli d'un trouble et d'une émotion qui m'avaient été jusqu'alors inconnus.

« Bien que la soirée ne fût pas avancée, au lieu de continuer ma tournée habituelle dans les divers établissements publics de la ville, je regagnai en toute hâte le galetas que j'habitais, et là je me mis à penser au bel étudiant, dont il me semblait toujours voir le doux regard fixé sur moi.

« Le lendemain à la même heure que la veille, je retournai au même endroit, avec un vague espoir d'y rencontrer ce jeune homme dont l'image m'avait poursuivie toute la nuit, dans mes songes comme dans mes instants d'insomnie.

« Il était là en effet, calme, grave, mélancolique, et me regardant toujours.

« Je me mis à chanter.

« Oh! je comprends que l'amour, cette puissance sans bornes du cœur, fasse à l'instant même où il se révèle, un grand et célèbre artiste de l'artiste médiocre jusqu'alors inconnu! — Je comprends que la cantatrice devienne tout à coup sublime de génie et de passion quand elle sait que celui qu'elle aime est au milieu de la foule qui l'écoute et l'applaudit! — Je comprends Raphaël peignant la Fornarina! — Dante immortalisant son amour dans ses chefs-d'œuvre! — Le Tasse, Camoëns, Pétrarque devenant poëtes, pour chanter Éléonore, Catherine d'Attayde et Laure! Cr ce qu'ils ont fait ces grands hommes, je l'ai fait, moi pauvre fille! Moi obscure et malheureuse chanteuse des rues!

« Je me mis à chanter, comme je vous l'ai dit. Mais je chantai pour lui seul! Pour lui le bel étudiant à la chevelure d'or, dont le regard magique avait métamorphosé tout mon être! — Je chantai, et avec les vulgaires accents d'une mélodie inconnue, je sus créer un chant d'amour, tendre, mélodieux, divin... Un de ces chants que ne peuvent jamais oublier ni retenir ceux qui les ont entendus!

« Une transformation complète venait de s'opérer en moi! — J'aimais! j'aimais pour la première fois! »

Au moment où Perdita prononçait ces paroles, son beau front sembla resplendir d'un doux orgueil, et ses longues paupières s'abaissèrent lentement sur ses yeux, comme pour voiler l'ardeur que les souvenirs de sa première passion réveillaient en elle.

Puis elle inclina la tête, et on eût dit qu'elle oubliait toutes les personnes qui l'entouraient, pour se recueillir uniquement dans la jouissance de son passé.

— Et ce jeune homme? — hasarda après quelques secondes de silence, Mirabelle qui grillait de savoir la fin de cette intéressante histoire.

Perdita tressaillit comme une personne qu'on réveille en sursaut.

— Ce jeune homme s'appelait Stéphen, — reprit-elle, — et je vous ai dit qu'il ne cessait pas de me regarder en m'écoutant. Quand j'eus fini le chant qui l'avait séduit, quand le dernier accord de mon instrument se fut évanoui dans l'air, il se leva silencieusement, vint à moi, m'offrit, sans prononcer une parole son bras que j'acceptai, et nous nous éloignâmes tous deux.

« Le lendemain je quittai ma folle toilette, et je commençai une vie aussi nouvelle que mes sensations. »

— Il vous entretenait? — demanda Mirabelle.

— Non, Madame! — répondit Perdita avec une sorte de colère; — non, Madame, il ne m'entretenait pas! Je vivais avec lui comme sa femme que je semblais être... et je vous jure que j'eusse été pour lui une compagne honnête, dévouée, fidèle si le sort n'en avait décidé autrement! Car ce n'est pas moi, c'est la fatalité qui m'a faite ce que je suis.

« Stéphen n'était pas ce que vous appelez riche à Paris, mais il jouissait d'une assez grande aisance, et la fortune de sa mère, dont il avait hérité, lui permettait de vivre largement dans un pays où tout est moins cher qu'en France. Il étudiait pour son plaisir, et surtout pour se créer de nombreuses relations avec les jeunes gens les plus distingués d'une ville savante comme Munich.

« Stéphen, je dois commencer par le dire avant de continuer, n'était pas méchant : il avait même de la bonté, de la générosité dans le cœur, et une certaine élévation dans les sentiments, mais un vice affreux, incorrigible ; un de ces vices que l'âge même ne corrige pas, paralysait ses heureuses facultés... Stéphen était joueur!

« Que de larmes amères j'ai versées en voyant mon amant, l'homme qui était ma seule joie, mon unique soutien dans ce monde, en qui se résumaient toutes mes espérances de bonheur sur cette terre, me quitter presque chaque soir pour les cartes; passer dehors des nuits entières; rentrer le matin sombre et morose d'un chagrin que je ne pouvais pas adoucir, ou ivre d'une félicité qui ne lui venait pas de moi! En un mot vivre d'une autre vie que celle de notre amour.

« Moi, je n'avais au cœur qu'une pensée, qu'une passion, qu'un souci : Stéphen! mon Stéphen! »

Et tandis que Perdita parlait ainsi, des éclairs jaillissaient de ses yeux à demi voilés; et sa voix vibrait amoureusement, comme le murmure d'un désir ou le bruit d'un baiser; et on devinait à la voir ainsi, ce qu'elle devait être quand la tendresse qu'elle exprimait avec tant d'ardeur était une réalité au lieu de n'être plus qu'un souvenir.

— Parfois, — reprit-elle, — les longues séances de jeu avaient lieu chez Stéphen, c'est-à-dire chez nous, et dans ces occasions-là, c'était moi qui faisais les honneurs comme maîtresse de maison. — Nos hôtes habituels étaient des étudiants de l'Université ; mais de temps en temps mon amant ou l'un de ses amis amenait quelque étranger, de passage à Munich.

« Un jour Stéphen me présenta un nouvel arrivant, dont la vue me causa tout d'abord, et je ne sais par quelle espèce d'intuition, un sentiment de répulsion extraordinaire.

« C'était un homme d'un certain âge. Il se faisait passer pour Français, portait la croix de la Légion-d'Honneur, et se nommait le comte de Fly... »

Ici M. d'Entragues, surpris par l'apparition de ce personnage dans le récit de Perdita, ne put réprimer un tressaillement involontaire des muscles de son visage.

Si nos lecteurs se rappellent le chapitre de ce livre intitulé : le *Club des Phocéens*, ils comprendront facilement l'espèce d'émotion de Georges.

Hâtons-nous d'ajouter que cette émotion quoique très-marquée passa inaperçue de tous les convives.

— J'ignore, — continua Perdita, — quel secret instinct m'avait avertie que cet homme me serait fatal ; toujours est-il que je le détestai dès sa première visite, sans pouvoir me donner à moi-même aucune raison pour justifier cette aversion spontanée. — J'en parlai cependant à Stéphen : mais il trouvait le comte de Fly le plus charmant homme qu'il eût jamais rencontré, et il se moqua de mes pressentiments qu'il traita de folles rêveries.

« D'où nous vient donc, mon Dieu, cette voix mystérieuse qui parle tout bas à notre âme, et la prévient des malheurs futurs qu'il ne nous est pas donné d'éviter ? — Est-ce donc une raillerie amère de la Providence qui nous dit : Il y a là un abîme... je vous le montre... et cependant vous serez forcé d'y tomber...

« Après quelques semaines de relations assez suivies, les visites du comte de Fly devinrent de jour en jour plus fréquentes. Il me faisait la cour, et je crus remarquer que ses assiduités ne ressemblaient pas aux galanteries superficielles et insignifiantes des autres amis de Stéphen, qui, surtout en sa présence, étaient aimables pour moi. — Le Le comte de Fly, au contraire, choisissait toujours le moment où mon amant s'absentait pour me parler de son amour, et quand son regard s'arrêtait sur moi, c'était avec une ardeur qui me faisait rougir, car elle me rappelait les odieuses entreprises du vieux Staroste.

« Les choses en étant arrivées à ce point, je ne crus pas que je dusse en parler à Stéphen. — Je craignais d'éveiller sa jalousie, et de devenir ainsi la cause involontaire de quelque scène violente entre le comte et lui.

« Le temps pressait cependant, et je sentais à des indices inconnus que la crise que je voulais retarder par ma prudence était au moment d'éclater, j'éprouvais une multitude de symptômes que je comparais dans ma pensée à ces influences atmosphériques que subissent les personnes nerveuses aux approches d'un orage.

« Et de semaine en semaine, de jour en jour, je dirai presque d'heure en heure, je sentais s'épaissir et s'étendre la sombre mélancolie qui pesait sur moi, et que je m'efforçais de cacher à Stéphen, dans la crainte de l'affliger.

« Un jour vint où les habitants de Munich célébraient je ne sais quelle solennité nationale. — Mon amant avait résolu de donner une petite fête pour cette circonstance, et nos invitations étaient déjà faites.

« Un jeune étudiant de ses amis, forcé de quitter la ville pour un voyage imprévu, vint le trouver, et le pria de vouloir bien se charger d'une somme importante qu'il lui remit en or, et que son père lui avait envoyée peu de temps auparavant pour acquitter une dette sacrée. — Le billet à payer venait à échéance le lendemain, et l'ami de Stéphen n'avait pu rencontrer le créancier pour lui remettre l'argent en mains propres.

« Mon amant prit les rouleaux, et devant moi il les serra dans son secrétaire, en promettant de payer le lendemain matin.

« Le jeune homme partit tranquille.

« Le soir arriva. — Les invités, d'ailleurs en petit nombre, furent bientôt réunis, et comme les tables de jeu avaient été préparées d'avance, les parties commencèrent immédiatement.

« Parmi les joueurs se trouvait naturellement l'inévitable comte de Fly.

« Au premier regard que je jetai sur lui, je crus remarquer que sa physionomie faussement doucereuse avait une expression plus rusée et plus sournoise que de coutume. — Il me salua avec une politesse obséquieuse, et me jura avec une sorte de galanterie passionnée qu'il était le plus soumis et le plus dévoué de mes serviteurs : mais tandis qu'il me parlait, un sourire faux, sardonique, méchant effleurait les coins de sa bouche.

« J'ai dit qu'on jouait.

« Stéphen, à ma grande joie, était enfoncé dans une discussion métaphysique avec un jeune savant berlinois nouvellement arrivé à Munich, et, contre sa coutume, il ne paraissait pas le moins du monde disposé à toucher une carte ce soir-là.

« Bientôt l'or ruissela sur les tapis verts, et je vis, non sans quelque surprise, car ce n'était pas dans ses habitudes, le comte de Fly perdre constamment. — Il supportait du reste sa mauvaise fortune avec un calme parfait, et même une sorte d'indifférence.

« Enfin il quitta la table de jeu sur laquelle il paraissait avoir laissé ses dernières pièces d'or; puis il prit un cigare, l'alluma, et s'approchant de Stéphen il lui dit :

— En vérité, mon ami, le malheur me poursuit chez vous aujourd'hui d'une incroyable manière. — Je me souviens que lors de notre dernière rencontre, j'eus le regret de vous gagner quelques ducats... je m'estimerais heureux de vous donner ce soir votre revanche, si cela pouvait vous être agréable.

« Je regardais Stéphen d'un air suppliant, dans l'espoir de le déterminer à refuser, et je ne sais pourquoi j'attachais à son refus une importance énorme ; aussi ce fut avec un horrible serrement de cœur que je le vis suivre le comte, après s'être excusé vis-à-vis de son interlocuteur d'abandonner ainsi brusquement la discussion, devenue de plus en plus intéressante.

« M. de Fly et mon amant s'assirent à une petite table isolée dans un coin du salon, et s'apprêtèrent à commencer leur partie.

« Je m'étais approchée d'eux, et je les regardais, appuyée sur le dossier d'un haut fauteuil en bois sculpté.

— Quel est votre jeu ? — demanda le comte de Fly.

— Ce que vous voudrez, — répondit Stéphen.

— Cinquante ducats si vous le jugez convenable.

— Soit.

« Les enjeux furent jetés sur un tapis, les cartes mêlées, et la partie s'engagea.

« M. de Fly perdit en quelques minutes.

— Ma revanche, — dit-il.

— Bien volontiers, — repartit Stéphen.

« Stéphen gagna la seconde partie aussi vite qu'il avait gagné la première.

— Quitte ou double, — proposa M. de Fly.

— Va pour quitte ou double.

« Stéphen gagna une troisième fois.

« M. de Fly fit alors un mouvement, comme pour se lever et quitter le jeu.

« Mon amant l'arrêta.

— Je ne souffrirai pas, lui dit-il, que vous partiez sur une veine aussi désolante : je veux jouer encore quitte ou double.

— Soit, — dit à son tour M. de Fly.

« La partie recommença donc; mais cette fois la chance fut pour le Français.

— Maintenant que nous sommes quittes, — fit Stéphen, — je désirerais quitter le jeu... Cependant si vous tenez absolument à le continuer, je suis à vos ordres.

— Puisque vous avez la bonté de me laisser le choix, — repartit le comte, — je continuerai encore un instant, et je voudrais cette fois hasarder deux cents ducats.

— Fort bien, — reprit Stéphen. — Je vous assure que je désire perdre.

« Il perdit !

« Le comte affecta de ne point vouloir être moins beau joueur que son adversaire, et il proposa la revanche.

« Stéphen perdit encore !!

— Quitte ou double, — dit le comte de Fly.

« Stéphen perdit toujours !!!

« Alors le vertige du jeu, ce démon aux doigts crochus qui trouble la vue et obscurcit l'intelligence, s'empara complétement de lui, de mon pauvre Stéphen.... — Il allait à son secrétaire, l'ouvrait, y prenait de l'or, qui quelques instants après grossissait le tas déjà amoncelé devant M. de Fly.

« Je voulus lui parler, je voulus l'arrêter; il me repoussa avec une violence et une brutalité qu'il n'avait jamais employée au vis-à-vis de moi.

« Il continua à jouer, il continua à perdre; enfin arriva le moment où le secrétaire fut vide !!

« Stéphen revint s'asseoir : ses yeux étaient hagards comme ceux d'un fou.

— Six mille ducats sur parole ! — dit-il.

— Pardon, mon ami, — répondit le comte. — Si vous voulez bien le permettre nous nous en tiendrons là pour aujourd'hui.

« Stéphen comprit cette réponse où l'insulte se cachait sous une formule polie; — il baissa la tête et ne répondit pas.

« Soudain je vis une joie étrange étinceler dans son regard passagèrement abattu. Il retourna au secrétaire, ouvrit précipitamment l'un des tiroirs, et revint rapportant les rouleaux d'or qui lui avaient été confiés quelques heures auparavant, pour être employés le lendemain au payement d'une dette d'honneur.

— Stéphen! m'écriai-je... Stéphen! Stéphen!

« Il ne m'écouta point! sa main convulsivement crispée éventra les rouleaux! une pluie de ducats inonda la table!

— Jouons! — dit-il d'une voix rauque. — Voici de l'or!

— Je suis trop galant homme pour vous refuser cette dernière revanche, — répondit froidement M. de Fly.

« Et l'or du dépôt, cet or devant lequel Stéphen aurait dû mourir de faim plutôt que d'y toucher! cet or jusqu'à la dernière pièce passa dans les mains de son adversaire.

— Plus rien! — murmura alors mon amant en cachant son front brûlant dans ses mains contractées par le désespoir. — Plus rien! et il murmura plus bas encore : — pas même l'honneur!

« La nuit touchait à sa fin; déjà même quelques lueurs matinales se glissaient entre les rideaux.

« Tous nos invités s'étaient éloignés successivement, sans que Stéphen eût paru remarquer leur départ.

« Il ne restait dans le salon que le comte de Fly, Stéphen et moi.

« Les bougies presque consumées menaçaient de faire éclater leurs bobèches de cristal.

« Nous gardions tous trois le silence... un silence de de mort! quand tout à coup Stéphen répéta une troisième fois :

— Plus rien!

— Pardon, — dit le comte à mon amant, d'un ton de gracieuse courtoisie... — il vous reste encore un enjeu.

— Lequel? — demanda Stéphen, dont le regard sombre étincela tout à coup.

— Un enjeu, — répondit M. de Fly en adoucissant de plus en plus sa voix mielleuse, — contre lequel je tiendrai tout ce que vous voudrez.

— Lequel! lequel! — répéta Stéphen.

« M. de Fly lui dit un mot tout bas.

« Stéphen devint encore plus pâle qu'il n'était, un tremblement convulsif agita tous ses membres, et il répondit vivement :

— Jamais!

— Alors adieu!

« Et le comte tendit la main à mon amant comme un visiteur qui se dispose à s'éloigner.

« En moins d'une seconde les mille émotions d'une terrible lutte intérieure se peignirent sur les traits déjà défigurés de Stéphen.

— Eh bien! — dit-il enfin avec une sombre résolution,

— cet enjeu, si vous voulez, contre tout ce que vous m'avez gagné cette nuit.

— Voilà qui est convenu, — répliqua M. de Fly en mêlant les cartes.

« Mon amant se laissa retomber sur le siége qu'il avait quitté un instant auparavant.

« Cette dernière partie commença.

VIII

Un coup de cartes.

— Quel était cet enjeu terrible? — quelle était cette partie mystérieuse que Stéphen avait refusée d'abord, et qu'il venait enfin d'accepter?

« Souvent depuis mon arrivée en Allemagne, ce pays des légendes, j'avais entendu faire le merveilleux récit d'un homme jouant contre le diable, et risquant son âme pour gagner le cœur d'une femme ou la fortune d'un roi...

« Sur les frontières d'Italie on m'avait raconté l'étrange histoire de ce gentilhomme qui joua son nom après avoir perdu tout ce qu'il possédait.

« Et je me disais que Stéphen n'eût pas été plus pâle s'il eût mis pour enjeu son âme dans une partie contre Satan, ou dans une partie contre un homme le nom de ses ancêtres.

« Il avait l'air d'un mourant ! ses mains tremblaient violemment; des soubresauts nerveux faisaient tressaillir tout son corps, et de grosses gouttes de sueur ruisselaient sur son front et sur ses joues.

« Moi-même je souffrais des tortures inouïes! — Je sentais les pulsations de mon cœur, à chaque instant plus rapides, ébranler convulsivement ma poitrine! Mes yeux que la terreur rendait hagards ne pouvaient se détacher des joueurs!

— Qui donnera de nous deux? — dit le comte de Fly.

« Stéphen tourna une carte; c'était le valet de cœur.

« Le Français en tourna une autre; c'était le roi de carreau.

— A moi! — dit-il en prenant le jeu, qu'il mêla légèrement : — coupez, ajouta-t-il.

« Stéphen obéit machinalement à cette injonction... on eût dit qu'il était frappé de stupeur.

« La partie fut courte! — Au bout de quelques minutes Stéphen eut perdu.

— J'ai gagné! — s'écria le comte de Fly avec un accent de triomphe.

« Puis il se leva, vint à moi, me prit la main et la baisa, sans que je lui opposasse aucune résistance, tant j'étais stupéfaite de cette action.

— Vous êtes à moi, ma belle dame, — me dit-il avec une galanterie railleuse; — à moi par droit de tendresse, et par droit de conquête.

— A vous! — répétai-je avec une sorte d'égarement en tournant les yeux vers Stéphen qui, la tête appuyée contre le rebord tranchant de la table, semblait complétement anéanti.

— Vous étiez l'enjeu de notre dernière partie, — reprit le comte de Fly... — et comme vous l'avez vu j'ai gagné.

— Horreur! horreur m'écriai-je avec indignation...
Vous mentez! vous mentez, Monsieur!

« Je m'élançai vers Stéphen, et le secouant violemment
par le bras, je lui dis :

— N'est-ce pas, Stéphen... n'est-ce pas, que cet homme
est insensé ou qu'il ment ?

— Stéphen leva lentement la tête, fixa sur moi ses yeux
égarés et voilés de larmes, et murmura d'une voix à peine
intelligible :

— Cet homme n'est pas insensé... cet homme ne ment
pas !

— Mais vous n'avez donc pas entendu ce qu'il a dit? il
prétend que vous m'avez jouée...

— C'est vrai ?

— Et que vous m'avez perdue ?..

— C'est vrai...

— Et que je suis à lui maintenant ?

— C'est vrai...

— Stéphen! Stéphen! — m'écriai-je encore, cessez cette
plaisanterie infernale, infâme!.. elle fait trop de mal...
rassurez-moi... rassurez-moi bien vite... c'est un rêve,
n'est-ce pas? un rêve affreux...

— Vous plaît-il de me suivre, Madame? — demanda
flegmatiquement le comte de Fly qui venait d'allumer un
cigare, comme pour ajouter par cette action familière à
l'insolence de ses paroles.

— Vous suivre! jamais, Monsieur!

— Mon cher ami, — reprit alors le Français en s'a-
dressant à Stéphen, toujours plongé dans la stupeur : —
vous savez que celui qui ne paye pas ses dettes de jeu
dans les vingt-quatre heures, est un... je supprime le mot

qui me semble un peu rude... mais veuillez être assez
bon pour prier vous-même madame de me suivre immédiatement, ou si vous avez quelques comptes à régler ensemble, dites-moi à quelle heure vous me l'amènerez dans
la journée.

— Il vaut mieux en finir tout de suite, — murmura
Stéphen... — puis se tournant vers moi : — je ne suis
plus rien pour vous, Perdita, ajouta-t-il... j'ai joué... j'ai
perdu... allez !..

— C'est donc vrai! c'est donc bien vrai! — m'écriai-je
alors, dans un paroxysme d'indignation furieuse, en croi-
sant mes bras sur ma poitrine. — Ah! vous m'avez jouée!
ah! vous m'avez perdue! ah! vous me dites maintenant :
suivez cet homme!.. Et vous croyez que je vais obéir !..
mais est-ce que je suis à vous, dites-moi ?.. est-ce que
vous m'avez achetée?.. est-ce que vous m'avez payée?..
est-ce que je me suis vendue?.. est-ce que vous avez sur
moi les droits d'un marchand sur sa marchandise!.. Stéphen, vous êtes un misérable! Stéphen, vous êtes un
lâche! Stéphen, vous êtes un infâme!

« Et je tombai dans un fauteuil en éclatant en sanglots
convulsifs.

— C'est fort bien, — dit le comte de Fly sans rien
perdre de son insolent sang-froid. — J'assiste là à une
scène de ménage, à laquelle, pour parler vrai, je ne m'attendais nullement... je m'en vais, mes petits amours, et
je vous laisse livrés à vous-mêmes et à vos tendresses;
mais vous me permettrez, monsieur Stéphen, de vous dire
avant de vous quitter, que je viens de jouer avec vous
une partie de dupe. — Vous espériez regagner votre argent; et vous étiez bien sûr en cas de perte, que madame

ne ratifierait pas les clauses du marché... Monsieur Stéphen, vous êtes un... fripon !

« Ces paroles, comme un choc électrique, sortirent
de Stéphen de sa stupeur. Il bondit sur ses pieds et retomba à deux pouces de M. de Fly, sa poitrine contre la
poitrine du comte ; son visage, pâle de honte et de rage,
touchant presque la figure de son adversaire.

— Ne répétez pas ce mot ! — s'écria-t-il. — Ne répétez
pas ce mot.

— Vous êtes un fripon ! — articula M. de Fly pour la
seconde fois.

« Stéphen le saisit par le collet de son habit, et voulut
le faire tourner sur lui-même pour le renverser. Mais
malgré son âge le comte était un homme robuste : il ne
plia point, ne bougea pas d'une semelle. Une lutte suivit !
une lutte à bras le corps ! une lutte violente et terrible...
Elle fut longue... chacun des deux antagonistes cherchait
à soulever son rival pour le précipiter sous ses pieds!! Ni
l'un ni l'autre ne pouvait y parvenir.

« Tout à coup, au milieu des mouvements précipités de
ce combat, qu'entrecoupaient des blasphèmes furieux ou
des rugissements sourds, un paquet de cartes tomba de la
poche de côté de monsieur de Fly, et s'étala en éventail
sur le tapis.

« Stéphen lâcha prise aussitôt... Je le vis se frapper le
front ; il se baissa, ramassa les cartes éparses, et s'approcha de la table sur laquelle se trouvaient les autres jeux
qui avaient servi à faire la fatale partie.

« Le comte de Fly, tout étourdi de la lutte qu'il venait
de soutenir, s'était laissé tomber sur un siége.

« Tout ce qui se passait dans ce salon depuis une heure

était assez étrange à coup sûr, pour que je ne m'étonnasse plus de rien ; pourtant je vis avec surprise Stéphen s'occuper dans ce moment suprême à comparer minutieusement les cartes qu'il venait de ramasser avec celles qui se trouvaient sur la table.

— C'est cela ! c'est cela ! — s'écria-t-il enfin avec un sombre éclat de voix.

« Puis il revint auprès du comte, qui se leva en le voyant s'approcher, et il lui jeta à la face ces mots terribles :

— Vous m'avez dit tout à l'heure que j'étais un fripon... moi je vous dis à présent que vous êtes un voleur !

— Monsieur ! — interrompit le Français en cherchant à prendre un air digne...

— Ah ! vous m'avez gagné ! — poursuivit Stéphen. — Ah ! vous m'avez gagné mon argent, mon honneur, mon bonheur... et vous m'avez traité de fripon parce que je ne payais pas assez vite !.. je sais tout ! Monsieur ! je sais tout ! vos cartes étaient déloyales, et votre gain était un vol !.. un vol, entendez-vous bien ? vous êtes un voleur !!

« Et en prononçant ces dernières paroles, Stéphen souffleta deux fois le comte de Fly.

« Ce dernier poussa un cri de fureur, tira de sa poche un long couteau-poignard, l'ouvrit, et parut prêt à s'élancer sur son adversaire.

— Pas de couteau ! — dit impérieusement Stéphen, pas d'assassinat, Monsieur ! des épées si vous voulez, quoique ce soit vous faire un honneur que vous ne méritez pas !

« Et tout en parlant, Stéphen arracha d'un trophée d'armes dressé contre la muraille deux épées de combat !

« Il en garda une, et avec un geste méprisant jeta

l'autre au pied du comte, qui la ramassa et se mit rapidement en défense.

« Stéphen l'attaqua avec fureur.

« Le Français se défendit avec habileté et sang-froid ; pourtant au bout d'un instant, la bouillante impétuosité de Stéphen eut le dessus.

« Le visage de M. de Fly se contracta, ses doigts s'entrouvrirent comme malgré eux, et son épée tomba sur le tapis.

« Il avait le bras droit percé de part en part.

« Maintenant, — lui dit Stéphen, — partez à l'instant ! partagez vite, car je vous tuerais comme une bête venimeuse... mais d'abord rendez-moi tout cet or que vous m'avez volé.

« Et comme il trouvait que le comte n'obéissait pas assez vite, il fouilla lui-même dans les poches de ses vêtements, jeta sur la table et sur le tapis les poignées de ducats qu'il en retira, ouvrit la porte, et poussa M. de Fly dehors par les épaules.

« Pendant toute la scène que je viens de vous raconter, Stéphen avait été soutenu par une exaltation fiévreuse, qui tomba dès qu'il se trouva seul avec moi.

« Il s'approcha en chancelant comme un homme ivre, jusqu'auprès du fauteuil sur lequel j'étais assise, et me dit d'une voix tremblante et presque inintelligible :

— Perdita...

« Je ne répondis point.

— Perdita... — répéta-t-il en s'approchant encore.

« Je continuai à garder le silence. J'avais à peine la conscience de ce qui venait de se passer, et j'étais par moment tentée de me croire le jouet d'un affreux cauchemar.

— Perdita... — répéta Stéphen pour la troisième fois.

« Et tombant à genoux devant moi, il voulut me prendre la main.

« Je retirai cette main comme si elle avait été touchée par un reptile.

— Ne me pardonnez-vous point? — balbutia-t-il.

« Il attendit quelques minutes; mais voyant que je restais muette, immobile et froide, il ajouta :

— J'avais la tête perdue! j'étais fou! j'étais fou! Oh! pardonnez-moi, Perdita! Pardonnez-moi, je vous en conjure.

« Je me levai et je fis un pas vers la porte...

— Où allez-vous? — me demanda-t-il.

— Je m'en vais.

— Où?

— Je n'en sais rien.

— Mais vous reviendrez?

— Jamais!

— Mais non, vous ne vous en allez pas! ce n'est pas possible! vous ne pouvez pas vous en aller!

« Je fis un pas de plus vers la porte.

— O Perdita, que voulez-vous faire? Mon Dieu! me quitterez-vous ainsi? moi qui vous aime .. qui vous aime tant !

« Je haussai les épaules avec mépris et j'avançai toujours vers la porte.

« Stéphen se traîna jusqu'à mes pieds et embrassa mes genoux.

— Par grâce! par pitié! — me dit-il. — Ne m'abandonnez pas, pardonnez-moi!... restez!...

— Vous m'avez jouée, — répondis-je froidement, — vous m'avez perdue, je m'en vais!

— Je suis un misérable! je le sais... accablez-moi de reproches... maudissez-moi... mais restez!

— Des reproches!.. vous n'en valez pas la peine! d'ailleurs à quoi bon, Monsieur?

— Mais que vous dire, mon Dieu, pour vous ébranler, pour vous toucher? Que faut-il que je fasse? Dites-le-moi, dites-le-moi, Perdita!!!

— Me laisser passer! voilà tout ce que je veux de vous.

— Est-ce possible! est-ce possible! Mais... vous ne m'aimez donc plus?

— Non.

— Écoutez, Perdita : Par le tombeau de ma mère que j'adorais, par la vie de mon père, je vous jure de ne plus toucher une carte de toute ma vie!

— Vous joueriez le tombeau de votre mère, — interrompis-je; — vous joueriez la vie de votre père, si vous trouviez des êtres assez infâmes pour tenir de semblables enjeux!

— Restez... ne me quittez pas... et vous serez ma femme! ma femme devant Dieu et devant les hommes.

— Votre femme! pour être jouée encore et livrée si vous veniez à perdre...!

— Toujours ce reproche! toujours ce reproche! mais je vous ai dit que j'étais fou!!! Perdita, nous n'avez donc pas de cœur?

« Je levai les épaules de nouveau, et je fis un mouvement pour me dégager des bras de Stéphen qui tenait mes genoux embrassés.

— Vous avez laissez tomber de l'or, — lui dis-je ironiquement, en lui montrant les ducats épars sur le tapis...

— Ramassez-le, Monsieur; il vous coûte assez cher.

« Les bras de Stéphen se détendirent, il lâcha mes genoux, se releva, et s'élançant vers la porte il en poussa les verrous.

« Je ne sais en vérité où trouver des expressions pour vous peindre la scène terrible qui se passa alors entre les quatre murs de ce salon, théâtre déjà de tant de violences. — Les bougies s'étaient éteintes ! un jour blafard, lugubre se glissait péniblement entre les rideaux, et me montrait confusément Stéphen, dont il me semblait que les yeux étaient hagards et le visage sinistrement irrité.

« Il mit tout en usage : les pleurs et les menaces, les ordres et les prières ; il frappait sa tête aux angles des meubles ; il se meurtrissait la poitrine, et se roulait à mes pieds.

« Tout fut inutile ! la blessure était trop profonde ! l'injure trop cruelle ! frappée à la fois dans mon amour, dans mes croyances, dans mes illusions, il était au-dessus de mes forces de pouvoir pardonner à celui qui m'avait fait tant de mal.

« — Ah ! c'est ainsi ! — s'écria Stéphen avec une sorte de rage. — Eh bien ! vous ne sortirez pas d'ici ! j'emploirai, s'il le faut, la violence pour vous y retenir !

« Je me baissai et ramassai le couteau-poignard qu'avait laissé tomber l'infâme comte de Fly. — Il était encore ouvert : j'appuyai la pointe de la lame sur mon cœur.

« — Et moi je vous déclare, — dis-je d'une voix ferme, — que si vous ne m'ouvrez pas cette porte à l'instant même, je me poignarderai devant vous !

« Stéphen proféra un horrible blasphème, mais il me laissa passer.

« Je sortis le front haut et la mort dans le cœur ! »

IX

La Dame de pique.

— Mais enfin, — interrompit Mirabelle, — pourquoi donc le désespériez-vous ce pauvre jeune homme ? Certainement il avait des torts ! il s'était très-mal conduit avec vous ! Je dirai plus, il avait agi comme un vrai paltoquet ! — Jouer une femme, comme ça, à l'écarté, au lansquenet, ou à tout autre chose, c'est fort indélicat, et ça ne se fait jamais dans le monde; mais il se repentait, il vous demandait pardon...

— Il est de ces choses qu'on ne pardonne point, — répondit Perdita. — Celle-là est du nombre, et pour ne pas le comprendre, Madame, il faut que vous n'ayez pas encore aimé !

— Pas encore aimé ! — s'écria Mirabelle comme une personne qui proteste contre un reproche injuste. — Ah ! par exemple, si on peut dire ! moi qui ai aimé plus de cent fois !

Perdita sourit sans répondre.

— Au nom de toutes les personnes présentes, dont je crois interpréter la pensée, — dit alors le comte d'Entragues, — je supplie notre très-gracieuse hôtesse, madame Lucrezia de Santa-Mira, de vouloir bien s'abstenir de toute réflexion, exclamation et autres interruptions jusqu'à ce que madame ait terminé son récit.

— C'est bon ! c'est bon ! on se taira, monsieur le comte ! — répondit Mirabelle avec une charmante petite moue.

Perdita reprit son récit.

— Je crois vous l'avoir déjà dit, le jour naissait à peine au moment où je quittai l'appartement de Stéphen. — Le temps était sombre, humide, froid, les rues encore désertes ! Je marchais droit devant moi, sans but ni projet, ne m'inquiétant pas de savoir où j'arriverais, et absorbée dans un désespoir si immense, si douloureux qu'il me semblait à chacune de mes pensées sentir une lame aiguë pénétrer dans mon cœur, et un choc violent frapper mon cerveau... Je fis dans cet état une centaine de pas. Tout à coup au détour d'une rue, j'éprouvai une sensation étrange, causée par un phénomène qui me parut inexplicable. Le sol sur lequel je marchais devenait mouvant ! Il se dérobait sous mes pieds et se creusait en abîmes devant moi ! Des bouffées d'une chaleur intense montaient à mon front, qui la minute auparavant était glacé ! une sorte de vertige troublait ma vue ! des bruits inconnus tintaient à mon oreille ! des rêves bizarres traversaient mon imagination ! Je chancelai ! ma main incertaine chercha l'appui de la muraille la plus proche... Je tombai sans connaissance !

« Je ne sais de quelles expressions me servir pour vous

faire comprendre ce qui pour moi suivit cet évanouissement. — Ce fut comme un long sommeil, que d'affreuses
visions auraient agité. — Parfois je crois que ma mémoire va s'en retracer quelques-unes; mais presqu'aussitôt
elle se trouble, elle se fatigue, et ces vagues souvenirs
disparaissent comme ces figures d'une capricieuse mobilité
que l'on voit dans les nuages, et qui se transforment ou
s'effacent avant que l'œil qui les contemple n'ait eu le
temps d'en saisir les contours aériens.

« Un matin je me réveillai comme en sursaut... je me
sers de ce mot *réveil* parce que je n'en connais pas d'autre
qui puisse rendre d'une manière plus satisfaisante la situation vraiment extraordinaire dans laquelle j'étais en
revenant à la vie.

« Ma première inspiration fut de chercher à penser...
mais mon esprit fatigué, incertain, ne rencontra que le
vide, et je ne pus d'abord entendre le bruit d'une idée
dans mon cerveau qui me semblait creux.

« Je n'eus pas même l'intelligence de m'étonner de ce
singulier symptôme.

« Alors je laissai errer machinalement ma vue autour
de moi, et il ne me parut pas que je reconnaissais les
lieux où je me trouvais.

« J'essayai de me rappeler si je regrettais quelque
chose; je me demandai si j'avais un désir ou une espérance : le silence de mon cœur à cet égard m'indiqua
qu'il était aussi vide que mon cerveau.

« J'étais assise sur le bord d'une petite couchette
étroite et basse, dans une espèce de cellule dont les murs
nus et blancs étaient d'une exquise propreté. — Un joyeux

royon de soleil coupait cette pièce, et dans ce rayon jouaient des milliers d'atomes lumineux.

« Le mobilier se composait de deux chaises de paille et d'une table en bois de noyer : ces objets me frappèrent par leur solidité.

« Je ramerai ma vue sur moi-même, et je me vis vêtue d'une robe gris de lin très-montante, et faite à peu de chose près comme un vêtement de religieuse. — Je n'avais aucun souvenir d'avoir jamais porté un vêtement semblable.

« Je me levai et j'allai à la fenêtre que j'ouvris.

« Elle était garnie en dehors de barreaux de fer formant un grillage assez serré, mais dissimulé gracieusement sous un rideau de plantes grimpantes. — Je reconnus la douce et pénétrante odeur du jasmin et cette sensation me fit un plaisir infini.

« La vue donnait sur un jardin assez vaste, dont, chose inexplicable pour moi, la verdure était dans toute son éclatante beauté. Les gazons étincelaient, de longues grappes de fleurs brillaient au milieu du feuillage encore jeune, mais charmant déjà.

« Ces diverses circonstances commencèrent à m'éclairer un peu ; je me rappelai confusément que je m'étais évanouie au commencement de l'hiver, un jour que le ciel était sombre et l'atmosphère glaciale.

« Je retrouvai aussi, mais comme dans un passé lointain, le souvenir de Stéphen et celui de la terrible nuit que je vous ai racontée.

« De tout cela il fallait conclure que j'avais vécu sans le savoir dans un complet engourdissement de mes facultés morales pendant un temps plus ou moins long.

« Pourquoi? comment? là s'arrêtait le pouvoir de ma raison, incertaine encore.

« J'allai à la porte... elle était sans doute fermée en dehors, car il me fut impossible d'en faire jouer la serrure.

« Je revins m'asseoir sur le bord de ma petite couchette, et je m'efforçai de ressaisir et de fixer le fil de mes idées: mais ce travail de ma pensée, au lieu de m'éclairer sur ma situation présente, mit au bout d'un instant un tel désordre dans ma tête, qu'il me sembla que ce que je voyais autour de moi s'effaçait peu à peu, et que j'allais me rendormir. Du reste je n'en étais pas fâchée.

« Mais dans ce moment-là une clef tourna dans la serrure, la porte s'ouvrit, et deux personnes entrèrent dans ma cellule.

« C'étaient deux hommes.

« Il ne me parut pas que je les eusse jamais vus, et cependant leur présence ne me surprit pas plus que si j'avais eu l'habitude de les voir tous les jours.

« Celui de ces deux hommes qui entra le premier avait l'air d'être chez lui, tant il y avait de laissé-aller et même de débraillé dans son costume, il était vêtu d'une large redingote flottante en étoffe légère ; un foulard de couleur sombre, noué négligemment autour de son cou, retombait sur sa poitrine : des pantoufles et une casquette complétaient le sans façon de cette toilette. — Cet homme pouvait avoir de quarante-cinq à cinquante ans.

« L'autre, un peu plus jeune, avait au contraire une tenue sévère et presque magistrale, excessivement soignée. Il était vêtu de noir de la tête aux pieds, à l'exception de sa cravate qui était blanche et qui me frappa par sa hauteur, sa raideur et la régularité avec laquelle elle était attachée. Ce grave personnage portait des besicles montées en or, et il tenait à la main un chapeau qu'il posa sur la table en entrant.

— Comment la trouvez-vous aujourd'hui! — demanda l'homme en négligé à l'homme en noir.

— Mieux il me semble. — L'état du *facies* est plus satisfaisant, le rayon visuel est beaucoup moins égaré que de coutume, et en général l'habitude du corps annonce du calme. — D'ailleurs nous allons bien voir.

« Et tout en parlant il s'approcha de moi, prit ma main que je lui avais tendue machinalement, releva la manche de ma robe et me tâta le pouls, puis il hocha la tête d'un air de satisfaction.

— Très-bien ! très-bien ! dit-il. — Soixante-cinq pulsations à la minute : presque l'état normal.

— Ah! ah! — fit l'autre, — rien que soixante-cinq pulsations! ce serait merveilleux : mais en êtes-vous bien sûr ?

« L'homme noir tira une large montre de la poche de son gilet, et sans la quitter des yeux il reprit mon bras.

— Je ne m'étais pas trompé, — dit-il : — je ne me trompe jamais... je trouve, chronomètre en main, soixante-cinq pulsations et une fraction appréciable par soixante-dix-neuf centièmes.

— Si nous réussissons, la cure sera belle, car le cas était en vérité fort curieux.

— On ne peut plus curieux. J'ai rarement vu l'idée fixe poussée aussi loin et développée avec autant de suite. Examinons maintenant l'état du moral.

« J'écoutais sans les comprendre les paroles de ces

deux hommes, et elles me laissaient indifférente comme s'il s'était agi d'une personne qui me fût complétement étrangère.

— Eh bien ! mon enfant, — dit l'homme aux lunettes d'or en s'adressant à moi, — comment allons-nous aujourd'hui ?

— Mais bien, très-bien, on ne peut mieux, — lui répondis-je. — Est-ce que j'ai été malade ?

— Comment, vous ne vous en souvenez pas ?

— Nullement.

— Votre mémoire ne se rappelle rien des six mois que vous avez passé ici.

— Six-mois ! — m'écriai-je.

— Tout autant.

— Mais, Monsieur, c'est impossible ! ce matin seulement, j'en suis bien sûre...

« J'allais achever ma phrase, quand il me revint à l'esprit de m'être étonnée quelques instants auparavant, en voyant les arbres en fleurs, éclairés par un doux et rayonnant soleil de printemps.

— Au moins, — reprit mon interlocuteur, vous ne pouvez avoir oublié ni Monsieur ni moi, qui depuis si longtemps vous visitons chaque jour.

« Et du geste il me désigna son compagnon.

« Alors se passa en moi un phénomène bizarre, incompréhensible.

« J'ouvris la bouche pour répondre ces mots bien simples qui étaient dans ma pensée, formulés nettement : « *Je ne vous reconnais ni l'un ni l'autre.* »

« Mais au lieu de ces paroles que je sentais dans mon esprit et sur mes lèvres, je répondis celles-ci dont le son me frappa comme si elles étaient prononcées par un tiers :

— Je vous reconnais à merveille : *Vous êtes le valet de cœur, et monsieur est le roi de carreau.*

— Aye ! — fit l'homme en redingote.

— Pro-di-gi-eux ! ajouta l'autre en appuyant sur chaque syllabe. — Quels étonnants ravages l'idée fixe produit dans un cerveau ! J'ai écrit là-dessus un article excessivement curieux dans le dernier numéro de la *Gazette des Savants.* Il faudra que je vous le fasse lire : il vous instruira.

— Vous me ferez grand plaisir, mon cher docteur, et...

— Quant à cette pauvre fille, — interrompit ce dernier, — il y a certainement du mieux dans son état, malgré la persistance de sa divagation. Chassons l'idée fixe et nous aurons gagné la partie.

— La partie ! — interrompis-je à mon tour, en sentant le fil de mes idées se rompre tout à fait. — On ne gagne pas la partie quand on joue contre un escroc, et le comte de Fly est un escroc ! On ne gagne pas la partie quand on joue le cœur d'une femme !.:. Aussi Stéphen a perdu, et moi je suis morte ! *Roi de carreau,* que me voulez-vous ?

— *L'idée fixe !* — reprit celui que le gros homme avait appelé le docteur ; — toujours l'idée fixe ! nous avons encore bien du chemin à faire.

— Pauvre fille ! — dit l'autre avec un accent qui exprimait une profonde compassion.

« Tous deux sortirent de la cellule, et j'entendis refermer la porte derrière eux. »

— Peut-être trouverez-vous extraordinaire, incroyable, — dit alors Perdita en s'adressant à ces auditeurs, — de me voir me rappeler tous ces détails d'une manière aussi claire et aussi complète; mais votre étonnement cessera quand vous saurez que plus tard je me fis rendre compte jour par jour de mon état, qui me fut alors aussi inconnu qu'il l'était par ceux qui en avaient été témoins... Je reprends.

« Restée seule, je sentis le fil rompu de mes pensées se renouer peu à peu, et je cherchai de nouveau à me ressouvenir de ce qui avait pu se passer pendant ces six mois durant lesquels ma vie avait été pour ainsi dire interrompue. J'essayai aussi de remonter à la source de l'incohérence de mes idées, incohérence dont je venais d'avoir la preuve un instant auparavant. Mais ce qui m'était arrivé lors de ma première tentative de réflexion, avant la venue du docteur et de son compagnon, se renouvela bientôt, c'est-à-dire que je sentis un brouillard de plus en plus épais s'étendre sur mon intelligence, et malgré tous mes efforts en paralyser l'exercice.

« Ma porte s'ouvrit une seconde fois, et je vis entrer une femme habillée de drap gris avec un grand tablier à bavette en toile blanche. Sa physionomie était assez douce, mais elle avait la structure carrée et les membres robustes d'un homme.

« Elle posa sur ma table du pain, du lait et des œufs frais, puis elle m'invita à manger.

« Je remarquai que le pain était tout coupé, et qu'il n'y avait pas de couteau sur la table.

« Dès que j'eus terminé ce frugal repas, la femme me dit :

— Voici l'heure de descendre au jardin, venez.

« Je la suivis sans résistance, et comme si j'obéissais machinalement à une habitude de tous les jours.

II   12

« Nous arrivâmes bientôt sous les arbres verdoyants et fleuris que j'avais admirés depuis ma fenêtre.

« Un certain nombre de femmes étaient déjà groupées ou isolées çà et là dans le jardin. Elles portaient toutes un costume identiquement semblable au mien, et dès qu'elles m'eurent aperçue, elles accoururent vers moi, et m'entourèrent en criant :

— *La Dame de pique! Voilà la Dame de pique!*

« Et ces femmes se prenant par la main, formèrent un grand cercle et se mirent à danser autour de moi en répétant toujours :

— *La Dame de pique! la Dame de pique!*

— Bon, — dit un homme qui se trouvait là et qui avait l'air d'une espèce de gardien, — voilà que que ça va commencer.

Et les femmes continuaient de répéter : *La Dame de pique! la Dame de pique!*

X

La fiancée du soleil.

— Au moment où je m'étais vue entourée par toutes ces femmes, criant, dansant, gesticulant, j'avais été prise d'une violente et insurmontable terreur, et rompant le cercle qu'elles formaient autour de moi, je m'étais réfugiée auprès de l'homme que je prenais pour un gardien, et je lui avais dit avec désespoir et d'une voix suppliante :

— Sauvez-moi ! sauvez-moi !

— Vous sauver ! — me demanda t-il, — et de quoi ?

— De ces femmes ! de ces femmes qui m'épouvantent ! qui sont-elles ? que me veulent-elles ? au nom du ciel, dites-le-moi !

— Qui elles sont ? Pardieu ! des folles. Ce qu'elles vous veulent ? elles veulent rire et ne vous feront aucun mal ; mais enfin puisque cela vous contrarie aujourd'hui, je vais les faire finir, et ça ne sera pas long.

« Il se tourna alors vers les femmes qui s'étaient réunies en un seul groupe après que je leur avais échappé, et il leur dit d'une voix ferme :

— Si l'une de vous tourmente encore madame, j'irai le dire au docteur qui lui fera mettre immédiatement la camisole de force et l'enverra s'asseoir pendant dix minutes sous la grande douche.

« Cette menace produisit un effet magique! à l'instant même toutes les femmes cessèrent de crier, et elles se dispersèrent dans les différentes parties du jardin.

« Cette espèce de protection m'ayant mise en confiance avec celui auquel je la devais, je m'approchai de lui et je lui parlai ainsi.

— Je crois, monsieur, vous avoir entendu vous servir du mot de *folles* en désignant ces femmes...

— Sans doute, — me répondit-il.

— Pourquoi cela?

— Pardieu! parce qu'elles le sont.

Folles! — m'écriai-je.

— A lier!

— Mais dans ce cas comment se fait-il que je me trouve ici avec elles?

« Le gardien ne répondit pas à ma question, mais je l'entendis qui marmottait entre ses dents :

— Tiens, voilà la première fois que cela lui arrive!

— Car enfin, — ajoutai-je aussitôt, je ne suis pas folle, moi!

« Cette fois le gardien garda complétement le silence.

— Je vous jure, Monsieur, que je ne suis pas folle, répétai-je encore une fois.

— Très-bien! très-bien! — fit-il en riant et en me regardant. — Je vous crois sur parole... mais ce n'est pas à moi à qui il faut dire cela.

— A qui donc?

— Au docteur.

— Le docteur, est-ce monsieur qui a un habit noir et des lunettes d'or?

— Précisément.

— Conduisez-moi chez lui.

— Peste, comme vous y allez! j'ai bien autre chose à faire, ma foi, que de vous mener chez lui! vous le verrez demain matin; et pour ce que vous avez à lui dire, ce sera toujours assez tôt.

« Et le gardien me tournant les talons sans plus de cérémonie, s'éloigna en sifflant.

« J'entrevis alors ma situation d'une manière beaucoup plus nette. Evidemment j'étais dans une maison d'aliénés, on me croyait folle, et si je ne l'étais plus, il ne me paraissait, hélas! que trop certain que je l'avais été pendant quelques mois. Mais comment m'expliquer ma présence dans cette maison? qui m'y avait fait admettre? qui prenait assez d'intérêt à moi, pour y payer une pension sans doute considérable? toutes ces questions je me les posais clairement; mais quand il s'agissait d'en trouver la solution, l'obscurité recommençait plus profonde dans mon cerveau. Je résolus donc d'attendre que le hasard, c'est-à-dire les événements vinssent jeter un peu de lumière sur les ténèbres qui m'environnaient encore.

« Le grand air me faisait beaucoup de bien, car en rafraîchissant ma tête il répandait du calme dans mes pensées. Je me mis à parcourir le jardin, cherchant les allées les plus couvertes, et jouissant avec délice du bien-être

de l'ombre et de la volupté du parfum des fleurs. Une circonstance cependant troubla ces joies innocentes : je remarquai avec étonnement et presque avec douleur, que
chaque fois que je rencontrais une de mes compagnes
d'infortune, elle s'éloignait de moi avec précipitation et
terreur. C'était sans doute le résultat de la menace récemment faite par le gardien. J'avais des ennemis, et dans
ma position cela pouvait bien ne pas être sans inconvé-
nient.

« Toujours marchant à pas lents et rêvant avec tristesse, j'étais arrivée sans m'en apercevoir à l'extrémité du
jardin, et là, sous une espèce de berceau formé par les
rameaux entrelacés de la vigne vierge, de la clématie et
du chèvrefeuille, je vis une jeune femme assise sur un banc
de pierre. Elle avait les yeux baissés, et elle s'amusait à
chasser du bout de son pied mignon les cailloux qui se
trouvaient devant elle.

« Le bruit de mes pas lui fit lever la tête, et j'aperçus
un pâle et doux visage encadré dans deux épais bandeaux
de beaux cheveux blonds.

« En me voyant elle tressaillit, et je jugeai à ses mouvements qu'elle voulait quitter la place.

« Sa figure m'avait inspiré d'abord une sympathie
réelle ; je la retins du geste, et je me mis à son côté.

— N'ayez pas peur de moi, — lui dis-je en lui prenant
la main. — Vous ne me connaissez pas, mais je veux être
votre amie.

— Oh ! je vous connais bien, — me répondit-elle d'une
voix douce et mélodieuse... — je vous connais bien...
c'est vous qu'on appelle *la Dame de pique.*

« La pensée me vint aussitôt que je pourrais peut-être

avoir par cette jeune femme quelques-uns des renseignements qui me manquaient.

« Dans cette espérance je lui dis :

— Savez-vous pourquoi l'on m'a donné ce nom de *la Dame de pique.*

— Sans doute je le sais : c'est depuis le jour de votre arrivée dsns cette maison.

— Vous m'avez donc vue ce jour-là ?

— Ne vous le rappelez-vous pas ? J'étais au parloir avec le directeur et le médecin quand on vous a amenée.

— Quand on m'a amenée, dites-vous... Mais qui ?

— Quelle singulière question vous me faites-là ! Vous devez le savoir mieux que moi.

« Je touchais au but ! un coin du voile allait sans doute être soulevé ! aussi repris-je presqu'en suppliante :

— Au nom du ciel, Madame, rappelez vos souvenirs ! Car moi j'ai tant souffert depuis, que j'ai tout oublié !

« La jeune femme arrêta sur moi un regard rempli d'une douloureuse compassion, puis elle répondit, mais lentement, comme quelqu'un dont la mémoire est incertaine ou fatiguée.

— Une voiture d'une grande élégance s'arrêta devant la grille de la maison... vous en descendites, et un instant après vous entriez dans le parloir, appuyée sur le bras d'un homme qui, sans être jeune, n'était pas encore un vieillard... vous étiez bien pâle... plus pâle que dans ce moment... et vous paraissiez ne pas avoir la force de vous soutenir...

« La jeune femme s'arrêta un moment pour se recueillir, puis elle reprit :

— Cher monsieur Reynold, — dit à notre directeur

l'homme qui vous accompagnait, — je vous amène cette jeune fille que je recommande à votre intérêt... vous savez que je suis riche, généreux. N'épargnez pour elle aucun soin, et nulle récompense ne me semblera trop élevée le jour où vous me la rendrez guérie.

— Votre Altesse peut-être sûre que rien ne sera négligé, — répondit M. Reynold en s'inclinant respectueusement.

— A propos, — ajouta celui qu'on venait de traiter d'Altesse, — ne m'écrivez chez moi relativement à cette dame que dans les circonstances urgentes... et ne parlez à qui que ce soit de la démarche que je fais en ce moment : j'ai des motifs graves pour désirer qu'elle soit ensevelie dans le plus profond mystère... Un de mes valets de chambre viendra chaque jour ici pour avoir des nouvelles.

— Son Altesse quitta la maison, on vous fit revêtir l'uniforme de toutes nos compagnes, et le jour même vous descendîtes au jardin. Chacune vous regardait avec curiosité, comme on fait pour toutes les nouvelles venues; et, vous, vous alliez de l'une à l'autre, disant à celle-ci : Vous êtes le *Valet de cœur!* à celle-là : Vous êtes le *Roi de carreau!* Comme cela se renouvelait sans cesse, on prit l'habitude, vous devez comprendre pourquoi maintenant, de vous appeler : La *Dame de pique.*

— Mon Dieu! — m'écriai-je en serrant la main de ma compagne, — j'étais folle alors! j'étais folle! mais aujourd'hui je ne le suis plus.

— Vous ne l'êtes plus, — me répondit la jeune femme avec un triste sourire. — Tant mieux, vous êtes bien heureuse, car vous allez sans doute bientôt sortir... Mais que pensez-vous que je doive souffrir, moi qui n'ai jamais été

folle, et qui suis cependant condamnée à passer ici le
reste de ma vie.

— Le reste de votre vie!! Comment? Pourquoi?

— M'enfermer ici pour faire croire à tout le monde que
j'étais en démence, c'est le seul moyen qu'ait trouvé ma
famille pour me séparer de mon amant.

— Pourquoi vous séparer de lui?

— Parce qu'il voulait m'épouser, et que ma famille ne
pouvait consentir à notre mariage.

— Il était donc d'un rang inférieur au vôtre?

— Il était au contraire trop haut placé, dans une position trop brillante... et mes parents craignaient mes dé-
dains quand je serais sa femme.

— C'était un grand seigneur?

— Mieux que cela!

— Un prince?

— Mieux que cela!

— Le roi?

— Plus haut! plus haut encore!

— Mais qui donc?

— Le SOLEIL!!

« Je ne saurais vous dire le mal affreux que me firent
ces paroles! ainsi elle était donc folle aussi, cette pauvre
jeune femme, si belle, si gracieuse, et que j'allais aimer!..
c'était à douter de soi-même!

« L'heure de la promenade était passée. Le gardien vint
nous chercher, et je regagnai ma cellule.

XI

Mystère.

« Vous comprenez facilement, — continua Perdita, — qu'il me fut complétement impossible de fermer l'œil un seul instant, pendant la nuit qui suivit les événements que je viens de vous raconter.

« Le peu de paroles qui m'avaient été dites sous le berceau de chèvrefeuille par ma malheureuse compagne, n'avaient fait qu'ajouter une incertitude à toutes mes incertitudes, un mystère de plus aux mystères qui m'environnaient d'obscurité de toutes parts.

« Cet homme qu'on appelait *Son Altesse*, qui m'avait amenée lui-même, et si puissamment recommandée, quel pouvait-il être ? quel était-il ? je m'y perdais, car nul souvenir, sur ce point, ne venait à mon aide.

« Enfin le jour parut ! l'heure de la visite quotidienne du médecin approchait ! mon cœur battait violemment ; j'étais possédée tout entière de cette curiosité étrange, infatigable de la femme à qui l'on va révéler une partie de sa vie. Le docteur allait jouer pour moi, mais à coup sûr, le rôle de ces prétendus magiciens qui se vantent de vous raconter votre passé et de lire à livre ouvert dans votre avenir.

« La clef tourna dans la serrure, la porte s'ouvrit... Je me trouvai en présence de M. Reynold le directeur de la maison : le médecin l'accompagnait.

« Cette fois je n'attendis pas qu'ils vinssent à moi.

« J'allai à leur rencontre aussitôt qu'ils eurent franchi la porte de ma cellule, et prenant la main du docteur, je lui dis en cherchant à mettre du calme dans mon regard anxieux et de la fermeté dans ma voix tremblante d'émotion :

— Docteur, docteur, parlez-moi, interrogez-moi... j'ai été folle, je le sais ; mais je ne le suis plus... j'ai toute ma raison, tout mon bon sens... je sais ce que je fais, ce que je dis... jamais ma tête n'a été plus saine... jamais mon intelligence ne m'a semblé plus lucide... je vous le demande en grâce, questionnez-moi et vous verrez.

— Ah ! ah ! — fit le docteur, en interrogeant du regard le directeur de la maison de santé.

— Voilà du nouveau, — dit ce dernier.

« Je me hâtai de reprendre, mais sans me départir de mon apparente tranquillité, et en me servant de ce que j'avais appris de ma compagne, la fiancée du soleil :

— Je vous reconnais à merveille : vous êtes monsieur Reynold, et vous, vous êtes le médecin... Depuis six mois vous me soignez tous les deux de la manière la plus paternelle, et c'est à ces bons soins que je dois mon retour à la raison. Ma folie consistait à me croire partout et toujours poursuivie par *le valet de cœur et le roi de carreau,* et c'était la suite d'une commotion terrible que j'avais ressentie en assistant à une partie de cartes qui décidait de ma destinée. C'était une *idée fixe,* comme disait hier monsieur le docteur... Aujourd'hui l'idée fixe a disparu, et vous voyez bien que je ne suis plus folle !

— Tout cela me parait on ne peut plus sensé, — dit à M. Reynold, le médecin, qui m'avait écouté avec la plus bienveillante attention. — Voyons maintenant le pouls, pour savoir si le sang est aussi calme que les idées.

« Il me prit le bras, et après l'avoir interrogé pendant quelques instants, il ajouta :

— Parfait ! un peu précipité, mais égal ; un peu plein, mais sans chaleur à la peau, et au total tout à fait naturel. S'il ne survient rien d'insolite, je crois pouvoir répondre que la cure est complète.

— En vérité ! — s'écria Reynold, que ces paroles eurent l'air de charmer.

— Rien n'est plus certain ! Voyez le regard : il n'est plus, comme ces jours derniers, tour à tour errant ou fixe ; la prunelle n'est plus dilatée ; le jeu des paupières est régulier, preuve évidente que le grand jour n'offusque pas la vue. Ce diagnostique est infaillible, et je compte...

— Admirable ! — interrompit M. Reynold. — Je gagne à cela mille ducats et la protection assurée de Son Altesse pour mon établissement.

— Et moi, comme j'allais vous le dire quand vous m'avez interrompu, — reprit le docteur, — je rendrai compte de ce fait dans le journal des savants, et l'article, j'en suis sûr, fera la plus grande sensation.

—Puisque nous avons parlé de Son Altesse, — fit le

directeur de la maison, — vous devriez bien nous apprendre, mon enfant, quels étaient vos rapports avec lui avant le jour de votre entrée chez moi.

« Cette question, peut-être un peu indiscrète de la part d'un homme qui aurait dû être réservé par état, me conduisait droit à un écueil difficile à éviter, car si je répondais, ainsi que cela était l'exacte vérité, que j'ignorais complètement quel était l'homme dont on voulait me parler, je donnais sur le retour de ma raison des doutes en apparence légitimes. Heureusement je me souvins de la scène du parloir qui m'avait été racontée, et je dis avec une discrétion admirablement jouée :

— Vous ne pouvez pas avoir oublié, Monsieur, que Son Altesse désire que le plus profond mystère entoure mon séjour dans cette maison ; et j'ajouterai qu'il en doit être de même des événements qui l'ont précédé.

— C'est juste ! — s'écria gaiement M. Reynold. — C'est très-juste, ma foi ! Peste, docteur, vous êtes un habile homme ! car vous savez rendre les femmes qui furent folles, dix fois plus raisonnables que celles qui ne l'ont jamais été.

— Je prépare un grand ouvrage, — répondit le docteur, — dans lequel je compte démontrer victorieusement : *qu'il faut faire passer l'humanité par la folie pour la conduire à la sagesse.* Ce système aura de nombreux partisans.

— Ce sera fort beau, — dit M. Reynold... — Mais nous nous oublions ici, docteur, tandis que j'aurais déjà dû écrire à Son Altesse pour lui apprendre l'heureuse nouvelle de la guérison de sa protégée... Pendant que je m'occuperai de ce soin, voulez-vous avoir la bonté de conduire Madame au salon, car elle ne doit pas rester un moment de plus dans cette cellule.

« Je suivis le docteur auquel je prouvai dans une conversation de plus d'une heure, que jamais guérison n'avait été plus complète que la mienne.

« Nous causions encore quand M. Reynold entra dans le salon, l'air radieux, le sourire aux lèvres, et se frottant les mains comme un homme très-satisfait.

— Eh! vite! vite! — dit-il. — Allez vous habiller, Madame! je viens de recevoir une réponse. Son Altesse daigne être enchantée de moi, et me témoigne sa satisfaction dans les termes les plus flatteurs! dépêchons! dépêchons! il n'y a pas un instant à perdre.

— M'habiller! — répondis-je, et avec quoi.

— En vérité je ne sais à quoi je pense de ne pas vous prévenir! Veuillez passer dans la pièce voisine : vous y trouverez une femme qui attend vos ordres, et tout ce qui sera nécessaire pour votre toilette.

« Je marchais d'étonnement en étonnement, car, en effet, je trouvai dans une chambre à côté du salon, une jeune fille adroite et douce qui me fit revêtir du linge d'une fabuleuse finesse, et un ravissant peignoir en étoffe de soie.

« Cet élégant négligé m'allait si parfaitement bien, que dans le premier moment je ne sus pas m'expliquer comment on avait pu se procurer ma mesure. Mais bientôt je réfléchis qu'on avait sans doute gardé la robe que je portais le jour de mon arrivée dans la maison, et qu'on s'en était servi pour modèle.

« La jeune fille me coiffa, mit sur mes épaules un grand cachemire blanc, et me présenta une petite capote

de crêpe rose, légère comme une plume. Quand je reparus
ainsi vêtue devant M. Reynold et le docteur, tous deux
poussèrent un cri de surprise et d'admiration.

— Maintenant, Madame, partez vite, — me dit le
maître de la maison. — La voiture vous attend. Que Dieu
vous conduise! j'espère que vous voudrez bien être assez
bonne pour ne pas m'oublier auprès de Son Altesse.

— J'aurai l'honneur de lui adresser mon article sur
l'idée fixe — ajouta le docteur; — et je compte la prier
d'agréer la dédicace de mon grand ouvrage *sur la folie
considérée comme moyen d'arriver à la sagesse.*

« Je fis mes adieux à ces deux hommes, et je sortis,
heureuse de quitter ce séjour de misères morales, mais
un peu troublée et inquiète de l'avenir qui m'attendait.

« Une petite voiture basse, de forme élégante, dont les
panneaux peints en brun foncé ne portaient ni chiffres ni
armoiries stationnait devant le perron. Les chevaux, de
haute taille, étaient remplis de race et de distinction. Un
gros cocher à tricorne et à perruque poudrée, contenait à
grand peine leur vigueur impatiente. A leur tête se tenait
un valet de pied; un second valet de bout à la portière
s'apprêtait à l'ouvrir.

« Ces trois hommes portaient une livrée qui n'en était
pas une, c'est-à-dire d'amples redingotes brunes galon-
nées en or comme leurs chapeaux.

« Je montai en voiture, et nous partîmes à une allure
très-vive qui ne se ralentit pas. En quelques minutes
nous avions franchi les faubourgs de la ville.

« Après deux heures d'une marche rapide et soutenue,
nous quittâmes la grande route pour entrer dans une

avenue bordée à droite et à gauche d'une double rangée de grands arbres.

« Bientôt la voiture roula moins bruyante sous une sombre voûte de verdure, et s'arrêta peu après devant l'élégant péristyle d'un pavillon de chasse.

« Le valet de pied ouvrit la portière ; un maître d'hôtel en habit à la française m'introduisit dans l'intérieur du pavillon.

« Je trouvai plusieurs pièces meublées avec une élégance, dont la richesse unie à une grande simplicité me charma ; puis enfin j'arrivai à une chambre à coucher si ravissante, qu'il me faudrait pour vous la peindre l'imagination de ces conteurs orientaux dont j'ai lu quelques ouvrages.

« Une porte formée d'une immense glace sans tain ouvrait dans une serre, où voltigeaient, au milieu des plantes les plus rares et des fleurs les plus suaves, des oiseaux aux mille couleurs qu'on eût volontiers pris pour d'autres fleurs ailées.

« Une porte semblable conduisait de l'autre côté dans une vaste salle de bain, où se trouvait au lieu de baignoire un bassin de marbre blanc, rempli d'une eau tiède et limpide. »

— Nom d'un petit bonhomme ! — interrompit Mirabelle, — emportée par son admiration, tout ceci me paraît peu *grêlé !* comme dit Arnal.

« Toutefois, — reprit Perdita, — toutes ces magnificences n'occupaient que superficiellement mon attention absorbée par le désir de rencontrer enfin le maître inconnu de ce beau séjour. A chaque instant je m'attendais à le voir paraître, et j'éprouvais une impatience nerveuse de son peu d'empressement à se montrer.

« Le maître d'hôtel vint prendre mes ordres pour le dîner.

— Chez qui suis-je? — lui demandai-je?

— Madame est chez elle, — me répondit-il en s'inclinant avec respect, — et nous sommes tous aux ordres de Madame... Telles sont les volontés de Son Altesse.

« J'allais l'interroger de nouveau, mais il sortit, éludant ainsi des questions auxquelles il lui était sans doute interdit de répondre.

« On vint m'annoncer que le dîner était prêt.

« Je passai dans la salle à manger. La table, délicatement servie, était couverte de vaisselle d'or et de cristaux d'une merveilleuse beauté.

« Il n'y avait qu'un seul couvert. Deux grands laquais se tinrent debout derrière moi pour me servir.

« Après le dîner j'allai dans le parc qui me parut d'une beauté en harmonie avec les magnificences de l'habitation. Je m'assis sous un berceau de charmille.

« La nuit venait, le crépuscule succédait doucement au jour, et j'entendais dans le lointain de joyeuses trompes de chasse sonner des fanfares que les échos répétaient.

« En rentrant je trouvai dans mon appartement la femme de chambre qui, le matin, m'avait habillée dans la maison de santé.

« Mon impatience fiévreuse, ma dévorante curiosité allaient toujours croissant !

« Neuf heures sonnèrent ! je commençais à désespérer d'avoir ce jour-là la clef de tous ces mystères, quand un valet de pied ouvrit la porte du salon, et dit :

— Son Altesse !

XII

Son Altesse.

Après avoir prononcé ces deux mots. — Son Altesse.
— Perdita fatiguée s'interrompit.

Mirabelle, qui, depuis longtemps, contenait à grand
peine sa loquacité habituelle, se hâta de profiter de cet
instant de silence pour prendre la parole.

— Nom d'un petit bonhomme ! — s'écria-t-elle, —
c'est joliment intéressant ! on dirait un quatrième acte de
l'Ambigu ! savez-vous que madame Guyon serait un peu
bien dans ce rôle-là ? Il faudra que je donne l'idée à un
auteur que je connais, de faire avec votre histoire un
drame à grand tra-la-la. Six actes et quinze tableaux
avec prologue et *épistle*. Matis jouerait le vieux sacripant
de polonais, une horreur d'homme ! Chilly cette canaille
de comte de Fly ; n'importe quel amoureux, M. Stéphen,
et madame Guyon, vous ! avec des décors *chiques*, une
ronde quelconque, chantée par Adalbert, musique nouvelle de M. Artus, ça aurait un succès à *queues!* et en

avant la claque pour faire marcher la chose! Nous y serons tous et nos galants aussi : la salle sera pleine. Moi je retiens une avant-scène, et je mettrai une robe neuve pour ce jour-là. Dites donc, Georges, — ajouta Mirabelle en s'adressant à M. d'Entragues, — vous n'oublierez pas de m'envoyer un bouquet, que je jetterai sur le théâtre quand madame Guyon sera rappelée.

Et Mirabelle emportée par son imagination, voyait déjà la pièce faite, reçue, apprise, répétée, affichée, et au moment de faire son apparition au grand jour des becs de gaz de la rampe. Sa tête, comme on voit, faisait beaucoup de chemin en très-peu de temps.

— Un drame, — dit Perdita : — Vous parlez de faire un drame avec l'histoire de ma vie... En savez-vous le dénoûment, Madame? — Ajouta-t-elle en souriant tristement.

— Non, — répondit Mirabelle ; — mais vous allez, je pense, nous le faire connaître.

— Eh! le sais-je moi-même? ai-je vidé le fond de ma coupe d'amertume? et qui peut dire ce que le sort me réserve pour demain ?

— Quelle drôle de femme vous me faites! — repartit Mirabelle. — Vous êtes là à boire *du champagne* avec nous ; vous avez un appartement à faire envie *à la légitime* d'un pair de France ; des robes à discrétion ; *un Monsieur* qui n'a pas l'air trop embêtant, vu qu'il s'en va toujours d'assez bonne heure ; et au lieu d'être gaie comme un pinson qui vient de faire son nid, ou comme un moineau qui cajole son épouse sur la gouttière, vous vous fourrez dans la tête des idées, que si je les avais je me coucherais avec un réchaud plein de charbon allumé pour ne plus me réveiller.

— Quand on a autant souffert que moi, Madame, on doute toujours du bonheur, — répondit Perdita. — Puis elle ajouta, mais à voix basse, et comme pour elle seule : — d'ailleurs le bonheur avec la honte, ce n'est pas là ce que j'aurais rêvé, si...

Et, pour la cinquième ou sixième fois peut-être depuis qu'elle avait commencé son récit, Perdita voulut remplir son verre ; mais la bouteille qui était à la portée de son bras étant vide, elle en prit une autre, fit sauter le bouchon en le comprimant du bout de son pouce rosé, et une mousse blanche et pétillante se répandit sur la nappe.

L'action stimulante de la liqueur d'Aï lui donna sans doute une énergie nouvelle, car elle reprit aussitôt avec plus de fermeté dans la voix :

« J'allais donc me trouver en face de cet homme qu'on appelait Son Altesse ; de cette homme que je ne connaissais pas, et qui, à mon insu et sans mon consentement, avait pris une place dans ma vie.

« La situation dans mon récit doit vous sembler étrange : elle elle l'était bien plus dans la réalité.

« Une seconde après avoir été annoncée par le valet de pied, Son Altesse entra dans le salon. J'étais debout, incertaine de la contenance que je devais faire, et ne sachant quelles paroles je devais prononcer.

« Son Altesse était un homme de cinquante-cinq ans environ, d'une taille au-dessous de la moyenne, et dont la chevelure commençait à grisonner. Ses traits étaient réguliers et nobles : il avait en outre dans sa démarche, dans ses manières et dans son costume cette élégance

simple et facile qui caractérise les personnages d'un rang
élevé.

« Il vint à moi avec empressement, s'empara de ma
main, et me conduisant à un fauteuil, sur lequel il me
força à m'asseoir, il me dit avec une grâce parfaite et
une politesse presque respectueuse :

— Veuillez être assez bonne, Madame, pour m'accorder
l'honneur d'un moment d'entretien.

« En même temps, il prit une chaise et se plaça à deux
ou trois pas de moi.

« Ce début m'étonna au plus haut point, et je ne
trouvai pas un mot à articuler, tant j'étais interdite et
embarrassée.

— Je n'ai pas l'honneur d'être connu de vous, n'est-
ce pas ? — reprit-il.

— En effet, Monsieur... — balbutiai-je.

— Et vous me voyez aujourd'hui pour la première fois ?

— Pour la première fois, — répondis-je.

— Il est essentiel alors, — poursuivit-il, — que je
vous mette au courant de quelques faits qui vous feront
comprendre notre position à tous deux... moi je vous
connais depuis longtemps, Madame.

« Je ne pus retenir un mouvement de surprise qui
n'échappa point à mon noble protecteur : il me semble
que jusqu'à ce moment je pouvais lui donner cette qua-
lification.

— Vous viviez, — ajouta-t-il avec un jeune étudiant
qui se nommait Stéphen.

« A ces mots, à ce nom prononcé, je ressentis au cœur
une souffrance aiguë, et quelques larmes involontaires

jaillirent de mes yeux et descendirent lentement sur mes
joues.

« Son Altesse, sans doute par respect pour l'émotion
que je venais de montrer, garda un instant le silence, et
détourna même ses yeux de mon visage. Cette délicatesse
me donna l'idée la plus favorable de l'élévation de ses
sentiments.

— Souvent, — reprit-il au bout de quelques instants,
— je vous ai rencontrée dans les promenades publiques,
donnant le bras à ce jeune homme, et à chacune de ces
rencontres je sentais s'accroître mon admiration pour
votre beauté et mon intérêt pour votre situation, que
j'avais des motifs de ne pas croire heureuse. Je m'étais
procuré quelques renseignements sur lui et sur vous.
J'avais appris ainsi que vous vous nommiez Perdita ; que
ce jeune homme, ce Stéphen était votre amant ; que vous
aviez pour lui l'amour le plus tendre, le dévouement le
plus profond ; mais (et pardonnez-moi ces paroles) que
cet amour et ce dévouement, il ne les méritait pas. Toutefois, comme j'ai pour principe de ne jamais troubler
personne, et de n'aller au secours des gens que lorsqu'ils
m'appellent à leur aide, je m'abstins de toute démarche
directe ou indirecte vis-à-vis de vous... et cependant, je
vous le répète encore, je savais que l'homme que vous
aimiez était indigne de vous.

« Je sentis, en entendant ces mots, qu'un éclair de
colère jaillissait de mon regard, et mes douloureux souvenirs se retracèrent plus poignants que jamais à mon
imagination.

— Je vois dans vos yeux, — continua Son Altesse, —
qu'on ne me trompait pas. Un matin, il y a de cela six

mois, je revenais d'une fête de la cour, et je dormais au fond de ma voiture, quand mes chevaux se cabrèrent et s'arrêtèrent tout à coup. Un valet de pied vint me dire à la portière que c'était le corps d'une femme en robe blanche qui avait épouvanté mon attelage. Je m'élançai hors de mon coupé! Cette jeune femme, que je reconnus à l'instant, n'était pas morte, car son cœur battait encore quoique bien faiblement... cette jeune femme c'était vous!

— Moi! — m'écriai-je avec surprise.

— Vous-même, Madame, — répondit Son Altesse en s'inclinant. — J'aidai mes gens à vous relever; je vous déposai dans la voiture chaudement enveloppée dans un manteau de fourrure, et au lieu de rentrer chez moi, je me fis conduire chez mon médecin. Vous n'aviez aucune blessure, et nous ne savions à quoi attribuer votre évanouissement prolongé. On vous fit respirer des sels extrêmement violents, et vous ouvrîtes enfin les yeux. Après avoir regardé sans étonnement apparent autour de vous, vous vous mîtes à parler; mais, hélas! Vos paroles furent incohérentes et sans suite! Vous étiez...

« Ici Son Altesse s'arrêta et sembla hésiter.

— J'étais folle! — répondis-je en voyant cette hésitation.

— Je n'aurais jamais voulu me servir de cette expression, — repartit Son Altesse d'un ton pénétré. — Vous aviez le transport au cerveau, et j'espérais d'abord que ce transport ne durerait pas plus que la fièvre qui se déclarait avec une force effrayante. Cet espoir ne fut pas de longue durée. Deux jours après la fièvre avait cédé, mais le délire subsistait. Mon médecin me donna alors le con-

seil de vous faire transporter à la maison de santé de
M. Reynold d'où vous êtes sortie ce matin.

— Je vous dois tout, Monseigneur ! — m'écriai-je avec
l'accent d'une vive et profonde reconnaissance.

— Vous ne me devez rien, Madame, — reprit-il ten-
drement ; — je vous ai été utile, c'est un hasard ou plutôt
c'est un bonheur !... Maintenant, avant de continuer cet
entretien, permettez-moi de vous adresser une prière.

— Oh ! tout ce que vous voudrez, Monsieur !

— Je désire bien vivement vous inspirer un peu de
confiance, et je vous assure que j'en suis digne. Veuillez
donc, je vous prie, si ce récit n'a rien de trop pénible
pour vous, Madame, me mettre au courant des événements
de votre vie passée. Leur connaissance doit influer d'une
manière importante sur ce qui me reste à vous dire.

« Dans la position où je me trouvais vis-à-vis de Son
Altesse, il m'était impossible de ne pas accéder à sa
demande. Je commençai donc le récit que je viens de
vous faire, et pendant toute sa durée je vis les sentiments
les plus bienveillants se peindre sur le visage de mon
auditeur.

— Pauvre enfant ! — dit-il en me serrant affectueusement les mains quand j'eus terminé ma longue et douloureuse histoire. — Si jeune avoir déjà tant souffert !
Quelle destinée bizarre et terrible ! Mais s'il ne tient qu'à
moi, tous vos maux sont finis. Écoutez-moi maintenant,
et vous verrez que moi aussi je n'ai pas à me louer de la
destinée, que moi aussi j'ai senti bien souvent les san-
glantes morsures de la couronne d'épines !

— Vous devinez, — interrompit Perdita en s'adressant
plus directement à ses auditeurs de plus en plus attentifs,

— vous devinez avec quelle religieuse attention j'écoutai les paroles que prononça mon protecteur.

— Je suis immensément riche, — me dit-il : — je porte un beau nom, un nom presque royal ! j'occupe dans le monde la plus grande position ! mon rang, ma fortune, mon crédit, mon influence satisferaient et au delà les désirs de dix ambitieux ; et je ne suis pas heureux cependant !

— Je touche, continua-t-il, à cette époque où après avoir franchi la première, la plus belle moitié de la vie, on arrive rapidement à la vieillesse, aux infirmités de toutes sortes, et enfin à l'affaiblissement de toutes les facultés. Je ne suis plus jeune, Madame, et mon cœur est resté ce qu'il était à vingt ans, c'est-à-dire dévoré du besoin d'affections partagées et de tendres sympathies!!!

— Ces sympathies, ces affections, j'aurais dû les trouver dans mon intérieur, car je suis marié, marié à une femme plus jeune que moi de quinze années. Mais jamais on n'a vu cœur plus froid dans un corps plus glacé! Jamais on n'a su, comme cette femme, comprimer, neutraliser, anéantir les élans d'une âme qui voudrait s'épancher dans la sienne! jamais, pour tout dire en un mot, on n'a vu dans le monde deux êtres moins faits pour se comprendre que nous. Jalouse sans amour et seulement par orgueil, vertueuse, je le crois, mais d'une austérité désespérante même pour un mari, la princesse ma femme m'a rendu la vie à charge et mon intérieur odieux! Si j'avais eu des enfants, j'aurais versé sur eux le trésor de mes tendresses ; mais le ciel m'a refusé ce bonheur qui m'eût sans doute consolé.

— Je vous ai vue, Madame, et je vous ai aimée! Ne tremblez pas, n'ayez pas peur, je vous en conjure. Je ne

suis ni le Staroste farouche, ni l'infâme comte de Fly.
Bien loin de violenter ou d'acheter une femme, je ne voudrais même pas lui imposer mon amour si j'en avais le
pouvoir. Je sais à merveille qu'à l'âge où je suis parvenu,
je ne peux plus inspirer qu'un sentiment de reconnaissance plus ou moins vif, et c'est par la reconnaissance
que je veux essayer de régner sur votre cœur. Autant
jusqu'à ce jour, Madame, votre existence a été douloureuse et péniblement agitée, autant je veux la faire heureuse et paisible. Vous êtes ici chez vous, on a dû vous le
dire déjà. Vous serez riche, Madame! mais ce n'est pas
assez pour satisfaire l'affection profonde que vous m'ins-
pirez! Vous êtes belle; vous portez en vous tous les signes
distinctifs des filles de noble race; votre intelligence est je
crois égale à votre beauté; eh bien! je veux que cette intelligence soit cultivée comme elle mérite de l'être; et
quand l'étude aura fait germer dans votre esprit les fleurs
précieuses du savoir; quand la monture sera aussi belle
que le joyau est pur et brillant, alors, Madame, alors seulement vous déciderez si vous pouvez m'aimer!

« Et Son Altesse après m'avoir respectueusement baisé
la main, se retira me laissant touchée jusqu'au fond de
l'âme des nobles et généreuses paroles qu'elle venait de
m'adresser. »

— *Pristi !* — s'écria Mirabelle, — en voilà-t-il un rôle
vertueux et solennel pour M. Saint-Ernest, dans le drame
en question ! ce sera à fondre en larmes à chaque tartine.
Il sera rappelé bien sûr.

— Chut donc! — fit M. d'Entragues avec impatience.

« Dès le lendemain, — reprit Perdita, — les promesses
de mon protecteur commencèrent à se réaliser. J'eus des

maîtres de toutes sortes. La musique, la danse, les langues, les sciences sérieuses, j'étudiai tout avec une ardeur infatigable, et j'ose le dire intelligente. La musique surtout et la poésie me passionnaient au plus haut degré. Je voyais le prince tous les jours; il était heureux, il était fier de mes progrès; et moi j'étais fière et heureuse de répondre aussi bien à son attente.

« Je jouissais du reste d'une liberté illimitée, à cela près qu'il m'avait été recommandé de ne jamais diriger ma romenade du côté de Munich.

« Au bout d'une année environ, j'avais pour mon généreux protecteur une tendresse profonde, un dévouement sans bornes! C'était, comme il l'avait dit lui-même lors de notre première entrevue, c'était l'affection de la reconnaissance.

« Qui oserait dire alors qu'en me donnant à lui, je me prostituai? Certes je n'éprouvais pas d'amour ; certes tous mes sens étaient tranquilles... Mais j'acquittais une dette sacrée, et je rendais un peu de bonheur en échange de celui qu'on cherchait à me donner.

« Un jour le prince me parut plus soucieux que de coutume. Je l'interrogeai sur les causes de sa préoccupation, mais il éluda mes questions ou il n'y répondit que vaguement et d'une façon tout à fait évasive ; puis il passa deux ou trois jours sans venir me visiter, et quand je le revis, le nuage qui couvrait son front s'était encore assombri. Il était venu à cheval, et sa monture était blanche d'écume. Il ne resta près de moi que quelques minutes, et je remarquai qu'il repartit à toute bride.

« Ce soir-là même, un peu après le coucher du soleil, j'étais assise au fond du jardin sur un banc de gazon, tenant à la main un livre que je ne lisais pas, et laissant flotter à l'aventure les vagues rêveries de mon âme, tout entière absorbée dans ce sublime spectacle de la nature prête à s'endormir.

« Je fus arrachée à cette douce et mélancolique contemplation par le bruit d'un pas léger sur le sable blanc des allées. Je levai la tête, convaincue que c'était ma femme de chambre à laquelle j'avais demandé un châle pour garantir mes épaules de la fraîcheur du crépuscule, et je vis devant moi une femme inconnue.

XIII

L'arrestation.

« Cette femme, belle et jeune encore, était de haute taille et d'un abord imposant. Elle portait un habit d'amazone de drap noir, dont elle avait relevé la longue queue sur son bras gauche. Son autre main tenait cavalièrement une cravache à pommeau d'argent richement ciselé. Ce vêtement sombre, un chapeau d'homme et un voile de dentelle noir rejeté en arrière mais retombant sur ses épaules, contribuaient à donner à cette femme quelque chose de mâle et de résolu dont je fus vivement frappée à l'instant même.

« J'allais prendre la parole et demander à l'inconnue les motifs de sa présence chez moi, quand elle me prévint, en m'interrogeant elle-même d'une voix dont l'accent bref ne manquait cependant pas d'une certaine harmonie : Voici la première question qu'elle m'adressa.

— C'est vous, Mademoiselle, qui vous nommez Perdita ?

— Oui, Madame.

— C'est à vous qu'appartient cette charmante habitation?

— Oui, Madame... mais oserais-je vous demander à mon tour de quel droit...

« Elle ne me laissa pas le temps d'achever ma phrase, et elle reprit aussitôt :

— C'est vous enfin que vient visiter chaque jour Son Altesse le prince Frédéric?

— Mais avant de vous répondre, — dis-je, de plus en plus étonnée et blessée de cette espèce d'interrogatoire qui me semblait inoui, — je voudrais savoir, Madame...

— Qui je suis? — interrompit-elle de nouveau, — et dans quel but je vous adresse de semblables questions?

— Précisément.

— Qui je suis, il ne me convient pas de vous le dire : soyez sûre seulement, Mademoiselle, que j'ai parfaitement le droit de me mêler de ce qui vous regarde.

« Cette dernière phrase fut prononcée avec une ironie menaçante qui me fit frémir malgré moi.

— Au surplus, — reprit-elle, — il ne me reste plus qu'une seule question à vous faire... Êtes-vous la seule habitante de ce pavillon ?

— Il n'y a que moi et les personnes attachées à mon service, — répondis-je, dominée et fascinée par le ton impérieux de cette femme.

— C'est tout ce que je voulais savoir... Adieu, Mademoiselle, nous nous verrons peut-être un jour.

« Et l'inconnue s'éloigna d'un pas rapide après m'avoir fait, du bout de sa cravache, un léger et insolent salut.

« Je la suivis de loin, et je la vis sortir par une petite porte du jardin. Un domestique en livrée sombre attendait au dehors, tenant par la bride deux chevaux. Il aida l'inconnue à monter sur l'un d'eux, et ils s'éloignèrent au galop.

« Cette visite étrange, ces questions pressantes et impératives, le ton menaçant de cette femme, me causèrent une sensation pénible, accompagnée d'un trouble que je ne pus parvenir à maîtriser.

« Le prince vint le lendemain passer quelques instants avec moi. Il était fort pâle et tous ses traits étaient bouleversés.

— Perdita, — me dit-il en m'abordant, — je suis obligé de me séparer de vous pour quelque temps.

— Vous vous éloignez de Munich, mon ami? — lui demandais-je avec un affreux serrement de cœur.

— Non, c'est vous qui devez partir au contraire.

— Et pourquoi? repartis-je au comble de la surprise.

— Parce que tout va mal! un domestique infidèle a sans doute vendu à la princesse le secret de notre liaison. Je redoute pour moi et surtout pour vous des scènes violentes. Dans notre intérêt commun, pour assurer notre bonheur à venir, il faut vous éloigner... Voici un passeport, et une somme d'argent assez forte en traites sur Paris... Pendant quelques mois vous habiterez la France. L'orage s'apaisera. Je trouverai pendant votre absence un asile, puisque celui-ci ne saurait plus vous cacher aux regards jaloux de la duchesse, d'autant plus clairvoyante, comme je vous l'ai dit, qu'elle est jalouse sans passion. A votre retour nous recommencerons une vie de calme et de bonheur; car pour moi le bonheur en ce monde, c'est vous, Perdita; rien que vous!

II.   14

— Votre repos est chose sacrée pour moi! — m'écriai-je; et votre volonté sera religieusement accomplie.

— Merci; mon enfant! je n'ai d'ailleurs jamais mis en doute votre dévouement.

— Quand dois-je partir?

— Demain matin... je vais donner des ordres pour que tout soit prêt à la pointe du jour.

« Les premières paroles de mon protecteur n'avaient fait que me confirmer dans la pensée où j'étais déjà que la visiteuse inconnue n'était autre que la princesse Frédéric, sa femme; mais voyant mon départ résolu, je jugeai inutile d'ajouter, en lui révélant cette circonstance, un souci de plus à tous les tourments qui paraissaient l'accabler.

« Le prince s'éloigna après m'avoir fait de douloureux adieux. La nuit était venue, noire, profonde, orageuse! de sourds roulements de tonnerre grondaient dans les nuages comme de lointains coups de tam-tam; et les branches des arbres violemment ébranlées par le vent s'entre-choquaient avec un bruit lugubre!

« J'avais comme un pressentiment sinistre qu'il allait m'arriver quelque grand malheur... mais lequel? cette incertitude redoublait mon vague effroi.

« Pendant une partie de la nuit, je surveillai mes préparatifs de départ, présidant moi-même à l'arrangement de mes malles, que mes femmes de chambre remplissaient sous mes yeux de tout ce qui devait m'être nécessaire pour une absence de plusieurs mois.

« Enfin vers les trois heures du matin, je me couchai brisée de fatigue, épuisée par mes émotions! l'ouragan était dans toute sa force, et je m'endormis au milieu des sifflements de la tempête. Avant de me mettre au lit j'avais, comme de coutume, poussé les verroux intérieurs de toutes les issues qui donnaient entrée dans mon appartement.

« Le jour paraissait à peine, quand je fus réveillée en sursaut par des coups violents frappés à ma porte, en même temps j'entendis comme un bruit de crosses de fusils retentissant sur le parquet de la pièce qui précédait ma chambre à coucher.

— Qui est là? demandai-je, éperdue de terreur.

— Ouvrez! — répondit une voix rude.

— Au secours!—m'écriai-je. — Au secours! au voleur!

« Et je tirai violemment le cordon de la sonnette qui pendait dans l'intérieur de mon alcôve.

— Ouvrez au nom de la loi, — répéta la même voix avec plus de rudesse encore que la première fois. — Ouvrez, ou nous allons enfoncer la porte.

« Au lieu de répondre je continuai à agiter le cordon de la sonnette qui finit par rester dans ma main.

« En même temps d'énergiques coups de crosses de fusils ébranlèrent ma porte! les verroux trop faibles cédèrent, la frêle cloison tomba en éclats, et cinq ou six hommes se précipitèrent dans ma chambre.

— Grâce! — m'écriai-je à demi folle de terreur! — grâce, Messieurs, ne me tuez pas! prenez tout ce qui m'appartient! il y a sur cette table de l'argent... beaucoup d'argent! prenez tout! je vous le donne... mais par pitié ne me tuez pas!

— Au nom de la loi, je vous arrête! — me dit alors un homme vêtu de noir qui s'avança au chevet de mon lit. — Vous aller nous suivre de gré ou de force; voici le mandat d'amener.

— M'arrêter ! un mandat ! — répondis-je stupéfaite.
— Mais, Monsieur il y a sans doute une erreur... je me
nomme Perdita et je suis innocente ?

— Plus vite que ça ! — ajouta l'homme noir en mettant la main sur mes couvertures, comme pour les soulever. — Allons habillez-vous et marchons.

— Mais je n'ai rien fait, Monsieur ! je n'ai rien fait, je
vous jure par tout ce qu'il y a de plus sacré sur la terre,
et de plus saint dans le ciel !

— Ça ne me regarde pas. Si vous ne voulez pas vous
habiller, dites-le ; nous vous emmènerons en chemise.

— Devant ces hommes ! — m'écriai-je en désignant les
individus à figures sinistres qui remplissaient ma chambre.

— N'allez-vous pas faire des façons ? — répliqua
l'homme noir en riant d'un rire grossier, — et faut-il
que je vous serve de femme de chambre ?

« Je m'élançai alors hors de mon lit, presque nue, je
passai rapidement un peignoir, je mis des souliers, mais
tel était mon trouble, que j'oubliai de passer des bas.

— Vous voilà prête : allons, en route !

— Je vais vous suivre, Messieurs, mais au nom du ciel,
— dis-je d'une voix suppliante et en joignant les mains,
— dites-moi du moins de quel crime je suis accusée.

— Ça ne me regarde pas, répondit l'homme noir. —
Filons.

« Nous traversâmes les salons et les antichambres, où
les domestiques se tenaient debout, mornes et silencieux.

« Une mauvaise voiture attendait devant le perron. On
m'y fit monter. Trois hommes, au nombre desquels se
trouvait celui qui seul jusqu'alors m'avait adressé la parole, y montèrent après moi.

« Nous partîmes !

« Un détachement de soldats à cheval précédait la voi-ture ; un autre la suivait.

« J'étais à peine vêtue... le froid du matin m'avait saisie ! je frissonnais ! mes dents claquaient violemment.

« Deux heures après j'étais au secret dans l'un des ca-chots de la prison de Munich.

XIV

La justice humaine.

— En prison ! au cachot ! au secret ! — s'écria Mirabelle. — Nom d'un petit bonhomme ! C'est bien le cas
de dire : *de plus en plus fort, comme chez Nicolet !* Mais
qu'est-ce que vous aviez fait pour qu'on vous traite aussi
rudement ? Les femmes ne peuvent donc pas avoir d'amants
dans ce pays là ! eh bien ! il n'aura jamais ma visite, il
peut bien y compter !

— Ce que j'avais fait ? — répondit Perdita : — Mon
Dieu, je l'ignorais moi-même ! j'avais beau interroger ma
conscience, évoquer l'un après l'autre tous mes souvenirs, je ne pouvais dans toute ma vie trouver un seul
acte qui pût servir de base à une accusation grave de
quelque nature qu'elle fût, excepté peut-être la mort du
vieux Staroste, si toutefois le vieux Staroste était mort. En
admettant même cette dernière supposition, je me disais
encore qu'il était peu probable que des poursuites fus-
sent dirigées contre moi si longtemps après l'événement,

pour un fait dont en définitive j'étais innocente, et qui d'ailleurs s'était passé dans une contrée aussi éloignée de Munich.

« Ces pensées soutenaient mon courage au milieu du profond désespoir dans lequel j'étais plongée. Je cherchais en outre à me persuader que si j'étais victime de quelque dénonciation calomnieuse, comme il me semblait que cela devait être, la vérité apparaîtrait claire comme le jour aux yeux du premier magistrat qui m'interrogerait, et qu'alors je serais mise immédiatement en liberté. J'avais à cette époque, comme vous voyez, une idée favorable de la manière dont les hommes rendent et comprennent la justice : Dans mon esprit un juge était le protecteur naturel de l'être faible et abandonné que rien ne protége plus.

« Cette illusion consolante ne fut pas de longue durée, car moins de vingt-quatre heures après mon arrestation, on vint me prendre dans ma prison pour me conduire devant l'homme qui devait m'enlever brutalement ma confiance dans l'équité de mes semblables.

« Je m'attendais à voir un personnage grave et digne, mais accessible dans sa dignité.

« Je me trouvai en présence d'un individu à la mine féroce et niaise, moitié tigre et moitié dindon, qui me fit l'effet d'être bien moins le défenseur de l'opprimé que le pourvoyeur du bourreau.

— C'était le juge chargé d'examiner consciencieusement si j'étais innocente ou coupable.

« Il pouvait avoir de cinquante à soixante ans : il était petit, mal fait, ignoble des pieds à la tête, ce qui ne l'empêchait pas de se carrer dans son fauteuil pour se donner un air imposant.

« Il était assisté d'un greffier sale, bourru, dont la physionomie hargneuse et basse me représentait un roquet de mauvaise humeur.

« A la vue de ces deux hommes je sentis mon sang se glacer dans mes veines, car je compris que je n'avais à attendre d'eux ni équité ni commisération.

« J'avais préparé un petit discours qui devait selon moi démontrer jusqu'à l'évidence combien j'étais innocente de toute action criminelle ; mais quand je me trouvai en face de l'homme qui était chargé de m'interroger, quand j'eus deviné la férocité de son âme dans la basse méchanceté de son regard, je sentis la frayeur m'envahir ; une contraction nerveuse serra mon gosier ; les battements de mon cœur prirent une irrégulaté pénible et il me fut impossible de prononcer une parole.

« Le juge était accoudé sur une immense table couverte de cartons et de paperasses ; le greffier assis devant un petit bureau tenait une plume à la main : je compris qu'il allait écrire toutes mes réponses.

— Quel est votre nom ? — me demanda le premier en me toisant insolemment.

— Perdita.

— Votre âge ?

— Je ne le sais pas au juste, car personne ne me l'a jamais dit.

— Votre patrie ?

— Je l'ignore ; mais la France est le pays que j'ai habité le plus longtemps.

— Ah ! ah ! — fit le juge, — enfant trouvé sans famille, sans patrie ! fort bien ! Quelle profession exerciez-vous avant d'être...

— Chanteuse des rues, — interrompis-je pour arrêter l'injure que je voyais errer sur les lèvres de mon interrogateur.

— Coureuse! vagabonde! ce sont là des antécédents bien fâcheux qui ne témoignent guère en votre faveur.

— Mais, Monsieur...

— Silence! attendez pour parler que je vous questionne... Qu'avez-vous à répondre relativement au crime dont vous êtes accusée?

— Mais, Monsieur, j'ignore quel est ce crime! ma conscience ne me reproche rien! m'écriai-je avec désespoir.

— Accusée, n'aggravez pas votre position par cette incroyable impudence. Un grand forfait a été commis, et vous en êtes au moins complice.

— Devant Dieu qui m'entend, et qui me jugera après les hommes, je jure que je ne sais pas pourquoi j'ai été arrêtée hier et amenée ici aujourd'hui, repris-je avec toute l'énergie que je pus puiser dans mon âme brisée par la douleur.

— A merveille! La dénégation est votre système de défense : nous verrons comment vous le soutiendrez jusqu'au bout. Voici du reste les faits qui vous sont imputés, et que vous prétendez ne pas connaître. Vous êtes accusée par la clameur publique, et toutes les preuves sont contre vous, de complicité d'assassinat...

— D'assassinat! moi! moi! — m'écriai-je avec une indicible horreur.

— Commis sur la personne de Son Altesse la princesse Frédéric de K***.

— La princesse! grand Dieu! est-ce possible?

— Silence, accusée! ne m'interrompez pas : commis sur la personne de Son Altesse la princesse Frédéric de K***, — reprit le juge, — par le prince son mari, en ce moment détenu comme vous.

— Le prince Frédéric un assassin! Monsieur on vous trompe, ou vous voulez me tromper.

— N'insultez pas la justice jusque dans son sanctuaire et en ma personne, repartit le juge avec un redoublement de rudesse ; — et bornez-vous à répondre simplement.

— Questionnez-moi donc, Monsieur ! — m'écriai-je avec indigation, mais en reprenant tout à fait confiance, car l'accusation me paraissait si monstrueusement absurde, qu'il me semblait impossible de la soutenir longtemps, et contre le prince et contre moi... Hélas! je connaissais bien peu les perfides ressources de ces hommes noirs que la loi a investis dans tous pays du droit terrible de disposer de l'honneur et de la vie de leurs semblables !

— Vous étiez la maîtresse du prince... sa concubine, — reprit le juge avec un cynisme révoltant.

— Le prince avait beaucoup d'affection pour moi, — répondis-je en rougissant de honte et d'indignation.

— Étiez-vous sa maîtresse? — répéta-t-il. — Répondez par un *oui*, ou par un *non*.

— Eh bien! oui.

— Greffier, écrivez que la prévenue avoue ses relations criminelles avec le principal accusé.

« Il y eut un moment de silence, pendant lequel je n'entendais que les battements de mon cœur, et les grincements de la plume acérée du scribe qui courait sur le papier.

« Quand la plume s'arrêta le juge reprit :

— Et par quels moyens une fille de rien comme vous, avait-elle pu capter l'attachement d'un homme aussi haut placé que Son Altesse le prince Frédéric !

— Je l'aimais de l'amour le plus...

— Ne profanez pas ce mot en l'appliquant à vos honteux désordres ! — interrompit le juge.

— J'ai le droit de l'employer ! — répondis-je fièrement.

— Où Son Altesse vous a-t-elle rencontrée pour la première fois ! — reprit-il en haussant les épaules avec une méprisante pitié.

— Dans la rue...

— Où vous exerciez sans doute votre honnête métier de fille perdue ?

— Où j'étais tombée évanouie, folle de désespoir, par suite de l'infâme conduite d'un homme qui m'avait indignement trahie !

— Quel était cet homme ?

— Un étudiant de l'Université.

— Son nom ?

— Stéphen d'Oberchirch.

— Nous entendrons l'étudiant d'Oberchirch. Son Altesse le prince Frédéric vous avait fait présent du pavillon de chasse que vous habitiez depuis quelques mois au moment de votre arrestation ?

— Oui, Monsieur.

— Comment vous y preniez-vous pour extorquer à Son Altesse tout l'argent et toutes les belles choses dont il vous comblait ? car il paraît que le luxe au milieu duquel vous viviez était quelque chose de scandaleux.

— Je n'ai jamais rien demandé à Son Altesse ; je me bornais à accepter ce qu'elle avait la bonté de m'offrir ;

et il m'est arrivé plus d'une fois de refuser ce qu'elle voulait me donner.

— De nombreux témoignages démentent ce fait, au surplus peu probable par lui-même.

— Je dis la vérité.

— Niez-vous également d'avoir inspiré à Son Altesse l'infâme résolution d'assassiner sa femme, afin d'arriver plus vite à le dominer entièrement?

— Si je le nie! — m'écriai-je : — mais oui! mille fois oui! et je défie qui que ce soit d'apporter la preuve du contraire!

— Fort bien! fort bien! la complicité morale sera démontrée comme l'adultère! Voilà pourtant où conduit le vice! Greffier, écrivez : « La nommée Perdita, enfant trouvé, saltimbanque de profession, déclare qu'après avoir vécu avec des étudiants auxquels elle servait de jouet...

— Mais, Monsieur, je n'ai pas dit cela! — m'écriai-je indignée. — Vous torturez le sens de mes paroles!..

— Ne m'interrompez pas, ou je serai forcé de recourir à des moyens rigoureux pour vous contraindre à garder le silence : vous vous expliquerez quand vous serez devant le tribunal. Greffier, continuez : « Auxquels elle servait de jouet, elle fut ramassée dans la rue par Son Altesse le prince Frédéric de K***, qui en fit sa maîtresse, et l'entretint de la manière la plus scandaleusement splendide. Elle nie du reste lui avoir conseillé le meurtre abominable qu'il a commis sur la personne de la princesse sa femme dans la nuit du...

— Accusée, signez, — ajouta le juge après avoir ordonné au greffier de me relire cet interrogatoire falsifié.

— Je refuse! — répondis-je avec une fermeté dont je

ne me serais jamais crue capable quelques instants auparavant.

— Fort bien ! greffier, écrivez que l'accusée s'est refusée à apposer sa signature au bas de son interrogatoire. — Gardien, reconduisez cette fille dans son cachot, et que le secret continue à être observé de la manière la plus rigoureuse.

« On me remit aux mains les fers qu'on m'avait ôté pour me faire comparaître devant le juge, et on me ramena dans mon cachot.

« C'était une espèce de caveau de quelques pieds carrés, où l'air et la lumière ne pénétraient qu'à peine à travers un étroit soupirail, rétréci encore par d'énormes barreaux de fer disposés en grillage.

« Mais si cette ouverture interceptait l'air, elle laissait arriver jusqu'à moi, comme un écho affaibli par la distance, le vague murmure de lointaines rumeurs de la cité.

« Quelle nuit je passai à la suite de cette journée d'angoisse ? Ai-je besoin de vous la décrire, et d'assombrir encore à vos yeux un tableau si sombre déjà ? »

— Est-ce qu'il y avait beaucoup de rats dans votre cachot ? — demanda Mirabelle.

Perdita haussa imperceptiblement les épaules.

— Je vous demande cela, — reprit Mirabelle, — parce que moi qui vous parle, j'ai une horrible frayeur des souris ! quand j'en entends une grignotter dans ma chambre, je suis quinze jours sans pouvoir fermer l'œil.

Perdita n'eut pas l'air d'avoir entendu, et elle reprit sa narration en ces termes :

« Le lendemain à la même heure que la veille, on vint

me reprendre pour me conduire de nouveau devant le même magistrat.

L'affaire a bien changé de face depuis hier, — me dit-il en me voyant entrer.

— Dieu soit loué! — m'écriai-je en levant les yeux au ciel. — On a donc reconnu enfin mon innocence? oh! je savais bien que cela arriverait!

— Votre complicité, qui, à la rigueur, pouvait me paraître douteuse hier, m'est complétement démontrée aujourd'hui; ce qui n'était que soupçon est devenu certitude : certitude mathématique, algébrique, si je puis me servir de cette expression.

— Et comment cela est-il possible? — demandai-je. — La culpabilité d'une innocente ne peut pas être démontrée! le ciel ne le permettrait pas!..

— Je crois, Dieu me pardonne, que c'est vous qui me faites des questions! — s'écria le juge en frappant du poing sur la table avec colère. — Accusée, sachez vous tenir à votre place, et comme je vous le disais hier, attendez que je vous interroge.

« Je baissai la tête et j'attendis avec la morne résignation de le stupeur.

— D'abord, — reprit le juge, — nous avons adressé un mandat de comparution à l'étudiant Stéphen d'Orberchirch; mais l'huissier qui s'est transporté à son domicile n'a pu remplir son mandat, attendu que l'étudiant Stéphen a, depuis longtemps déjà, succombé dans un duel contre un certain comte de Fly, homme de réputation suspecte et d'origine française, lequel, à cette époque, a disparu lui-même de Munich et sans doute de la Bavière, car malgré de nombreuses recherches on n'a pu le découvrir.

— Mort! mort! — dis-je d'une voix étouffée par les sanglots... — Pauvre Stéphen !

« Et dans ce moment j'oubliai la coupable conduite de mon amant, pour ne me souvenir que de l'amour que j'avais eu pour lui, et du bonheur sans mélange que j'avais goûté pendant les premiers temps de notre liaison.

— Pauvre Stéphen ! — murmurai-je douloureusement. — Ah! je ne le vois que trop, je porte malheur !

— Je reprends l'interrogatoire où je l'ai laissé hier, — reprit le juge, sans montrer la plus faible émotion ; — et l'épreuve de votre participation au crime odieux commis par le prince Frédéric seront mises sous vos yeux.

— C'est ce que nous verrons! — dis-je en relevant la tête.

Dans la soirée qui précéda la mort violente de la princesse, n'avez-vous pas reçu une visite ?

— Une visite!.. — répondis-je en cherchant à réunir mes souvenirs en désordre.

— Oui, une visite de femme ?

— C'est la vérité.

— Ne saviez-vous pas alors que cette femme était ou pouvait être la princesse?

— Je l'ai soupçonné depuis, mais sans en avoir jamais acquis la certitude, n'ayant questionné personne à cet égard.

— Que s'est-il passé entre cette femme, qui était la princesse, et vous?

— Rien que de très-simple ou de très-insignifiant à votre choix, — répliquai-je.

— Et je racontai dans ses moindres détails la scène du jardin, dont je vous ai parlé.

— Tout ce que vous dites là, — interrompit sévèrement le juge, — ne me paraît nullement conforme à la vérité, car le domestique qui accompagnait la princesse, déclare qu'en remontant à cheval après vous avoir quittée, elle était fort émue et murmurait tout bas : *C'est une indignité... mais ils la payeront cher tous deux.*

— J'ignore, Monsieur, quelle portée peuvent avoir dans votre esprit de semblables paroles.

— Elles peuvent faire supposer que vous sentant ou vous croyant menacée, vous avez voulu prévenir le coup.

« Je me bornai à hausser les épaules.

— Après le départ de la princesse n'avez-vous pas eu la visite du prince son époux?

— Oui, Monsieur ; mais pas le jour même : le lendemain seulement.

— Ceci importe peu : vous lui avez sans doute parlé de cette femme que vous prétendez n'avoir pas reconnue ou du moins devinée alors?

— Non, Monsieur. Voyant le prince très-préoccupé, et craignant d'augmenter son trouble, je ne lui ai rien dit.

— Ceci est bien peu vraisemblable dans la position où vous étiez l'un et l'autre.

— Je suis fâchée que ce ne soit pas vraisemblable, mais c'est de la plus exacte vérité.

« Le juge haussa les épaules à son tour.

— A quelles occupations avez-vous consacré les premières heures de la nuit qui a suivi la dernière visite du prince Frédéric?

— A faire faire des malles, des paquets, et à surveiller des préparatifs de départ.

— Vous deviez donc partir?

— Oui, Monsieur ?

— Et quand cela ?

— Dès l'aurore, ce même jour.

— On a trouvé dans votre chambre à coucher un pas-se-port pour la France, et une somme considérable en lettres de change sur Paris. C'est un fait acquis à l'accusation que ce passe-port et ces traites vous auraient été procurés par le prince. Il connaissait donc vos projets de départ ?

— Oui, Monsieur ?

— Fort bien... Or, tandis que vous faisiez vos préparatifs de fuite, voici ce qui se passait en ville dans le palais du prince, ainsi qu'il résulte de la déposition d'une femme de service qui, par un hasard providentiel, a assisté inaperçue à ce drame terrible. La princesse était chez elle et se préparait à se mettre au lit, lorsqu'un roulement de voiture lui apprit que son mari rentrait. Désirant lui parler, elle le fit prier de passer chez elle. Il vint, et peu d'instants après une discussion violente s'éleva entre les deux époux. On entendit la duchesse s'écrier avec la légitime indignation d'une femme odieusement outragée. — « Je vous dis, Monsieur, que vous chasserez cette misérable créature du somptueux asile qu'elle doit à votre coupable faiblesse, ou que moi votre femme légitime, je réclamerai devant les tribunaux ma séparation, et je vous demanderai à vous compte de ma fortune que vous dissipez avec une fille publique. Le prince porta un défi à sa femme, avec de terribles menaces de mettre ce projet à exécution ; mais elle, au lieu de céder, lui montra sur son bureau des lettres toutes préparées pour les premiers magistrats de

Munich. A l'instant même la fureur du prince ne connut plus de bornes. Il brisa des porcelaines, des glaces, plusieurs meubles fragiles ; foula sous ses pieds les débris qu'il avait faits, et quand il crut avoir terrifié sa femme par ses actes de violence, il s'élança sur elle, lui saisit les poignets à les broyer, et après l'avoir tenue ainsi quelques secondes sans prononcer une parole, il lui dit : — « Osez, Madame ; osez encore répéter que vous ferez ce que vous prétendez avoir résolu. — « Monsieur, je ferai plus, car je compte m'adresser directement au roi, dont je suis la nièce, et il fera conduire hors du royaume cette infâme intrigante ! — répondit la princesse avec énergie. — Le prince lâcha alors les poignets meurtris de sa femme, et sortit de la chambre à coucher en murmurant d'une voix sombre. — « Je sais maintenant ce qui me reste à faire pour vous empêcher d'agir. Rentré chez lui, il consacra une heure environ à écrire une lettre. Cette lettre était pour vous ; et quand elle fut terminée, un domestique reçut l'ordre de monter à cheval pour vous la porter en toute hâte. Mais cette même Providence qui avait voulu que les premiers actes de fureur du duc eussent un témoin, permit encore que cette lettre ne parvenant pas à sa destination, vînt grossir l'accablant faisceau de nos preuves : Le cheval du courrier s'abattit dans l'obscurité, et le cavalier étourdi par la chute ne dut arriver au pavillon de chasse qu'au moment où les agents de la police y étaient déjà, de sorte que sa missive tomba entre leurs mains : Ce témoignage terrible, je l'ai là, — ajouta le juge, en désignant une liasse de papiers posée en travers devant lui.

— Convaincue de l'innocence de Son Altesse, comme

je suis sûre de la mienne, je ne croirai jamais qu'elle ait
pu rien écrire...

— Voici cette lettre, — interrompit le juge.

— Et, déployant un billet dont le cachet était rompu,
il lut d'une voix lente et sinistre ce qui suit :

« Chère Perdita, seul bonheur de ma triste vie, nous
ne sommes plus séparés que pour quelques heures ! Partez
toujours comme cela a été convenu entre nous; mais au
lieu de continuer votre chemin sans vous arrêter, atten-
dez-moi au troisième relai sur la route de France. Je
vous y rejoindrai avant midi... *l'heure est venue de frapper le grand coup*. A bientôt, mon ange! je baise avec
amour ces chères et belles mains auxquelles je confie mes
destinées.

» FRÉDÉRIC. »

A la lecture de ce billet qui contenait en effet des
phrases où l'on pouvait trouver la preuve du crime im-
puté au prince, et même celle de ma complicité, je restai
muette, confondue, anéantie ; et, comprenant que je ne
pouvais attendre désormais mon salut que du ciel, je
n'entrepris même pas de réunir deux idées pour me défendre de la participation odieuse dont j'étais accusée.

— On ignore, — continua le juge, — qui paraissait
ravi de mon abattement et de ma consternation, ce qui se
passa dans le palais entre minuit et une heure du matin;
mais lo gtemps avant le jour, les domestiques furent ré-
veillés en sursaut par les tintements de la sonnette de la
princesse : ces tintements, d'abord très-forts et souvent
répétés, devenus bientôt plus faibles et interrompus, firent
croire à quelque grand danger. On accourut, on enfonça

les portes, dont les verroux étaient poussés en dedans, et
l'on trouva étendu dans une mare de sang, le corps ina-
nimé de la malheureuse femme! On s'empressa d'aller
prévenir le prince de cet horrible événement, et la personne qui pénétra dans son appartement la première, le
surprit lavant dans une cuvette ses mains tremblantes et
ensanglantées!.. peu de moments après il fut arrêté, et la
justice se transporta ensuite chez vous.

— C'est horrible! — m'écriai-je en me couvrant le visage de mes deux mains... — Mais je suis innocente! je
suis innocente! je n'ai rien conseillé! rien su!..

— Je me résume, — poursuivit froidement le magistrat : — Vous étiez la maîtresse du prince Frédéric; la
princesse sa femme le savait, et sa jalousie pouvait devenir menaçante pour vos honteuses amours; vous songez
d'abord à vous éloigner seule, mais le prince prend la résolution de vous suivre et de s'attacher à votre sort : il
vous le mande, vous dit de l'attendre, et quelques heures
après on trouve sa femme assassinée, tandis qu'il est lui-
même surpris cherchant à faire disparaître le sang dont il
est couvert. Quelle est ce grand coup à frapper qu'indique
le billet saisi? Évidemment l'assassinat de la princesse :
donc vous le saviez! donc vous étiez complice de ce crime,
qui plonge dans la consternation cette cité paisible! Accusée, qu'avez-vous à répondre?

— Ce que je répondrai jusque sur l'échafaud, si je dois
y monter : que je suis innocente!

— C'est ce qu'on verra aux débats qui ne tarderont pas
à s'ouvrir. En attendant, je vous donnerai un avis salutaire : On ne gagne rien à cacher la vérité à la justice,
parce qu'elle finit toujours par la découvrir.

« Il fit un geste de la main, comme pour indiquer qu'il n'avait plus besoin de moi, et on me ramena dans mon cachot.

« J'étais dans un état de stupeur plus facile à comprendre qu'à expliquer, et je m'étonnerai toujours que sous le coup d'une semblable épreuve ma raison ne m'ait pas abandonnée une seconde fois.

« Sûre de mon innocence, il m'était impossible de croire à la culpabilité du prince Frédéric ; mais j'avais souvent entendu parler de terribles erreurs judiciaires, et je me disais que si des preuves aussi accablantes que celles dont le juge avait parlé existaient réellement contre nous, rien ne pourrait nous sauver. L'idée de la mort ne m'effrayait pas... j'avais toujours été si malheureuse! Mais je songeais avec un affreux désespoir que c'était l'amour que je lui inspirais qui avait précipité mon bienfaiteur et mon ami dans l'abîme! Ainsi j'en revenais, comme pour Stéphen, à me répéter que ma destinée était d'être fatale à tous ceux qui s'attachaient à moi... Pensée horrible! que j'avais mille fois plus de peine à supporter que la perspective de la mort par la main du bourreau!

« Je vous ai dit que du fond de mon cachot j'entendais, à travers l'étroit soupirail qui me donnait juste assez d'air pour m'empêcher de mourir, et juste assez de lumière pour m'enlever la consolation de me croire dans un tombeau, j'entendais, dis-je, les vagues et lointaines rumeurs de la ville.

« Ces rumeurs étaient continuelles, et comme elles se rapprochaient de ma prison, je dus en conclure que la population de Munich, agitée par le crime qui avait été commis, me confondait dans ses imprécations contre l'assassin.

« Le lendemain de mon interrogatoire, j'étais étendue sur la paille de mon cachot, abîmée dans cette espèce de somnolence qui suit les grandes douleurs, quand, au milieu des bruits qui arrivaient jusqu'à moi, je crus entendre une voix à la fois aiguë et traînante prononcer mon nom.

« Je prêtai l'oreille : cette voix était celle d'un crieur public, et voici ce qui arriva jusqu'à moi :

« *Voilà ce qui vient de paraître ! Le récit exact et détaillé de l'épouvantable assassinat commis sur la personne de Son Altesse la princesse Frédéric, avec une effroyable barbarie et des raffinements cruels, par le prince son époux, et une fille publique nommée Perdita, complice de ce monstre abominable. Ce récit est suivi d'autres détails curieux sur le suicide de l'assassin, lequel ce matin même, s'est donné la mort dans son cachot, au moyen d'un pistolet de poche qu'il s'est tiré dans le cœur. Voilà ce qui vient de paraître ! messieurs et mesdames, achetez la grande nouvelle ! ça ne coûte que la bagatelle de deux kreutzers !*

« Ainsi le prince était mort ! son fatal amour pour moi l'avait conduit de l'assassinat au suicide, et une voix inconnue proclamait ma participation à ce double crime ! Je frappai ma tête contre les murailles de mon cachot dans l'espoir de me tuer aussi, et ne pouvant y parvenir faute d'énergie physique, je regrettai avec des larmes amères le temps où ma folie m'ôtait le souvenir de mes douleurs !

« Six mois s'écoulèrent ainsi ! six mois de solitude, d'abandon, d'ignorance de ce qui se passait ! agonie mystérieuse et terrible, durant laquelle j'éprouvai des tortures dont aucune description ne pourrait donner l'idée. Enfin

le jour vint où je dus comparaître devant la cour suprême !

« Je repris un peu de force et de courage, car j'espérais
que je serais condamnée et que je mourrais bientôt.

« Les débats de mon procès furent suivis avec une avide
curiosité par toute la population de Munich. Quand je
traversais les rues de la ville pour me rendre de ma prison au tribunal, une foule immense se pressait sur mon
passage ; la salle des séances regorgeait de monde. Du
banc des accusés sur lequel j'étais assise, je sentais des
milliers de regards curieux et malveillants me percer
comme autant de flèches aiguës; je voyais des peintres et
des sculpteurs crayonner mon portrait ou modeler mon
buste ! j'étais devenue un spectacle pour tous ces oisifs,
qui espéraient bien voir apparaître le bourreau au dénoûment.

« Leur attente, et je dirais presque la mienne, fut dé-
çue. On m'acquitta parce qu'il n'y avait pas assez de
preuves pour me condamner au dernier supplice : mais le
verdict qui me permettait de vivre, au nom de la société
vengée par le suicide du prince, laissait planer sur moi les
soupçons les plus flétrissants, et l'ordre de ma mise en liberté fut suivi de l'injonction de quitter immédiatement le
royaume de Bavière, et de la défense d'y jamais rentrer.

XV

Il y avait plus de trois heures que Perdita parlait sans avoir pris d'autres repos que celui qu'elle avait dû aux rares et courtes interruptions de Mirabelle, interruptions aussitôt réprimées, comme on sait, par les *chut* de l'auditoire, à chaque instant plus vivement intéressé.

Aussi des symptômes de fatigue commençaient-ils à se manifester chez la jeune femme, en dépit de la surexcitation factice qu'elle avait cherché à se donner, en remplissant fréquemment de vin de Champagne frappé de glace, la coupe de cristal placée devant elle.

Ces signes d'abattement physique et de lassitude morale étaient devenus plus visibles pendant le récit des événements que nous avons rapportés dans le chapitre précédent. Sa voix avait faibli peu à peu, et les pommettes de ses joues pâles s'empourprant légèrement, trahissaient le malaise intérieur qu'elle éprouvait.

Les convives de Mirabelle, impressionnés au plus haut

degré par les situations dramatiques et l'imprévu de cette
histoire, remarquaient avec un vif sentiment de regret
l'anéantissement progressif des forces de Perdita. Craignant à chaque instant de lui voir interrompre son récit,
ils étaient dans la désagréable position de ces abonnés
des grands journaux, qui, arrivés sans s'en douter à la
fin d'un feuilleton dont le contenu a vivement excité leur
curiosité, sont arrêtés tout à coup au bas de la dernière
colonne par ces quatre mots sacramentels et absolus :

LA SUITE A DEMAIN.

Sans compter que souvent le lendemain arrive et que
la suite promise n'arrive pas.

Mais Perdita voulait mettre tout ce qu'elle pouvait réunir
de forces à terminer son récit, comme elle avait mis tout
ce qu'elle avait de courage à l'entreprendre, et à en raconter sans faiblir les parties les plus douloureuses et les
circonstances les plus cruelles.

Pour obtenir ce résultat elle eut recours au moyen qui
l'avait soutenue pendant cette longue excursion dans les
plus pénibles souvenirs de sa vie.

Elle remplit donc deux fois sa coupe et la vida coup
sur coup.

A l'instant même sa voix se raffermit ; ses yeux éteints
brillèrent d'un vif éclat ; la rougeur passagère et maladive
de ses joues disparut, et fut aussitôt remplacée par la pâleur pleine de vie qui donnait quelque chose de si original
à sa merveilleuse beauté.

Non-seulement elle reprit toute l'animation dont elle
faisait preuve depuis trois heures, mais encore elle déploya

pour *mimer* les scènes qui lui restaient à raconter un véritable talent de comédienne.

Ajoutons que Perdita fut singulièrement aidée par la nature même de son récit, dont la couleur avait changé de la façon la plus inattendue, sans que le fond eût rien perdu de son intérêt toujours croissant.

« Au moment de ma mise en liberté, — reprit-elle d'une voix vibrante, comme si elle voulait rassurer ses auditeurs un moment inquiets, — je ne possédais qu'un peu de linge obtenu de la pitié d'une geôlière, et les vêtements que j'avais sur le corps. Mais j'avais eu l'insigne bonheur de trouver dans une des poches du peignoir dont je m'étais enveloppée à la hâte au moment de mon arrestation, une petite bourse en soie verte contenant quelques pièces d'or.

« Cet or, par un hasard providentiel, j'étais parvenue à le soustraire aux investigations des gardiens de ma prison, lorsque j'avais été fouillée avant mon entrée au cachot.

« Sans cette faveur du ciel, je serais sans doute morte de faim, car personne à Munich n'eût osé offrir même le pain de la charité à la pauvre fille flétrie par les termes outrageants du verdict qui m'avait rendue à la liberté.

« Ma résolution fut bientôt prise : elle consistait à regagner la France que j'avais quittée depuis quelques années, et où je m'étais toujours promis de revenir tôt ou tard si les hasards de ma destinée errante le permettaient.

« Mais avant toutes choses il fallait vivre, et pour cela faire je n'avais pas d'autre parti à prendre que de recommencer courageusement mon ancien métier de chanteuse des rues, au risque de me retrouver en présence des mêmes périls que j'avais dû affronter.

« Cette extrémité était cruelle après la douce existence dont j'avais joui pendant plus d'une année, grâce aux bontés du malheureux prince Frédéric.

« Mais je venais d'échapper à un danger terrible, et enfin l'air vivifiant de la liberté avait remplacé la lourde atmosphère de la prison !

« Je voyais les hirondelles traverser l'espace en chantant, et je me disais : puisque Dieu a fait germer le grain ou éclore l'insecte qui doit les nourrir, pourquoi n'aurait-il pas aussi pitié de la pauvre fille que ses semblables abandonnent ?

« Avec les faibles ressources que j'avais miraculeusement conservées, je me procurai des vêtements convenables à la profession que je m'étais résolue à reprendre, puis je fis emplette d'un tambour de basque et d'une guitare.

J'essayai ma voix avec une certaine inquiétude, et je reconnus avec cette morne satisfaction que vous inspirent toujours les triomphes de la nécessité, qu'elle n'avait rien perdu de son éclat et de son étendue.

« Mais en même temps je me sentis prise d'une invincible répulsion pour l'ignoble répertoire de chansons obscènes et de romances platement sentimentales que m'avait légué la misérable Gouâpe.

« Cet éloignement je le devais sans doute à l'éducation que m'avait fait donner le prince Frédéric.

« Je dus à la même cause la faculté de remplacer par des ballades, dont je composai moi-même les paroles et la musique, les honteux refrains et les airs vulgaires que j'avais chantés jusqu'alors.

« Mes compositions étaient sombres et bizarres, mais elles ne manquaient ni de poésie ni de mélodie, et je ne tardai pas à avoir la preuve qu'elles plaisaient à la foule, car elles me procurèrent dès le début des ressources plus que suffisantes pour vivre avec l'économie et la simplicité auxquelles je m'étais condamnée pour toujours, ne voulant plus avoir recours à personne.

« Je traversai lentement le Wurtemberg, la Souabe et une partie des États de la Confédération Germanique; enfin j'arrivai à Bade.

« C'était au milieu de l'été, et par conséquent dans la période la plus brillante de la saison des eaux.

« Cette circonstance, sur laquelle au surplus je comptais vaguement, me détermina à séjourner pendant quelques semaines dans cette ville où la foule élégante affluait de tous les points de l'Europe. Ma voix avait encore fait d'immenses progrès depuis le jour où je l'avais essayée pour la première fois après ma sortie de prison : je devais donc espérer qu'elle me procurerait des recettes qui me mettraient à l'abri du besoin pour longtemps, dans le cas où une maladie ou tout autre événement m'obligerait à cesser de chanter pendant quelques mois.

« Mais le lendemain même de mon arrivée, une circonstance imprévue et terrible vint renverser mes espérances et me contraignit à changer mes projets.

« Je m'étais rendue sur le cours le plus fréquenté à l'heure de la promenade, et je me disposais à chanter une de mes plus jolies ballades, lorsque je vis passer dans un tourbillon de poussière une élégante calèche à quatre chevaux, menée à la Daumont par deux postillons microscopiques, et que je reconnus dans cette calèche l'infâme comte de Fly, l'auteur de toutes mes dernières infortunes ! »

D'Entragues tressaillit de nouveau, comme il avait déjà fait la première fois que le nom du comte de Fly était arrivé dans le récit de Perdita.

— Pardonnez-moi de vous interrompre, Madame, — dit-il à la jeune femme ; mais je désirerais savoir à quelle époque à peu près ceci se passait.

— Il y a eu un an au mois d'août de l'année dernière, Monsieur, — répondit Perdita ; — ce qui fait environ dix-huit mois.

— Je vous remercie, Madame, — répondit Georges en s'inclinant.

« Je ne sais si ce fut un jeu de mon imagination déjà frappée de terreur par ma première découverte, ou si ce fut une réalité ; mais au fond de cette même voiture, et à la droite du comte de Fly, il me sembla, dans la personne d'un vieillard à la figure rouge et aux moustaches blanches comme la neige, reconnaître le farouche Staroste à qui la Gouâpe m'avait vendue !

« Cette seconde vision était bien superflue, car il suffisait de l'autre pour me faire fuir au bout du monde. Tout me semblait préférable à la perspective de me retrouver en face de ce misérable pour lequel j'avais encore plus de mépris que de haine.

« Le soir même je quittai Bade par la voiture publique, afin de m'éloigner plus vite.

« A Mayence, je repris mon existence aventureuse ; et à dater de ce moment je vécus beaucoup plus tranquille pendant près d'une année. Embarquée sur un de ces magnifiques bateaux à vapeur qui descendent et remontent le

Rhin, je passai le reste de la belle saison à parcourir une fois par semaine le trajet de Manheim à Dusseldorf, et de Dusseldorf à Manheim. L'automne était superbe, les passagers affluaient sur le Frédéric-Guillaume que j'avais choisi pour ces expéditions ; j'étais aimée, protégée, applaudie, respectée même, et je gagnais un peu d'argent. Je m'étais prise d'une véritable passion pour ce beau fleuve aux rives si pittoresques, et mon imagination poétique se plaisait à peupler les manoirs en ruines qui se miraient dans ses flots limpides, de nobles damoiselles et de valeureux chevaliers. Parfois on me contait des légendes que je rimais et que je mettais en musique. Et puis j'étais libre ! libre comme la brise qui faisait frémir le feuillage, et comme la mouette qui rasait du bout de son aile éblouissante le sillage lumineux de notre paquebot ! La destinée semblait m'oublier... je n'en souhaitais pas davantage : elle avait été si cruelle, chaque fois qu'elle s'était occupée de moi !

« Quand vint la mauvaise saison, c'est-à-dire quand la navigation du Rhin fut interrompue, je me retirai à Cologne, où je m'établis pour tout l'hiver. Là encore je fus tranquille et presque heureuse. Le jour je chantais pour les tables d'hôte des principaux hôtels de la ville ; le soir je me rendais successivement dans deux cafés qui me donnaient un prix fixe, ce qui m'épargnait l'humiliation de tendre la main, souffrance toujours grande pour moi en dépit de l'habitude ; j'étais aussi invitée parfois à quelques réunions particulières chez des gens qui aimaient ma voix et mes chansons. Les noces, les baptêmes, les anniversaires de naissance si religieusement fêtés en Allemagne, me voyaient souvent admise dans l'intérieur des familles

les plus respectables de la petite noblesse et de la bour-
geoisie. Peu à peu je perdis, au contact de ces natures
honnêtes, le souvenir des êtres pervers avec lesquels j'a-
vais vécu depuis mon enfance. Mon âme s'épura de nouveau ; des rêves plus calmes remplirent mon cerveau,
et je retrouvai comme une autre innocence dans l'engourdissement de mes sens amortis.

« Cependant, dès les premiers beaux jours du printemps, je me sentis prise d'un malaise indéfinissable, dans
lequel je reconnus bientôt le réveil de mes instincts no-
mades et de mes goûts inquiets. Je luttai pendant quelques
semaines contre mon penchant aux habitudes vagabondes ;
mais comme l'oiseau de passage qui se brise la tête contre
les barreaux de sa cage quand la saison du départ est re-
venue, il me fut impossible de résister plus longtemps à
l'impérieux besoin que j'éprouvais de développer de nouveau mes ailes ; et un jour que j'étais sur le quai de Cologne, suivant d'un œil rêveur et mélancolique les hirondelles qui se jouaient dans l'azur du ciel, ayant aperçu
dans l'éloignement les noirs tourbillons de fumée qui s'é-
levaient de la cheminée d'un bateau à vapeur, je courus
en toute hâte à mon petit logement, j'y fis un paquet de
mes hardes, et je revins sur le port avec une précipitation
telle, que j'oubliai d'aller retirer une petite somme d'argent, fruit de mes économies, que j'avais placée chez un
des banquiers de la ville.

« On ne saurait croire à quel point la vie au jour le jour
rend superstitieuse : je m'imaginais donc que ce serait un
grand malheur pour moi si je manquais à ce bateau à vapeur dont j'avais vu la fumée monter dans les nuages.

« J'arrivai au moment où la cloche donnait le dernier

signal du départ, et je me précipitai sur le pont comme si j'avais la pensée que je courais au-devant du bonheur et de la fortune.

« Le lendemain, dans l'après-midi, je débarquais à Rotterdam, cette Venise du nord qui a bien aussi sa poésie.

« Je consacrai ce second été à parcourir la Hollande, où je fus heureuse et tranquille comme je l'avais été sur les bords du Rhin et à Cologne.

« Au commencement de l'automne, je me rabattis sur la Belgique, toujours dans la pensée de me rapprocher des frontières de France. Pendant les mois de septembre et d'octobre, je visitai successivement Bruxelles, Anvers, Bruges et Gand, et le jour de la Toussaint, j'arrivai à Valenciennes.

« Quelques semaines après, le conducteur d'une petite charrette sur laquelle j'avais obtenu la permission de monter, me montra, du bout de son doigt, quelques masses noirâtres semblables à des tours et à des cloches qui se détachaient dans une brume épaisse, et il me dit :

— Voilà Paris !

« Ces sombrres fantômes, ce brouillard opaque, c'était donc Paris! il me sembla que toutes les douleurs de ma vie allaient recommencer... une vive souffrance se manifesta à mon cœur.

« Plus la petite charrette approchait, et plus la brume qui entourait les objets éloignés semblait s'épaissir. On eût dit parfois qu'elle se solidifiait au point que jamais un rayon de soleil ne pourrait parvenir à la percer.

« Des vapeurs infectes et des rumeurs sinistres s'élevaient du milieu de cette obscurité et montaient par bouffées d'odeurs et de sons jusqu'à moi.

« Nous arrivâmes à une espèce de barrière, et je vis se détacher dans l'ombre des formes humaines qui s'avancèrent près de notre rustique équipage.

« C'étaient des hommes armés de longues épées à la pointe acérée. Ils nous firent descendre assez rudement de notre charrette, et je les vis non sans surprise enfoncer plusieurs fois leur arme dans la paille sur laquelle j'étais étendue quelques secondes auparavant.

« Ce fut ainsi que je fis connaissance avec la capitale du monde civilisé.

« Mon conducteur m'ayant dit qu'il ne pouvait plus se charger de moi, je lui donnai quelques pièces de petite monnaie, puis nous nous séparâmes.

« J'aperçus sur ma droite une espèce d'avenue plantée de grands arbres, et je me figurai qu'elle devait conduire à quelque auberge où je pourrais prendre un peu de nourriture avant de m'aventurer dans la grande cité : je m'engageai donc dans cette avenue qui me paraissait d'ailleurs assez fréquentée par des hommes et des femmes appartenant généralement à la classe ouvrière.

« Quoiqu'il ne fut pas encore tard, le temps était si sombre qu'on eût dit qu'il faisait déjà nuit.

XVI

La barrière Blanche. — Une société chantante.

« Cette avenue, — continua Perdita, — me conduisit
à l'entrée d'une grille toute semblable à celle devant laquelle je m'étais séparée de l'homme à la charrette. Cette
grille était scellée dans deux pilastres de pierre jaune
d'une architecture lourde et prétentieuse : sur l'un de ces
pilastres on lisait en lettres grisâtres, tracées sur un fond
bleu d'azur foncé, ces deux mots :

BARRIÈRE BLANCHE.

« L'avenue que j'avais suivie se prolongeait au delà. Je
la parcourus encore l'espace d'une centaine de pas, toujours sans entrer dans la ville, et j'arrivai devant un petit
cabaret qui portait, au lieu d'enseigne, cette inscription en
majuscules des plus triomphantes :

AU RENDEZ-VOUS DES ROSSIGNOLS.

« Et plus bas, en caractères moins ambitieux.

« *Fait les repas de corps et autres, porte en ville, salons et cabinets de société, jeu de tonneau, jardin.*

« J'hésitai un instant; mais le jour baissait avec une rapidité inquiétante : je me décidai à franchir le seuil de cette maison et j'entrai.

« La cuisine, car la première pièce de ce cabaret servait de cuisine, offrait un aspect joyeux et animé. Sur les fourneaux, une immense quantité de morceaux de veau cuisaient, les uns aux carottes et les autres au jus, dans une foule de casseroles en cuivre que l'ardeur du feu avaient bleuies; devant la cheminée, un quartier de veau gigantesque tournait à une broche qui fléchissait sous le poids de ce rôti monstre; au-dessus de la flamme du foyer, une marmite colossale contenait dans ces vastes flancs une gibelotte formée d'une douzaine de lapins domestiques, dont les peaux fraîchement retournées pendaient au plafond, accrochées à autant de clous qu'il y avait de dépouilles. Le cabaretier et sa femme, l'un en bonnet de coton, l'autre coiffée d'un vieux foulard, et tous deux rouges, suants, haletants allaient du fourneau à la cheminée et des morceaux de veau à la gibelotte avec une sollicitude également empressée; enfin devant une table qui occupait le centre de ce grotesque pandœmonium, deux petits marmitons graisseux comme un vieux réverbère, épluchaient un amas de salade, qu'ils entassaient au fur et à mesure qu'elle sortait de leurs mains noires et luisantes dans divers saladiers de faïence plus ou moins ébréchés.

« Une porte pratiquée dans le fond de cette pièce ou-

vrait sur un simulacre de bosquet où les arbres étaient
figurés par d'énormes gribouillages de différents verts
exécutés sur une muraille café au lait : c'était le jardin de
l'établissement, promis sur l'enseigne.

« On voyait dans ce réduit privilégié plusieurs groupes
de buveurs attablés, consommant à qui mieux mieux du
veau, de la gibelotte et de la salade.

« Un escalier tournant conduisait à un *salon de société*,
situé à l'étage supérieur.

« De ce salon partait un murmure confus de paroles avi-
nées, de chocs de verres et de chants interrompus par de
gros rires.

« J'embrassai tous ces détails d'un seul coup d'œil : ils
n'avaient, vous en conviendrez, rien de bien rassurant
dans ma position.

« Aussi je me serais retirée furtivement, si la cabaretière,
qui m'avait aperçue, ne fût venue à moi d'un air assez
rogue, et ne m'avait dit :

— Qu'est-ce qu'il y a pour votre service, la belle ?

— Je voudrais avoir à dîner, Madame.

— Impossible pour le moment, ma fille. Nous avons là-
haut aujourd'hui le repas de corps de messieurs *les Rossignols*, et nous sommes dans le plus fort du coup de feu !
pas moyen donc de nous déranger pour vous servir...
allez chez le voisin, la troisième maison à main gauche.

« Et la cabaretière ajouta avec le sourire narquois de
l'aubergiste qui a sa maison pleine, et qui regarde avec
mépris ses rivaux moins heureux :

— Vous êtes bien sûre de ne pas trouver de presse où
je vous dis d'aller.

« Je me disposais à sortir, quand un individu, dont le .

débraillé se confondait d'une façon plus pittoresque que décente avec la serviette passée à sa boutonnière, descendit rapidement l'escalier tournant en criant à tue-tête :

— Ohé! ohé! Père Gibelotte, montez du veau là-haut pour dix-huit! *les rossignols*, demandent la becquée!

« Puis m'apercevant, il ajouta sur un diapazon plus élevé encore :

— Tiens, du sexe! et une fauvette! comme ça se trouve! arrivez là-haut, Fauvette de mon cœur! nous sommes tous amis, tous bons *zigs*, tous *loupeurs*, tous *licheurs*, tous *rossignols!* vous aurez de l'agrément!

« Et me prenant le bras avec cette ténacité d'ivrogne à laquelle il est si difficile de se soustraire, il me fit de force monter l'escalier, en hurlant :

— Ohé! ohé! les autres! vive la joie! j'amène du sexe, et du pas déchiré encore!

« Puis, quand nous fûmes arrivés au premier étage, il me poussa dans la salle du repas.

« Il y régnait une confusion et un tumulte dont je n'entreprendrai pas de vous donner une idée.

« Une vingtaine d'individus assis autour d'une table qui pliait sous le poids des verres et des bouteilles, beuglaient sans s'écouter et sans se répondre.

« L'un clapissait d'une voix de fausset :

> Le général Kléber
> A la barrière d'enfer,
> Rencontra un Prussien
> Qui lui montra le sien...
> Larifla, fla, fla
> Larifla, fla, fla,
> Larifla,
> Fla, fla!

«Une autre détonnait en basse taille :

> J' n'ai jamais fait fortune,
> Mais j'ai souvent *gouapé*,
> L' ventre au clair de la lune,
> Et... *l'dos* dans un fossé...

« Un troisième interrompait ce remarquable couplet pour hurler d'une voix de stentor.

> Moi j'suis un' viell' canaille
> Qui d'meure sur mon carré,
> Qui dit qu' j' suis une volaille
> Qu'il faut guillotiner !
> Tout ça pour la bêtise
> Qu'un soir étant pochard,
> En changeant de . . . . .
> . . . .
> Sur l'air du tra la, la,
> Sur l'air du tra la, la,
> Sur l'air du traderi dera
>   Tra la la.

« Enfin un quatrième dominait ce vacarme infernal, en mugissant, monté sur une chaise, dont il s'était fait une espèce de piédestal.

> Ah ! qu'on est fier d'être Frrrrançais
> Quand on regarde la colonne!!!

« Le rassemblement de ces prétendus *rossignols* était, à ce qu'il me parut, une société chantante ; mais à coup sûr et avant tout, c'était aussi une société *mangeante* et surtout *buvante*.

« Les sociétaires, dont les visages étaient allumés par le vin, et dont les costumes fort en désordre témoignaient du *laisser-aller* le plus excentrique, avaient pour la plupart des physionomies très-peu rassurantes.

— Ohé! ohé! les amis! — cria mon introducteur, qui s'était hâté de reprendre mon bras en s'apercevant de l'effroi que me causait ce spectacle, — soyons Français! soyons galants! honneur à la beauté! respect à la fauvette! *faites-y* une place à cette enfant que je viens de rencontrer dans le *bocage* de par là-dessous!

— De la place! il n'y en a plus! — répondit quelqu'un d'une voix rude.

— Tant pis! qu'on se serre! quand il n'y en a plus il y en a encore... d'ailleurs voilà une chaise qui est veuve pour le quart d'heure de son *propilliétaire*.

— A qui la place?

— A qui la chaise?

— Il y a quelqu'un qui manque!

— Qui ça?

— L'Amour!

— Tiens! l'Amour manque!

— Il abandonne les amis!

— Les fils de Bacchus, de Comus, de Momus et autres us!

— Les vrais *rossignols rossignolants!*

— C'est une trahison!

— Où est l'Amour?

— Que fait l'Amour?

— On demande l'Amour!!!

« Au moment où se croisaient avec un bruit effroyable, ces exclamations renvoyées de l'un à l'autre comme les balles d'un jeu de paume, un homme déjà vieux, dont la figure naturellement sinistre était momentanément égayée par un gros rire qui ouvrait d'une oreille à l'autre sa large bouche dégarnie de dents, apparut en haut de l'escalier. Cet homme portait des vêtements hideux de saleté et de délabrement, un feutre râpé et gras incliné sur la tempe droite, et une grosse canne à la main.

« Il s'arrêta sur la dernière marche, porta la main à son chapeau, en manière de salut militaire, et dit d'une voix enrouée par l'abus des liqueurs fortes :

— L'Amour demandé, présent ! *voilllà !*

— C'est lui ! c'est lui ! — s'écria-t-on de toutes parts avec une sorte d'enthousiasme.

— En personne naturelle ! — reprit-il. — Le roi des *flambards* et le dieu des *pochards !...* salut, mes fistons ! salut et fraternité ! *aboulez* un verre que je *suiffe,* à cette fin de rebadigeonner mon *ut* de poitrine, légèrement détérioré par le grand air !

— Le grand air !.. farceur d'Amour, va ! — interrompit quelqu'un.

— Pas de mauvaise plaisanterie, Larifla mon ami ! j'abomine le calembourg, quoique je le cultive avec succès dans mes moments perdus.

« Puis l'être ignoble, hideux, qu'on appelait l'Amour, s'approcha de la table, prit de la main gauche le verre qu'on lui tendait, saisit une bouteille de la main droite, et dit avec le geste et l'accent d'un colonel à la tête de sa troupe :

— Attention au commandement !

« Tous les convives se levèrent.

— Préparez-z-armes !

« Chacun prit comme l'Amour un verre de la main gauche et une bouteille de la main droite.

— Remplissez-z-armes !

« Tous les verres furent pleins jusqu'au bord dans un instant.

— En joue !

« Les coudes se trouvèrent à la hauteur de l'œil avec une précision militaire.

— Feu !

« Tous les verres furent vidés d'un trait.

— Bravo, *mes fistons !* — s'écria l'Amour. — En voilà *une exercice* bien exécutée ! je m'étonne que le gouvernement n'ait pas encore eu *la chose* de nous faire manœuvrer au Champ de Mars, pour faire voir à ses *piou-piou* comment que ça se patine ! mais il est si *gniole* ce gouvernement ! il est si *feignant ! propre à rien ! va !* je propose à l'honorable *socilliété* un second feu de peloton.

« Cette motion allait être accueillie avec enthousiasme, quand l'Amour m'apercevant, se dirigea tout droit sur moi, et dit en approchant son horrible figure de la mienne :

— Tiens ! une chanteuse ! et ficelée ! et qui a *l'truc* j'en ai *l'trac*. Comment donc que ça se fait que je ne l'aye jamais vue ?

« Comme ces dernières paroles semblaient s'adresser à moi, je crus devoir y répondre et je dis :

— J'arrive d'un long voyage, Monsieur; et je ne suis jamais venue à Paris.

— C'est donc ça !! car voyez-vous, la belle, je connais tout ce qui gazouille sur le pavé de Paris et de la banlieue. Très-*philarmonique* de ma nature, je suis le protecteur-né des entreprises musicales en plein vent, en général, et des *prima donna* de carrefour en particulier ! je leur procure toutes sortes de choses, et entre autre des engagements très-avantageux avec les directeurs des concerts des Champs-Élysées, moyennant une prime honnête ! Et des fois, quand les donzelles sont proprement *astiquées* comme vous, je les marie... au treizième !!!

« Et il se mit à déclamer d'une façon burlesque.

• On a vu des épiciers en gros entretenir des chanteuses.

— Je suis connu pour ça, *Bringuezingue (dit l'Amour)*. Mon quartier-général est boulevard Rochechouart, *Estaminet de la Grand'Pinte, au rendez-vous des francs lurons*. Ajoutez à ça que je suis un bon *zig, farceur, flâneur, soiffeur et licheur* à mort! plus de sexe *à l'antipode du vôtre*, à ce que dit mon acte de naissance, et vous aurez mes noms, prénoms, professions, qualités et domicile!

« Il s'arrèta pour avaler un grand verre de vin, et quand il l'eut vidé d'un trait, il reprit en désignant du doigt la guitare que je portais suspendue à mon cou :

— Maintenant, ma belle, soyez gentille, et pincez-nous subito de *l'accordéon* que voilà, en ramageant n'importe quoi avec accompagnement de roulades, gargouillades, et autres fioritures... Ça vous va-t-il? hein? Répondez, fauvette de mon cœur.

— Monsieur, je le voudrais, — répliquai-je ; — mais je suis épuisée de fatigue et de besoin, et dans cet état il me serait absolument impossible de...

— C'est juste! c'est juste! — s'écria l'homme qu'on appelait l'Amour : — à table d'abord, nous musiquerons après! ohé! vous autres, faites de la place à la *Prima donna!* je la mets à côté de moi! Garçon, du veau!

— Voillà, messieurs, voillà! — cria une voix dans la cuisine, et un intant après le cabaretier et ses deux marmitons apparurent chargés de plats d'où s'exhalaient en vapeurs épaisses les *parfums* mêlés du fricandeau et de la gibelotte.

— Le veau commandé pour dix-huit! — dit avec orgueil le chef en prenant des mains de ses marmitons les plats pour les poser sur la table.

« Le repas, quelques instants interrompu par mon arrivée et par l'entrée triomphale de l'Amour, recommença de plus belle, et avec lui le vacarme et les chansons discordantes.

« Tous ces hommes qui m'entouraient étaient des ouvriers de la plus basse classe du peuple, mais de ces ouvriers paresseux ou sans ouvrage, presqu'abrutis par la débauche et les excès, et retrouvant seulement au milieu des bouteilles vides et des verres cassés une verve grossière d'où s'échappaient quelques éclairs d'intelligence.

« Mon voisin l'Amour remplissait continuellement mon assiette et surtout mon verre, et il me forçait ensuite à vider ce dernier. Bientôt ce vin lourd et capiteux me porta à la tête, et je commençai à crier presque aussi fort que les plus bruyants d'entre les convives.

— Bravo! — s'écriait l'Amour... — La chanteuse se forme! Oh! nous en ferons quelque chose de *chouette* et de propre! je m'en pique un peu!

« Tout d'un coup il se leva et dit avec une gravité burlesque :

— Je demande la parole pour une chanson patriotique et frrrrançaise en l'honneur des cendres du grand homme.

— Accordé! accordé! — cria-t-on de toutes parts.

« L'Amour se hissa sur un escabeau chancelant, et chanta de sa voix enrouée :

> Le grand Napoléon
> Aimait beaucoup, dit-on,
> Boire un coup de picton
> Sur l'affût d'un canon!...

« Tous les convives reprirent avec accompagnement de verres et de couteaux sur la table :

> Larifla, fla fla,
> Larifla, fla fla
> Larifla,
> Fla fla !

« L'Amour continua :

> Cet Empereur fameux,
> Se trouvait très-heureux
> De fumer au bivouac,
> Sa pipe de tabac !

« Et le chœur entonna le refrain des *Larifla*.

— Bravo les rossignols ! — s'écria l'Amour. En voilà de l'harmonie et de la belle ! Maintenant honneur au sexe, c'est le tour de la fauvette. Faites silence pour l'entendre ! le premier qui pipe je lui casse la gueule. Voyons, fauvette, les amours de l'Amour, la première socilliété de France et d'*Algère* vous écoute ! en avant les flons-flons.

« Le silence s'établit plus facilement que je n'aurais cru en considérant l'état d'ivresse plus ou moins complète de tous ces hommes qui m'entouraient.

« Je me levai, et j'allai prendre ma guitare que j'avais déposée dans un des angles du *salon*.

« Pendant ce trajet je me sentis plusieurs fois chanceler, et il me sembla que tout tournait autour de moi.

« Cependant, quand je me mis à chanter, je reconnus que j'avais tous mes moyens, aussi ma voix impressionna-t-elle vivement et tout d'abord mon grossier auditoire. Je fus couverte d'applaudissements et accablée de félicitations ; l'enthousiasme n'avait pas de bornes, et ne se manifestait pas toujours d'une façon très-délicate, je dois en convenir : toutefois jusqu'alors je n'avais pas lieu d'être précisément mécontente de la manière dont on se conduisait envers moi : il est vrai que je n'avais plus toute ma raison.

« Malgré ce trouble de mon esprit, le souvenir de mes intérêts de chanteuse me revint à la mémoire, et je me mis résolument à faire une collecte comme j'en avais l'habitude chaque fois que je finissais de chanter.

« On applaudit à cette action comme on avait applaudi à ma musique, de sorte que je recueillis force gros sous, et même quelques petites pièces de monnaie d'argent.

« Quand ma ronde fut terminée, je nouai le produit dans un coin de mon mouchoir qui contenait déjà le surplus de ma petite fortune, et en venant me rasseoir je posai devant moi ce mouchoir sur la table.

« On me fit boire encore, et cette fois des liqueurs qui achevèrent de jeter le désordre dans mon cerveau. Bientôt mon exaltation devint telle que je m'associai avec ardeur à cette joie ignoble et grossière, qui m'avait d'abord causé tant d'horreur, d'effroi et de dégoût.

« On me demanda de chanter de nouveau, ce que je fis avec empressement, et alors l'enthousiasme devint de la frénésie, dépassa toutes les bornes! Si j'avais été de sang-froid je serais sans doute morte de frayeur.

« Quelqu'un proposa de me décerner une ovation.

« A l'instant même tous les convives furent debout en me criant de rester assise parce qu'ils voulaient me porter en triomphe.

« En effet quatre hommes me soulevèrent et me firent

faire plusieurs fois le tour de la table aux acclamations de toute l'assemblée.

« Au milieu de ces acclamations, une voix dominant toutes les autres cria :

— L'Amour est le roi des rossignols, et la fauvette en est la reine.

— Vive le roi !

— Vive la reine !

— Il faut les marier ! — cria une autre voix.

— C'est ça ! c'est ça ! bravo ! marions-les séance tenante ! ça sera joliment drôle ! — hurla toute l'assistance en battant des mains.

« Je commençai à avoir peur, malgré la demi-ivresse dans laquelle j'étais plongée.

— Adopté ! — dit l'Amour. — J'épouse et voici les arrhes du *matrimonium conjungo* !

« Il me prit dans ses bras sans que je pusse me défendre, et sa bouche visqueuse et fétide me donna un long baiser.

« Un effroyable dégoût s'empara de moi ! je perdis la tête, et tenant toujours ma guitare que je n'avais pas lâchée, je me jetai hors de ce bouge, je descendis rapidement l'escalier, et traversant la cuisine en deux enjambées, je me sauvai dans la rue poursuivie par les clameurs et les imprécations des *Rossignols* ivres.

« Aucun d'eux, heureusement n'eut l'idée de courir après moi, ce qui fit que je me rassurai bientôt.

« La nuit était tout à fait venue.

« A la lueur d'un reverbère, je reconnus la *Barrière Blanche* et je la franchis.

« J'étais dans Paris, marchant au hasard, sans nul

souci d'être écrasée par les voitures qui se croisaient autour de moi.

« L'air du dehors avait augmenté mon ivresse naissante : je ne savais pas ce que je faisais... je ne savais pas où j'allais et je ne m'en inquiétais point.

XVII

Les deux lanternes.

Perdita s'étant interrompue un moment pour reprendre haleine, Mirabelle, qui épiait un silence pour placer son mot, profita de ce temps d'arrêt avec sa dextérité ordinaire, et s'écria d'un ton d'enthousiasme où dominait une franche jovialité.

— Nom d'un petit bonhomme! que c'est drôle! que c'est drôle! et s'il m'en arrivait autant je serais joliment contente! Être portée par quatre hommes comme feu M. de Malbroug, c'est ça qu'on peut appeler de la chance! Je veux absolument aller dîner un jour chez le père Gibelotte, pour savoir si on voudra aussi me marier *au treizième* avec l'Amour, pour une fois je n'en mourrai pas, et au moins je verrai du nouveau, et...

— Je ne vous conseille pas de suivre cette inspiration, — interrompit Perdita avec un douloureux sourire.

— Oh! je n'aurais pas peur! — repartit vivement Mirabelle. — Après tout, ces *rossignols* ne sont que des

hommes comme les autres... Mais à propos, — reprit-elle,
— il y a dans toute votre affaire quelque chose que je ne
comprends pas bien...

— Et c'est? — demanda Perdita.

— C'est que vous ayez pu vous rappeler aussi parfaitement toutes les paroles et toutes les chansons de ces
gens-là. Il faut que vous soyez douée d'une fameuse mémoire, si vous n'inventez pas un peu.

— Hélas ! Madame, ce fait qui vous étonne s'explique
par une circonstance bien triste pour moi... j'ai été souvent témoin depuis lors de scènes toutes semblables à
celle que je vous ai retracée... et j'ai maintes fois entendu
les mêmes discours grossiers et les mêmes refrains obscènes.

Après cet éclaircissement Perdita continua en ces
termes :

« Je me trouvais donc dans Paris, marchant tout droit
devant moi, sans même songer à m'enquérir auprès d'un
passant du point où pouvaient aboutir les rues que je
suivais machinalement : mon indifférence à cet égard ne
saurait, je l'ai toujours pensé, s'expliquer que par le
trouble d'esprit auquel j'étais en proie.

« L'air froid du soir avait, comme je vous l'ai dit tout
à l'heure, augmenté singulièrement mon ivresse. Il me
semblait que le sol tremblait sous mes pieds, que les
maisons tournaient autour de moi; je n'avais nulle conscience du temps écoulé et de la distance parcourue : je
ne saurais comparer cet état qu'à celui d'une personne
qui aurait longtemps dormi en voiture pendant la nuit :
vous savez tous ce que je veux dire.

« Quand je commençai à me rendre compte de ma

situation, je me vis assise sur une borne à l'entrée d'une espèce de ruelle sombre et déserte.

« Le brouillard de la journée était devenu une de ces pluies fines et serrées qui mouillent plus vite et plus profondément qu'une averse, et je sentis que mes membres mal protégés par mes vêtements légers étaient douloureusement engourdis par le froid.

« Je laissai errer mes regards autour de moi, et à travers l'atmosphère épaisse qui m'environnait, je vis à peu de distance de la borne sur laquelle j'étais assise, et dans la ruelle sombre et déserte dont je vous ai parlé, une petite lanterne blanche portant sur un de ses verres dépolis, ces mots tracés en lettres noires :

ON LOGE A LA NUIT.

Cette lanterne que les rafales du vent faisaient vaciller de temps en temps, était suspendue à un crochet de fer au-dessus d'une porte bâtarde.

« Cette porte était fermée et on ne voyait briller aucune lumière dans l'intérieur de la maison, dont l'aspect était pauvre et triste.

« Néanmoins, comme j'avais retrouvé assez de bon sens pour comprendre la nécessité de me procurer un gîte, je m'approchai de cette maison, et je soulevai le marteau de la porte, qui retomba en rendant un son lugubre et prolongé.

« Presqu'aussitôt j'entendis traîner le pas lourd d'une personne qui descendait un escalier intérieur.

« On tira ensuite des verroux, on fit basculer une énorme barre de fer, et quand la porte fut ouverte je me trouvai en face d'un gros homme coiffé d'une vieille casquette de loutre toute pelée, et portant à la main une lampe fumeuse qu'il s'empressa de me mettre sous le nez, sans doute pour mieux m'examiner.

« Il me fit entrer et repoussa la porte derrière nous, mais il s'arrêta au bas de l'escalier et recommença à me toiser des pieds à la tête en promenant sa lampe du bas en haut.

— Qu'est-ce que vous voulez ? — me demanda-t-il enfin de cette voix traînante et pâteuse d'une personne à moitié endormie et qu'on a réveillée brusquement.

— Je voudrais passer la nuit ici, si c'est possible, Monsieur, — répondis-je.

— C'est possible, si vous avez des papiers en règle : montrez-moi ça.

« Je cherchai dans ma poche le passe-port qu'on m'avait délivré à Munich, et je le tendis à cet homme, que je supposai être le portier ou le régisseur de la maison.

« Il l'examina légèrement et tout à fait pour la forme, puis il me le rendit en me disant :

— C'est en ordre, on peut vous recevoir : maintenant allongez le *quibus*.

— Le *quibus!* — dis-je étonnée.

— *Quarante centimes*, huit sous. On paye d'avance, c'est la règle de la maison.

« Je fouillai dans ma poche avec autant de vivacité que d'assurance... Je ne trouvai rien !

« Je cherchai mieux, et plus vite encore, mais avec un commencement de vague inquiétude, et je me souvins alors que j'avais oublié mon mouchoir et tout ce qu'il contenait sur la table *du cabaret des rossignols*, au moment de ma fuite précipitée.

— Mon Dieu ! mon Dieu ! Monsieur, — m'écriai-je, — je n'ai pas d'argent.

— Ah! ah! — fit l'homme à la casquette de loutre : — en ce cas demi-tour à gauche et...

— Mais je l'ai perdu! oublié! je sais où! demain j'en gagnerai d'autre! — interrompis-je avec désespoir.

— Connu, ma fille! parfaitement connu, — répondit le gros homme d'un ton goguenard : — je suis un vieux lapin, moi, et je sais toutes les *rubriques* depuis A jusqu'à Z. Il faut donc se lever plus matin que ça pour me faire voir le tour : Allons, la belle, *décanillez!*

— Mais, Monsieur, où voulez-vous que je couche cette nuit? j'arrive et je n'ai pas d'asile...

— Est-ce que ça me regarde? — interrompit-il à son tour. — Quarante centimes, ou *nisco brisco*, je ne connais que ça! et puis d'ailleurs, dans tous les cas, j'aime autant que vous filiez : quand je reçois des femmes au-dessous de quarante-neuf ans, les hommes se..... fichent des coups de couteau dans le ventre, ce qui n'est pas amusant à cause de la police. Ainsi dépêchez-vous, et jouez-moi *la fille de l'air* avec accompagnement de *gui-bolles!* Il est tard, et je veux me coucher. Bonsoir, bien des choses chez vous!

« Je sortis désespérée, et j'entendis la porte se refermer impitoyablement derrière moi.

« Que devenir? que faire? je me posai ces deux terribles questions qui me rappelèrent les jours les plus douloureux de ma vie passée.

« Retourner au cabaret chercher mon argent, il n'y fallait pas songer.

« D'abord, il me semblait impossible de retrouver mon chemin, puisque j'avais toujours marché au hasard depuis l'instant de ma fuite.

« D'ailleurs, pour rien au monde, je n'aurais voulu affronter de nouveau la hideuse cohue d'hommes ivres que j'avais laissée près de la barrière Blanche.

« Pendant le quart d'heure environ que j'avais passé chez le logeur, la pluie était devenue encore plus fine, plus serrée, plus pénétrante, et elle ne tarda pas à glacer de nouveau mes membres brisés de fatigue.

« Je restai un moment immobile devant cette porte in-hospitalière. Je n'avais pas l'espoir qu'elle se rouvrirait, mais je ne me sentais pas la force de m'éloigner.

« Enfin je quittai la ruelle, et après avoir erré quelque temps à droite et à gauche j'arrivai dans des quartiers plus populeux et plus bruyants que ceux que j'avais tra-versés jusqu'alors.

« Les lumières m'éblouissaient; les voitures m'étour-dissaient; la foule qui s'agitait autour de moi me donnait comme une espèce de vertige.

« Je me disais qu'au milieu de tous ces hommes et de toutes ces femmes qui m'environnaient, il n'y avait pas un être qui s'intéressât à ma destinée.

« J'eus un instant l'idée d'entrer dans un café, pour essayer de gagner quelques sous en chantant.

« Mais les cordes mouillées et détendues de ma guitare me refusèrent le service, et je dus renoncer à cette der-nière ressource.

« Je tendis timidement la main à quelques passants... ceux qui ne se détournèrent pas avec dégoût s'éloignèrent avec indifférence.

« Les premiers pensaient sans doute que je faisais là un vilain métier, et les autres que j'avais tort de n'en pas faire un plus vilain encore.

« Peu à peu les rues devinrent moins fréquentées et les voitures plus rares : alors les boutiques se fermèrent successivement, et le gaz des lanternes publiques ne jeta plus que de lointaines et tremblantes lueurs dans l'obscurité.

« Je m'adossai à une muraille, et la tête baissée j'attendis dans une sorte de torpeur et d'engourdissement.

« Je ne pensais pas... il me serait même impossible de dire si je souffrais.

« J'ignore combien de temps je restai dans cet état.

« Tout ce que je sais, c'est que j'en fus tirée par un bruit de voix animées et joyeuses.

« En même temps j'aperçus trois jeunes gens qui s'avançaient de mon côté en se tenant le bras : ils causaient et chantaient tour à tour. Celui du milieu portait un parapluie, sous lequel s'abritaient tant bien que mal les deux autres.

XVIII

Les deux lanternes (*suite*).

« Ces trois jeunes gens me virent et s'arrêtèrent devant moi, — reprit Perdita.

— Tiens! — dit l'un d'eux en se détachant du groupe : — une femme!

— C'est ma foi vrai, — ajouta un autre, — qu'est-ce qu'elle peut faire là à cette heure.

— C'est une chanteuse ambulante, — continua le troisième en venant se joindre aux deux premiers déjà à mes côtés : — voyez plutôt son costume.

— Elle est jeune!

— Et jolie!

— Très-jolie même !

« Ces trois exclamations furent successivement prononcées par les trois jeunes gens qui vinrent à tour de rôle effleurer ma joue pour m'examiner de plus près.

— Que faites-vous là, jeune *banquiste?* — me demanda l'un d'eux en me passant la main sous le menton.

« Mon gosier était contracté par le froid et le désespoir; mes dents claquaient violemment; je n'eus que la force de murmurer d'une voix à peine intelligible :

— Je suis transie!

— Pardieu! je le crois bien, — répondit le jeune homme qui m'avait interrogée. — Rester dehors par le temps qu'il fait! Venez avec nous, nous vous réchaufferons.

« L'idée d'avoir un gîte pour cette nuit qui avait commencé si triste et si effrayante pour moi, fut la seule qui se présenta en ce moment à mon esprit troublé.

— Je veux bien vous suivre... — balbutiai-je... — je ne sais où me réfugier pour la nuit.

— Elle est aimable! — s'écrièrent en riant les trois jeunes gens.

— Voyons, où la menons-nous? — reprit l'un d'eux en s'adressant à ses compagnons. — A l'hôtel?

— Gardons-nous-en bien! on nous donnerait congé demain : les femmes ne sont pas reçues après minuit.

— Ah! diable!

— Comment faire?

— C'est embarrassant...

— Si nous la conduisions... vous savez bien...

— Tiens! c'est une idée... nous rirons.

— Eh bien! tenons-nous-en à elle.

— Maintenant il nous faudrait une voiture.

— J'en entends rouler une : elle viendra peut-être de notre côté.

« Ils se turent et attendirent en prêtant l'oreille.

« Le roulement de la voiture devint plus distinct, et bientôt un fiacre attardé déboucha d'une rue voisine.

« L'un des jeunes gens lui cria d'arrêter ;

« L'autre courut ouvrir la portière, puis il alla dire quelques mots à l'oreille du cocher qui était resté sur son siége ;

« Le dernier m'offrit le bras et m'aida à escalader le marchepied boueux et glissant.

« Tous les trois prirent place à côté de moi ou vis-à-vis.

« La voiture s'ébranla lentement, et après avoir cheminé pendant quelques minutes dans des rues tout à fait désertes, elle s'arrêta devant une maison dont la porte cochère était surmonté d'un transparent qui étalait sur sa face principale un numéro, dont les chiffres avaient près d'un pied de haut.

« Cette porte ouvrait sur une longue allée, à l'entrée de laquelle se tenait une vieille femme en tablier blanc.

« L'allée était noire dans les trois quarts de sa longueur : au fond, un quinquet mourant indiquait confusément la naissance d'un escalier.

« Nous descendîmes tous quatre du fiacre qui fut payé et renvoyé.

— Bonsoir, monsieur Victor, — dit la femme de la porte après avoir regardé attentivement les trois jeunes gens. — Vous êtes bien en retard, ce soir.

« Puis, m'apercevant, elle ajouta aussitôt :

— Qu'est-ce que c'est que celle-là ? elle n'est pas de chez nous. Vous ne pouvez pas la faire entrer sans parler à Madame.

— Tiens, la vieille, et tais-toi, — répliqua un des jeunes gens en jetant une pièce d'argent à la femme. —

Maintenant, laisse-nous passer : la petite est morte de froid. Y a-t-il une chambre ?

— Une seule, le n° 8... tout le reste est pris.

— Va pour le n° 8 ; mais vite, un grand feu, de la lu-lumière, un bischoff et des cigares ; leste et preste ! nous attendrons au salon.

— C'est bon ! aussi bien je n'ai plus besoin de *faire mon quart*, puisqu'il n'y a plus de place à prendre. Je vais fermer la porte et on n'ouvrira plus, ainsi vous serez aussi tranquilles que si vous étiez chez vous.

« Tandis que nous montions l'escalier, j'entendis tourner une grossse clef dans la serrure, mettre une lourde barre de ferre et pousser des verroux.

« Nous entrâmes, au premier étage, dans une vaste pièce éclairée par trois ou quatre lampes posées sur des tables ou des consoles. Un tapis d'une épaisseur extraordinaire couvrait le plancher. De distance en distance on voyait des divans larges et bas sur lesquels étaient jetés confusément quelques objets de toilette, tels qu'écharpes, châles, mantilles, gants et peignes. Un piano en palissandre occupait, tout ouvert, un des coins de l'appartement. Sur la tablette de la cheminée étaient posés des verres de différentes formes, et de deux ou trois bouteilles de vin-de Champagne, vides. Un reste de feu s'éteignait lentement dans les cendres amoncelées du foyer.

« L'atmosphère de ce salon était chaude, lourde, énervante... elle était en outre imprégnée d'une senteur particulière, d'une sorte de parfum âcre, pénétrant, capiteux pour ainsi dire, qui portait à la tête, prenait à la gorge, et dans lequel dominait les émanations nauséabondes et fades du masc et du patchouli.

« Je fus frappée d'abord du silence qui régnait dans cette maison ; mais bientôt je remarquai qu'il était interrompu de temps en temps par un mot entrecoupé ou un brusque éclat de rire qui arrivait jusqu'à mon oreille à travers une cloison.

« Au bout d'un instant, la vieille femme entra et dit :

— Le n° 8 est prêt; vous pouvez monter. J'espère que je ne vous ai pas fait attendre. Il ne faudra pas oublier la *petite* bonne.

« Je suivis machinalement les trois jeunes gens, ne me rendant pas compte de ce que faisais, ou confusément imbue de la pensée qu'ils allaient me conduire dans un gîte où ils me laisseraient ensuite me reposer tout à mon aise.

« Nous entrâmes, au second étage, dans une pièce beaucoup plus petite que celle que nous venions de quitter.

« Cette chambre, tendue d'une étoffe de couleur sombre, et joyeusement éclairée par un grand feu et par plusieurs bougies fichées de travers dans des espèces de candélabres, avait pour tout mobilier un vaste lit, un grand fauteuil et un large divan : sur la muraille pendaient, de distance en distance, dans leurs cadres de bois dorés, des gravures noires et enluminées, dont les sujets me contraignirent à baisser les yeux.

« Un immense bol rempli de vin chaud fumait sur la cheminée, entouré de quelques verres à pied.

« Je me laissai tomber dans le grand fauteuil placé à l'un des angles de la cheminée, et je fermai les yeux, moins dans l'espoir de m'assoupir, que pour cesser de voir les objets qui m'environnaient, et cependant je ne comprenais rien de ce qui se passait.

— Buvez un verre de ce bischoff brûlant ; cela vous remettra, ma petite, — me dit le jeune homme que la vieille femme avait appelé monsieur Victor.

« Je pris le verre qu'il me tendait sans savoir ce que je faisais, et je l'avalai tout d'un trait.

« Ce vin, très-fortement épicé, me porta à la tête et entretint mon ivresse qui commençait à se dissiper.

« Je laissais retomber sur mes yeux incertains mes paupières alourdies, et ce ne fut que comme dans le vague d'un rêve que j'entendis la conversation que je vais vous rapporter.

— Maintenant, — dit l'un des jeunes gens, — il s'agit de savoir lequel de nous le premier...

« Ici quelques mots furent prononcés à voix si basse que je ne les entendis pas, et l'engourdissement de mon esprit était tel que l'idée ne me vint pas de chercher à les deviner.

— Eh bien ! tirons au sort, — reprit un autre.

— C'est cela !

— Mais comment ?

— A la plus belle lettre.

— Nous n'avons pas de livre.

— A la courte paille ?

— Nous n'avons pas de paille.

— Au doigt mouillé ?

— On triche trop facilement.

— Alors au *premier as de cœur ?*

— Mais il faut des cartes.

— J'en ai justement un jeu dans ma poche.

— Va pour *l'as de cœur*.

« C'était celui qu'on appelait Victor qui avait fait la proposition. Il tira le jeu de sa poche, le mêla et commença à le distribuer à ses camarades et à lui.

« Comme il n'y avait pas de table dans la chambre, l'opération avait lieu sur le divan.

« Le mot de *cartes*, en arrivant à mon oreille avait causé une sensation douloureuse à mon cœur, et mes yeux subitement, rouverts, se mirent à regarder ce qui se passait.

« D'abord je ne compris rien, grâce à la torpeur morale dans laquelle j'étais comme abîmée : peu à peu mes idées s'éclaircirent, et en voyant ces hommes couchés sur des cartes qui tombaient l'une après l'autre, je me rappelai confusément cette terrible partie jouée par Stéphen et le comte de Fly.

— L'*As de cœur !* — s'écria Victor. Maintenant, Messieurs, entre vous le débat.

— La revanche ! — dit l'un des jeunes gens.

— Je n'ai pas de revanche à donner : voyez qui de vous deux viendra après moi.

« La partie recommença entre les deux autres jeunes gens, et Victor continua a tourner les cartes, mais pour le compte de ses amis.

— A toi, Charles, l'*As de cœur !* c'est ce pauvre Frédéric qui viendra le dernier.

— Ça n'est pas drôle ! — repartit celui qu'on venait de nommer Frédéric.

« Les jeunes gens traînèrent le divan auprès de la cheminée, et deux d'entre eux s'étendirent sur ses coussins.

« Victor, lui, vint s'asseoir sur le bras de mon fauteuil.

puis il me prit la taille brusquement et il se mit à m'embrasser.

« Cette action familière me surprit comme s'il était impossible que je m'y fusse attendue, et je repoussai l'insolent qui l'avait commise.

— Ah! çà, ma belle, me dit-il, qu'est-ce que c'est que cette mauvaise plaisanterie-là? Est-ce que tu voudrais nous voler, par hasard?

« Et il se remit sur le bras de mon fauteuil.

« Je le repoussai de nouveau en m'écriant :

— Laissez-moi, Monsieur! je ne vous ai pas donné le droit de m'insulter!

— T'insulter! religieuse de rempart! le mot est joli! tu es venue ici de ton plein gré, et ma foi! tu n'en sortira pas sans...

— Ici!... — interrompis-je : — mais où suis-je donc, mon Dieu?

— Tu ne le sais peut-être pas? — répondit-il en ricanant. — Quelle bonne *blague!*

— Non, je ne le sais pas!

— Ta parole! pudique enfant!

— Je vous le jure!

— Eh bien! il est juste que tu le saches... Tu es dans une de ces maisons honnêtes qu'on appelle des...

« Il prononça un mot que je ne compris point, mais qui me fit pousser instinctivement une exclamation d'effroi et de dégoût.

— Je veux sortir d'ici! — m'écriai-je en me levant. — Je veux m'en aller à l'instant même.

— Crois ça, — me dit-il, — crois ça que tu vas t'en aller... Bois de l'eau et tâche qu'elle soit claire.

« Et il me prit à bras le corps!

« Je m'arrachai à cette première étreinte, et je me réfugiai dans un coin de la chambre; il m'y poursuivit, parvint à me ressaisir, et voulut m'entraîner je ne sais où.

« Une lutte commença... lutte bruyante que les deux compagnons de Victor regardaient en riant à gorge déployée, bien que je les eusse appelés à mon secours.

« Au bruit que nous fîmes, la vieille femme qui nous avait introduits dans la maison entra dans la chambre.

— Aurez-vous bientôt fini votre sabbat? — demanda-t-elle. — Madame vous fait dire de vous taire: vous allez réveiller toute la maison, sans compter que si la patrouille passait, nous pourrions avoir de l'ennui.

— Je veux sortir d'ici! je veux m'en aller! — répétai-je en poussant des cris de désespoir.

— Qu'est-ce qui fait donc tout ce tapage? dit une grosse voix dans l'escalier. — *Je vas* vous fermer *la gueule*, mes amours.

« En même temps parut sur le seuil une énorme créature en camisole blanche, tenant un bougeoir à la main.

« Je courus à elle en criant:

— Sauvez-moi! sauvez-moi!

« Mais presqu'aussitôt je reculai épouvantée et je sentis la pâleur de la mort s'étendre sur mon visage!

« Cette femme dont je venais d'implorer la protection était l'infâme mégère cause première de tous mes malheurs... cette femme était la Gouâpe!

« Elle ne me reconnut pas quoiqu'elle me regardât avec attention, puis elle dit:

— L'oiseau est joli... Si vous voulez, ma fille, — ajouta-t-elle, — je vous offre *la pâtée et la niche à perpétuité*, c'est-à-dire jusqu'à ce que vous alliez à *Saint-Lazare* ou à *l'Oursine.*

« Je compris que je n'avais rien à espérer de cette hideuse et perverse créature, et je gardai le silence.

— Dites donc, mes gaillards, — reprit-elle en s'adressant aux trois jeunes gens, — trois coqs pour une poule, je ne peux pas permettre ça du premier coup, vu que c'est contraire aux usages de la maison... mais nous pouvons nous arranger *à la douce :* le prix de la chambre est de vingt francs pour la nuit.... donnez-en quarante, je ferme l'œil et je m'évapore.

— Je n'en aurai pas le démenti ! — répondit Victor avec une sorte de rage concentrée. — Va pour quarante francs !

« Et il jeta huit pièces de cent sous à la mégère qui sortit en grommelant.

— Bonne nuit, les amours ! Petite, vous réfléchirez à ma proposition, et vous me rendrez réponse demain matin : la nuit porte conseil.

« A peine la Gouâpe eut-elle quitté la chambre, que Victor repoussa violemment la porte, mit la clef dans sa poche, et me dit avec un rire railleur et colère tout à la fois :

— A présent nous allons voir, ma Jeanne d'Arc ! faut d'la vertu, pas trop n'en faut ! c'est bon *de faire sa tête* cinq minutes, mais quand ça se prolonge trop, ça devient fastidieux et *embêtant* en diable ! Voyons, sommes-nous enfin disposée à capituler de bonne grâce ?

— Et en prononçant ces derniers mots, il fit quelques pas pour se rapprocher de l'angle de la cheminée près duquel j'étais debout et immobile, mais résolue à me défendre jusqu'à la dernière extrémité.

« Avant qu'il fut arrivé jusqu'à moi, j'avais arraché les deux ou trois bougies qui garnissaient le candelabre le plus à la portée de ma main, et le saisissant par une de ses branches, je le fis tournoyer au-dessus de mon front.

— Le premier qui me touche, je le tue! — m'écriai-je.

« Et toujours protégée par mon arme que je brandissais, je pus gagner un des angles de l'appartement où l'on ne pouvait m'attaquer que de face.

« Sans doute la fermeté de ma voix et la résolution désespérée de mon attitude, impressionnèrent les trois jeunes gens, car ils ne cherchèrent pas à inquiéter ma retraite. Victor cependant hésita un moment; puis il se laissa tomber sur le divan, et prenant un verre, il le remplit de bischoff, et le vida deux fois coup sur coup.

« Je restai dans un coin muette, immobile, mais toujours debout et menaçante : le succès de ma première tentative de résistance, en me rendant un peu d'espoir, avait exalté mon courage au plus haut degré.

« Les deux compagnons de Victor s'étaient mis à boire avec lui, et tous trois fumaient en buvant.

« De temps en temps ils me regardaient à la dérobée ; puis il s'entretenaient à voix basse comme des gens qui organisent un complot.

« Quand le bol de vin chaud fut à peu près vide, Victor sonna la vieille femme et lui dit de le remplir une seconde fois, ce qui fut fait immédiatement. Après cette opération la porte fut de nouveau fermée à clef.

« Deux heures qui me parurent deux siècles s'écoulèrent ainsi! je n'en pouvais plus de fatigue! je sentais aussi le sommeil paralyser mes volontés et engourdir mes membres! deux ou trois fois déjà j'avais succombé à un irrésistible assoupissement, mais je m'étais à la minute même éveillée en sursaut.

« Je luttais péniblement contre ces trahisons de ma nature, quand les trois jeunes gens se mirent à causer avec plus de vivacité, et par conséquent avec moins de prudence. Je prêtai l'oreille avec une anxiété et une attention que vous pouvez vous imaginer, et il me sembla comprendre par quelques phrases qui vinrent jusqu'à moi, que les deux compagnons de Victor le raillaient de sa pusillanimité.

« Sans doute le vin chaud commençait à produire son effet sur eux et sur lui.

« Tout à coup Victor se leva du divan, fit un geste d'une résolution farouche et vint droit à moi.

« Vaincue par la fatigue, je m'étais à moitié accroupie, mais d'un bond je fus sur mes jambes, et mon bras levé menaça de nouveau.

— Le premier qui me touche, je le tue! — dis-je en répétant la phrase qui m'avait réussi une première fois.

« Victor avança encore.

— Par pitié, Monsieur, pas un pas de plus! — dis-je d'une voix suppliante.

« Il avançait toujours, les bras tendus en avant pour m'enlacer ou tâcher de s'emparer de mon arme.

« Ses compagnons s'étaient levés en même temps que lui, et longeant les murs ils semblaient vouloir me surprendre par côté.

« Victor me touchait presque!

« Les deux autres se rapprochaient aussi d'une manière inquiétante!

« Je fermai les yeux et je frappai!

« Victor poussa un cri! puis il battit par deux fois l'air de ses bras étendus et il tomba lourdement à la renverse comme si le coup qu'il avait reçu était mortel.

« Je le regardai : il était d'une pâleur effrayante, et le sang jaillissait de son crâne entr'ouvert.

« Je crus l'avoir tué, et malgré la légitimité de ma défense j'eus peur.

— Au secours! à l'assassin! — crièrent ses compagnons effarés, épouvantés, en courant à la porte qu'ils essayèrent vainement d'ouvrir.

« La clef était dans la poche de Victor : ils le fouillèrent, et la porte fut ouverte. Alors penchés sur la rampe de l'escalier, ils recommencèrent à crier de nouveau :

— Au secours! au secours!

— Qu'est-ce qu'il y a donc encore? — dit au bout d'un instant la grosse voix de la Gouâpe, qui, cette fois, arriva presque nue.

— Cette fille vient d'assassiner Victor ! Envoyez chercher la garde! le commissaire de police! les gendarmes! et vite! et vite!

« J'étais anéantie! mes genoux fléchissaient sous moi en s'entre-choquant! les battements de mon cœur étaient si violents que je pouvais les entendre.

— La garde! le commissaire de police! les gendarmes? — répéta la Gouâpe : — Rien que ça, excusez! moi, je ne vas pas si vite en besogne, mes petits amours, ajouta-t-elle avec un imperturbable sang-froid. Voyons d'abord ce qu'il a ce garçon.

« Et elle se pencha sur le corps étendu pour l'examiner de plus près.

— La garde! la garde! criaient toujours les deux jeunes

gens, en me lançant des regards brillants de colère et de menace.

— Minute, minute, mes amours! — reprit la Gouâpe après un minutieux examen. — La garde chez moi! merci! ça ferait un beau train dans le quartier! La garde! et pourquoi faire s'il vous plaît? parce que ce moutard a reçu une torgniole; oui, une torgniole, et pas autre chose! il n'est qu'étourdi : mettez sur la blessure un peu de baudruche (il n'en manque pas ici), dans deux jours il n'y paraîtra plus... ah bien oui, la garde! pour décrier ma maison!

« Puis se tournant vers moi, la Gouâpe ajouta d'une ix courroucée et en accompagnant ces paroles d'un geste très-significatif :

— Quant à toi, musicienne de malheur, *fiche-moi le camp,* et un peu vite! A-t-on vu une mijaurée comme ça qui vient mettre le désordre dans les maisons honnêtes! allons, en route, que je voye comme tes talons sont faits! mais souviens-toi de ne jamais me montrer tes orteils.

« Je ne me fis pas répéter cet ordre et cette défense, et reprenant à la hâte ma guitare et mon tambour de basque, je descendis quatre à quatre les deux étages, escortée par les malédictions de la vieille servante.

« Quand j'arrivai dans la rue, le jour naissait, et quelques boutiquiers matineux enlevaient les devantures de leurs magasins.

— Tiens! — dit l'un de ces hommes à ses voisins, — regardez donc *cette fille* qui sort à cette heure et dans ce costume. Elle va se faire pincer, bien sûr, par le premier sergent de ville qu'elle rencontrera sur son chemin.

« Heureuse, comme on le comprendra facilement, d'être enfin sortie de ce lieu infâme, je m'éloignai rapidement, sans écouter ce qu'on disait de moi; sans songer même à regarder le nom de la rue et le numéro de la maison que je quittais.

XIX

Les armoiries.

« Je touche au terme de mon douloureux récit, — continua Perdita. — Dans un instant j'aurai tout dit, et vous comprendrez alors pourquoi, dans quel but, dans quelle espérance je vous ai si longuement fatigués d'une si longue histoire... je ne vous demande plus que quelques minutes d'attention.

« Après ma fuite de l'infâme maison tenue par la Gouàpe, je ne fus pas arrêtée par les sergents de ville comme les passants me l'avaient prédit. J'eus même la bonne chance de rencontrer une brave femme qui m'invita à venir me chauffer chez elle et me donna à déjeuner. Pendant les deux heures que je passai au coin de son foyer, je pus faire sécher mes vêtements que j'avais gardée toute la nuit mouillés sur mon corps. Quand je la quittai il était environ midi; le soleil brillait, le ciel était pur : je sentis peu à peu le calme et la résignatien rentrer dans mon cœur.

« Je repris le jour même mon métier de chanteuse des rues, et avec mes ballades, ma guitare et mon tambour de basque, je vins à bout sans trop de peine de gagner pendant quelques semaines mon pain de chaque jour : je n'en demandais pas davantage au sort, toujours si rude pour moi! mais ce vœu modeste lui-même ne fut pas constamment exaucé... les mauvais temps arrivaient, mes petites recettes diminuaient par degrés, et bientôt elles furent à peu près nulles.

« Ces humbles et précaires ressources venant à me manquer tout à fait, on me mit impitoyablement à la porte du pauvre garni que j'habitais, et je me trouvai de nouveau sans pain, sans asile, et plus découragée que jamais, parce que la multiplicité et la persistance de mes infortunes avaient peu à peu usé toute mon énergie morale. Si vous récapitulez tout ce que j'ai souffert depuis que je suis au monde, vous comprendrez qu'il ne me restait plus la force de souffrir davantage.

« Je ne rougis pas de le dire, parce qu'il peut y avoir un côté utile à mon aveu; mais la misère, les privations, ma haine pour le sort qui me persécutait avec tant d'acharnement, l'habitude de recevoir chaque jour des humiliations et des insultes, avaient peu à peu altéré ma nature fière, et je sentais avec horreur la dégradation s'infiltrer lentement dans tout mon être, sans avoir cependant la force de la combattre... J'en étais venue au point, le croiriez-vous bien, de me surprendre quelquefois cherchant dans ma mémoire à me rappeler quelque chose de la rue où était située l'infâme maison de la Gouâpe ! Si j'en avais trouvé la porte ouverte devant moi, en certains moments, je n'ose pas répondre que j'eusse détourné la tête... Aussi, honte! mille fois honté à ceux qui m'abandonnèrent dans mon enfance! et malédiction! mille fois malédiction sur ceux qui pouvant et devant me reconnaître aujourd'hui, ne le feraient pas!!

« Je vous ai dit que j'avais été chassée de mon garni dont je ne payais plus le loyer.

« Le soir même de ce jour-là, il y a de cela à peu près deux mois, je quittais tristement les abords d'un café borgne du boulevard du Temple, où j'avais chanté et dansé pendant plus d'une heure pour gagner deux ou trois malheureux gros sous, péniblement arrachés après beaucoup de sollicitations faites, et de grossières injures reçues; la nuit était venue sombre et froide, et je ne savais de quel côté diriger mes pas chancelants, lorsque je sentis tout à coup une lourde main se poser familièrement sur mon épaule, et me retenir avec assez de douceur.

« Je me retournai, et à la lueur d'un bec de gaz je reconnus l'ignoble personnage que j'avais entendu nommer l'*Amour* le jour de mon arrivée.

« Eh bien! j'étais tombée si bas dans ma propre estime qu'il ne me sembla pas que cette rencontre fut un nouveau malheur pour moi!.. je crois même qu'elle me causa un moment de rapide satisfaction.

— Ah! ah! la fauvette, — me dit-il en me serrant la main avec une cordialité un peu brutale, mais qui témoignait de sa joie de me revoir, — nous avons joué *une fougue à grand orchestre!* Nous avons donc planté là pour le faire reverdir si c'est possible, l'époux musical et bon enfant que nous avait désigné le suffrage unanime des joyeux compagnons de la société *chicarde et flambarde des Rossignols rossignolants?* C'était pas délicat et bête!

mais, parole d'honneur, je ne vous en veux pas! Vous en
aviez tant vidé de ces *canons* que la tête ne devait plus y
être... Comment que ça va?

« La franchise et la bonhomie de cet accueil ranimè-
rent le sentiment de vague satisfaction que j'avais éprouvé
en me retrouvant face à face avec cet homme immonde.
Sa présence me parut presqu'un bonheur, et je ne le lui
cachai pas.

« Je me souvins des offres de services qu'il m'avait faites
lors de notre première entrevue au cabaret, et de la protection qu'il m'avait promise auprès des directeurs de
spectacle en plein vent de Paris et de la banlieue.

« Je me décidai résolument à le mettre en quelques
mots au courant de ma position.

« Il m'écouta avec un air d'intérêt affectueux et sincère,
puis il s'écria :

— *Nib de braise! nib de lartif! nib de cambriolle* *! en
voilà de l'agrément! Eh bien! vous pouvez vous flatter
d'avoir une crâne chance que je me *soye* justement trouvé
sur vos talons pour vous reconnaître! D'abord, ma Fauvette, je vas vous faire loger *à l'œil* par une payse avec
laquelle... suffit... et qui tient aux Batignolles un garni
un peu *chouette*. Ensuite j'ai des influences *au petit La-
zary*, étant intime avec le souffleur, et je vas me remuer
pour vous y faire débuter *dans les Bohémiennes, les Ita-
liennes, les Égyptiennes et autres Tyroliennes*. Les appointements et les avant-scènes! c'est ça qui vous ferait une
fameuse position sociale! mais vous serez bonne fille!
vous savez ma règle de conduite, et vous me donnerez

* *Pas d'argent! pas de pain! pas d'asile!* Trois phrases de
l'argot du bas peuple parisien.

dix pour cent sur vos appointements et autres *benefs!*
J'espère qu'en v'là de la modération, ou je ne m'y connais
pas du tout ?

« Je lui promis tout ce qu'il voulut, et j'acceptai la protection qu'il m'offrait avec plus de rondeur que de désin-
téressement.

« Il me mena d'abord dans une sorte de bouge, estaminet de bas étage de la barrière Rochechouart, à l'enseigne de la *Grand'Pinte*... Là, il me fit donner à manger,
et il ne voulut pas que je payasse ma dépense avec les
quelques sous qui me restaient encore.

« Puis il me conduisit dans une de ces ruelles obscures
et infectes qui avoisinent le quartier des Batignolles, et à
sa recommandation pressante, la maîtresse d'un petit
hôtel, maison borgne et de très-suspecte apparence, con-
sentit à me recevoir.

« On me donna une chambre... mais quelle chambre,
grand Dieu !

« Essayez de vous figurer au sixième étage d'une masure qui tremblait à chaque mouvement d'un de ses nombreux locataires, tout au bout d'un escalier obscur et
rompu, où les pas incertains n'avaient pour se guider
qu'une corde humide et gluante ; essayez de vous figurer, dis-
je, une mansarde grande comme une soupente, ouverte au
soleil, ouverte à la pluie, ouverte au vent ; prenant jour de
partout : par les tuiles dérangées du toit, par la fenêtre
sans vitres, par la porte disloquée, dont les planches mal
jointes figuraient bien plus une claire-voie qu'un panneau !

« Dans un coin de cette mansarde, sur une misérable
couchette chancelante et hideuse de saleté, une espèce de
lit était préparé d'avance.

« Mais quel lit !

« Une paillasse aux trois quarts vide, un matelas laissant échapper par dix ouvertures le foin dont il était rembourré, une couverture où tout ce qui n'était pas trous était taches hideuses et honteuses, et enfin des draps de grosse toile rousse que la lessive n'avait jamais adoucis, bien qu'ils eussent déjà fait un long service : Tel était le grabat qu'on mettait à ma disposition.

« Une chaise boiteuse et dépaillée, une bouteille pleine d'eau, et une cuvette ébréchée, ces deux derniers objets posés par terre à côté du lit, complétaient le mobilier.

« C'était la misère ! la misère froide, nue ! la misère sans la dignité qui en fait quelquefois une auréole pour le front et une joie sérieuse pour l'âme !

« En voyant cette mansarde sordide, mon cœur se serra douloureusement... mais je pensai que le pavé de la rue aurait été encore plus froid et plus nu qu'elle.

« Le lendemain le temps était beau ; les promeneurs affluaient sur les boulevards et dans les contre-allées des Champs-Élysées, ma recette de ce jour fut bonne, ce qui me permit de payer à la maîtresse de mon garni quelques semaines d'avance. En agissant ainsi j'assurais mon indépendance, et du moins je ne pouvais pas être exposée à coucher dans la rue.

« Quand la neige ou la pluie m'empêchaient de chanter en plein air, l'Amour, qui s'était décidément institué mon protecteur ou mon chevalier, me conduisait dans des cabarets où il jouissait d'une certaine influence, et me faisait assister à des réunions du genre de celle des Rossignols. J'y faisais mon métier en conscience, et quand mes exercices étaient terminés je finissais la séance par une quête, sur le produit de laquelle je prélevais ensuite une part que je remettais à l'Amour, suivant les arrangements convenus entre nous. J'étais d'ailleurs restée fidèle à la résolution que j'avais prise en quittant Munich de ne jamais souiller ma bouche d'aucune chanson grossière ; je ne chantais que les joyeux refrains de Désaugiers, les hymnes patriotiques de Béranger, ou les mélodies étranges que j'avais composées moi-même pour mon usage particulier.

« Il y a trois semaines à peu près, par une de ces magnifiques journées que nous avons eues au commencement de janvier, une foule nombreuse était rassemblée autour de moi sur le boulevard Rochechouart. Tout à coup un homme d'un certain âge, mais d'un extérieur assez noble fendit cette foule qui m'environnait, et quand je passai devant lui, ma sébile à la main, il y laissa tomber une pièce d'or.

« Après cette fastueuse aumône, celui qui me l'avait faite se retira, et je le vis monter dans une élégante voiture qui l'attendait à quelque distance.

« J'avais eu le temps de remarquer qu'il portait une grande redingote boutonnée militairement, et dont le revers était orné d'une rosette de ruban rouge.

« La pièce d'or qu'il m'avait donnée était une véritable fortune pour moi pauvre fille, aussi je résolus de prendre quelques jours de repos, et de les passer chez moi dans un complet isolement.

« J'avais mis ce projet à exécution, quand le surlendemain, à ma grande surprise, j'entendis frapper à la porte de mon pauvre réduit.

« Je priai d'entrer.

« Ma surprise devint de la stupéfaction : j'avais reconnu le monsieur à la pièce d'or de l'avant-veille.

« Que me dit-il? en vérité je ne le sais plus. Je crois
seulement me souvenir confusément qu'il me tint les discours de tous les vieillards libertins qui veulent acheter
une femme et l'avoir au meilleur marché possible... enfin
il termina un déluge de mielleuses paroles par l'offre de
quelques louis.

« Après tout ce que je vous ai raconté de ma vie, vous
devez comprendre que ce ne fut pas ma pudeur qui eut à
souffrir de cette proposition; mais mon orgueil se révolta
à l'idée de me voir tarifée aussi bas, et d'être mise pour
ainsi dire au niveau des créatures du plus bas étage. »

— Dites donc! dites donc! — interrompit Mirabelle, —
quelques louis, ça ne s'offre déjà pas à la première venue,
et il y a des moments d'atroce débine où n'importe quelle
femme, duchesse ou... *autre* dirait *ça me va*.

— C'est possible, Madame, — répondit froidement Perdita; — mais probablement je ne me trouvais pas dans un
de ces moments dont vous parlez.

Et elle reprit :

« Aussi je refusai les offres de cet homme et je le con-
gédiai avec hauteur et brusquerie.

« Après son départ je fus contente de moi, car je ne
regrettai pas ce que j'avais fait.

« Le lendemain, on frappa de nouveau à ma porte :
c'était encore lui.

« Son langage n'était plus le même; ses manières semblaient presque respectueuses.

« Ce ne fut plus quelques louis qu'il m'offrit, mais son
affection, son appui, sa compagnie, le droit de jouir de

tous les avantages de sa fortune et d'une partie de ceux de sa position dans le monde.

« Avec le coup-d'œil perçant et sûr de la femme dont le cœur est calme, je jugeai que cet homme était sincère dans ses propositions, et que je lui avais inspiré une de ces passions violentes dont les hommes d'un certain âge ont plus de peine à se guérir que les jeunes gens.

« J'acceptai tout et je suivis mon nouveau protecteur.

« Il se nommait le général baron Carol, et il était veuf depuis un an à peu près.

« Le lendemain j'étais installée dans l'appartement magnifique que j'occupe dans cette maison; j'avais une voiture et des domestiques à mes ordres, et une foule de vêtements élégants et riches remplaçaient ma toilette de saltimbanque.

« J'étais enfin, et je suis pour longtemps, j'espère, l'amie... la compagne de M. Carol. »

Ce fut avec une hésitation marquée et une répugnance visible que Perdita prononça cette dernière phrase de son long récit.

— Voyons! voyons! — interrompit Mirabelle : — qu'est-ce que ça signifie, son amie, sa compagne? c'est sa maîtresse que vous voulez dire.

— J'ai parlé comme je le devais, — repartit Perdita avec une sécheresse hautaine, — et je n'ai en aucune façon altéré la vérité.

— Ne disputons pas sur les mots : amie, compagne, maîtresse, tout cela pour moi, c'est la même chose, et je n'en trouve pas moins très-drôle que ce M. Carol, puisqu'il a le bonheur d'avoir le malheur d'être veuf, s'en aille tous les soirs de chez vous avant onze heures.

— Ah! vous savez cela? — répondit Perdita, souriant et rougissant tout à la fois... — mais qui donc à pu vous mettre si bien au fait de...

— Est-ce qu'on ne sait pas tout ce qui se passe dans une maison par les domestiques? — répliqua la lorette avec une importance comique. — Ils sont si fureteurs tous ces gens-là! c'est bien dommage qu'on ne puisse pas s'en passer quand on peut en avoir.

— Heureusement qu'ils se trompent quelquefois dans leurs conjectures, — reprit Perdita avec douceur : — mais pour répondre catégoriquement à votre question, je vous dirai que si M. Carol s'en va tous les soirs de chez moi avant onze heures, c'est justement parce que je ne suis pas ce que vous prétendiez que j'étais...

— Comment, — s'écria Mirabelle, — il vous donne un logement de trois mille cinq cents francs, un mobilier de premier sujet de l'Opéra, une voiture à volonté et des robes à discrétion, et vous n'êtes pas sa maîtresse! Mais, ma chère amie, passez-moi l'expression, vous êtes donc une voleuse?

Cette boutade de Mirabelle excita un mouvement d'hilarité, que Perdita eut le bon goût et la bonne grâce de partager.

— S'il est satisfait de ce que je lui accorde, — dit-elle, — personne n'a le droit de trouver qu'il le paie trop cher... il ne m'en aimera que mieux, et je ne serai que plus longtemps heureuse et tranquille : c'est ce que je dois désirer après les longues et terribles agitations de ma vie.

— Vous avez beau dire, ma chère, — poursuivit Mirabelle, — je trouve cela très-immoral, et si j'étais à votre place...

— Pardon ! — interrompit Perdita, — je vous ai conté mon histoire jusqu'à ce jour, je ne vous ai rien dit du dénoûment qu'elle peut avoir.

— Parlez ! parlez ! — lui cria-t-on de toutes parts.

Et l'intérêt des spectateurs, un moment suspendu, se manifesta de nouveau sur toutes les physionomies.

— Je vous ai dit en commençant que je me nommais *Perdita*, c'est-à-dire l'enfant perdu. — Jacobus et la Gouâpe n'étaient pas mes parents. J'ai une autre famille. Quelle est-elle ? je l'ignore, mais une voix secrète murmure sans cesse à mon oreille que la lumière se fera jour tôt ou tard. Comprenez-vous alors de quelle utilité peut m'être l'appui d'un homme comme le général Carol, et pensez-vous encore que j'aie tort de vouloir qu'il m'estime toujours pour qu'il me protège plus longtemps ?

Un murmure approbateur accueillit ces paroles, prononcées par la jeune femme avec une fierté modeste.

— Un signe mystérieux existe, — reprit-elle aussitôt que le silence fut rétabli. — Ce signe, qui joue pour moi le rôle du talisman dans les contes de fée, je le possède, et Dieu a permis que je le conservasse au milieu de toutes les vicissitudes de ma destinée aventureuse ! De plus, un hasard providentiel a replacé dans mon chemin cette femme abominable qui m'a recueillie ou volée autrefois... On la retrouvera, cette femme, dût-on fouiller pour cela toutes les maisons impures de Paris ! A force d'or elle parlera ! l'or délie toutes les langues ! et d'ailleurs pourquoi se tairait-elle aujourd'hui ? il y a prescription pour le crime, si un crime a été commis. On saura par elle où j'ai été trouvée, ou volée.... on saura par d'autres quelle est la famille dont à cette même époque l'enfant a disparu,

car le talisman que je possède est un bijou de famille ! est
un cachet armorié ! et qui sait si dans cette maison, si à
cette table même, il ne se trouve pas quelqu'un qui puisse
me mettre sur la trace de la vérité que je veux à tout
prix découvrir ? ce bijou, je l'ai là !... ce bijou, le voici !

Et Perdita sortit de son sein un petit cachet, dont la
monture d'argent finement travaillée, enchâssait une
améthyste sur laquelle était gravé un écusson surmonté
d'une couronne de comte.

— Voyons ! voyons ! — s'écrièrent à la fois tous les
convives, dont la curiosité était excitée au plus haut
degré.

Et de tous les côtés de la table des mains se tendirent
pour recevoir le cachet : on eût dit que chacun était intéressé à le contempler.

— Chacun aura son tour, — dit la jeune femme en
ôtant de son cou la fragile chaîne d'or, présent du général Carol, à laquelle le cachet blasonné était suspendu.

Et elle remit à Georges d'Entragues la chaîne d'or et le
cachet d'argent.

Georges les prit.

Soudain il pâlit ! un tremblement nerveux agita convulsivement ses mains ! Un nuage passa devant ses yeux, et
quelques gouttes de sueur froide brillèrent sur son front
subitement assombri.

Il venait de reconnaître les armoiries gravées sur le
cachet de Perdita !

Ces armoiries étaient le blason de l'antique maison
d'Entragues.

L'écusson de *Gueules à la croix d'argent ancrée; les
lions* grimpants pour supports.

Perdita et Marie d'Entragues n'étaient qu'une seule et même femme !

Perdita la chanteuse des rues ! Perdita la fille aux aventures était sa sœur !

La situation était terrible et périlleuse au plus haut point. Tout autre que Georges eût perdu la tête à l'instant !

Mais lui, en moins d'une seconde, avec cet incroyable empire sur lui-même qui lui permettait de faires ans effort les choses les plus étonnantes, il sut dompter son émotion.

Son front contracté douloureusement redevint uni et serein ; son regard troublé s'éclaircit ; la pâleur de ses joues cessa d'être livide, et le sourire bienveillant de l'indifférence tempéra l'expression amère de sa bouche dédaigneuse.

Il tenait le cachet d'une main ferme, et il semblait l'examiner avec la curiosité recueillie d'un connaisseur.

— Eh bien ! — lui demanda Perdita qui suivait tous ses mouvements avec anxiété.

— Cette pierre, assez commune du reste, — répondit Georges le plus tranquillement du monde, — est gravée avec la plus rare perfection. On ne travaille aussi bien dans ce genre qu'en Angleterre ou à Vienne, et je ne serais pas étonné...

— Mais les armes ! les armes ! — s'écria Perdita.

— Mon Dieu, Madame, je suis désolé, mais je ne connais pas le blason.

— Alors pourquoi le garder si longtemps ?

— Passez-le-moi !

— C'est mon tour !

— Je. pourrai peut-être dire à Madame...

. — J'ai un ami à la Bibliothèque royale qui est très au courant de ces sortes...

Ces phrases et quelques autres encore furent prononcées par tous les convives en même temps.

— Mesdames et Messieurs, — interrompit d'Entragues, dont la voix ferme et vibrante domina ce tumulte, — avant de continuer à vous occuper de ce précieux talisman, permettez-moi de vous faire une proposition que vous accueillerez, j'en suis sûr, avec le plus vif empressement.

— Laquelle ? laquelle ?

— Unissons nos cœurs, nos pensées, comme nous unirions nos efforts au besoin, et portons un *toast* à l'heureuse issue des recherches que va faire Madame.

— Bravo ! bravo !

— Adopté !

— Accepté !

Tout le monde se leva en signe d'unanimité, et chacun saisit son verre.

Georges remplit lui-même celui de Perdita qui le remercia par un gracieux sourire.

Puis il approcha le sien de ses lèvres, et en s'inclinant légèrement il dit :

— A votre famille, Madame ! puissiez-vous la retrouver bientôt, et avec elle le bonheur que vous méritez si bien.

— A la famille de Perdita ! s'écrièrent tous les convives avec une chaleureuse sympathie.

La jeune femme posa sa main gauche sur son cœur en signe de gratitude, tandis que sa main droite portait à sa bouche son verre plein jusqu'au bord qu'elle vida tout d'un trait.

Mais au même instant, et comme si la foudre l'avait frappée, cette main retomba sur la table avec le verre qui se brisa !

Un nuage pourpre couvrit avec la rapidité de l'éclair, son front, ses joues, son cou et le haut de ses épaules.

Ses yeux s'ouvrirent par deux fois d'une largeur démesurée, mais sans qu'on vît leurs prunelles qui semblaient perdues.

Elle essaya de pousser un cri ou de prononcer une parole : le son s'éteignit dans sa poitrine haletante, avant d'avoir pu franchir son gosier contracté.

Elle voulut faire un signe : sa main à demi soulevée s'abattit inerte.

Elle chancela sur son siége, tenta vainement de se retenir au rebord de la table, et tomba comme foudroyée sur le tapis.

Georges d'Entragues, avec son adresse de prestidigitateur, son sang-froid de spadassin et sa perversité de démon, avait versé dans la coupe de Perdita du kirch au lieu de vin de Champagne, et la malheureuse jeune femme avait bu trop précipitamment pour avoir pu s'apercevoir de cette fatale substitution.

L'effet, comme on l'a vu, avait été aussi prompt que terrible. Il surpassait même les espérances de M. d'Entragues.

En un instant le désordre fut à son comble. Les hommes et les femmes dispersés dans les pièces voisines, accoururent aux cris perçants de Mirabelle. Chacun questionnait, donnait son avis, offrait ses services, et, comme cela arrive toujours en pareil cas, personne n'agissait utilement.

Cependant, on finit par transporter Perdita sur le lit de Mirabelle ; on la délaça, on lui jeta de l'eau glacée au visage, on lui fit respirer des sels violents : rien ne lui fit reprendre connaissance.

Au milieu de la confusion inséparable d'un événement de cette nature, Georges d'Entragues disparut emportant le précieux cachet.

FIN DE LA DEUXIÈME SÉRIE.

TABLE DES MATIÈRES.

—

FIN DE LA TABLE DES MATIÈRES.

Impr. de MUNZEL frères, à Sceaux.

ALEXANDRE CADOT

ÉDITEUR,

37, RUE SERPENTE, A PARIS.

Collection de volumes in-16 à 1 franc.

VOLUMES PARUS.

XAVIER DE MONTÉPIN.

Les Chevaliers du Lansquenet. . 5 vol.

1ᵉ Série. LE LOUP ET L'AGNEAU. . . 1 vol.

2ᵉ — PERDITA. . . . . . . 1 vol.

3ᵉ — DANAE . . . . 1 vol.

4ᵉ — COURTISANE ET DUCHESSE. . 1 vol.

5ᵉ — et dernière. FRÈRE LT SŒUR. 1 vol.

PAUL DUPLESSIS.

Les Boucaniers. 4 Séries . . . . . . 4 vol.

1ʳᵉ Série. LE CHEVALIER DE MORVAN . 1 vol.

2ᵉ — NATIVA . . . . 1 vol.

3ᵉ — MONTBARS . . . . . . 1 vol.

4ᵉ — et dernière. LE BEAU LAURENT. 1 vol.

MARQUIS DE FOUDRAS.

Les Gentilshommes chasseurs . . 1 vol.

La Comtesse Alvinzi. . . . . 1 vol.

Madame de Miremont. . . . . . . 1 vol.

A. DE GONDRECOURT.

Les Péchés mignons . . . . . . 2 vol.

Le dernier des Kerven . . . . . 2 vol.

HENRI DE KOCK.

La Tribu des Gêneurs . . . . . . 1 vol.
* Brin d'amour . . . . 1 vol.

ÉLIE BERTHET.

Le Nid de Cigognes . . . . . . 1 vol.
L'Étang de Précigny . . . . . . 1 vol.

ALEXANDRE DUMAS FILS.

Tristan le Roux . . . . 1 vol.
Sophie Printemps . . . . . . 1 vol.

ALEXANDRE DE LAVERGNE.

La Recherche de l'Inconnue . . 1 vol.
Le comte de Mansfeld. . . . . 1 vol.

OUVRAGES DIVERS.

Simples récits, par CHARLES DESLYS. . . 1 vol.
Chasses et pêches de l'autre monde,
par B. REVOIL, et les Contes d'un marin,
par G. DE LA LANDELLE. . . . . . . 1 vol.

Une vieille Maîtresse, par JULES BARBEY
D'AUREVILLY. . . . . 1 vol.

Le Mendiant noir, par PAUL FÉVAL, . 1 vol.

Léandres et Isabelles, par ADRIEN RO-
BERT. . . . . 1 vol.

Rachel et le Nouveau-Monde. par
LÉON BEAUVALLET. . . . . 1 vol.

Une Famille Parisienne au XIXe
siècle, par madame ANCELOT . . . . . 1 vol.

Une Histoire de soldat, par Mme LOUISE
COLLET. . . . . 1 vol.

Les Amours des rustres, par ANGELO
DE SORR. . . . . 1 vol.

SCEAUX. — IMPRIMERIE DE MUNZEL FRÈRES.

OUVRAGES PARUS.

SCEAUX. — IMPRIMERIE DE MUNZEL FRÈRES.